Dois beijos para Maddy

MATTHEW LOGELIN

Dois beijos para Maddy

UMA HISTÓRIA REAL
DE AMOR E PERDA

Tradução
FABIENNE W. MERCÊS

Rocco

Título original
TWO KISSES FOR MADDY
A Memoir of Loss & Love

Copyright © 2011 *by* Matt Logelin

Letra da música "Fatalist Palmistry" no capítulo 7 (original) *copyright* © WHY?/Yoni Wolf. Letra da música "I Remember Me" no capítulo 10 (original) copyright © David Berman. Letra da música "Last Tide" no capítulo 16 (original) copyright © Mark Kozelek

Todos os direitos reservados.
Nenhuma parte desta obra pode ser reproduzida, ou transmitida por qualquer forma ou meio eletrônico ou mecânico, inclusive fotocópia, gravação ou sistema de armazenagem e recuperação de informação, sem a permissão escrita do editor.

Direitos para a língua portuguesa reservados
com exclusividade para o Brasil à
EDITORA ROCCO LTDA.
Rua Evaristo da Veiga, 65 – 11º andar
Passeio Corporate – Torre 1
20031-040 – Rio de Janeiro – RJ
Tel.: (21) 3525-2000 – Fax: (21) 3525-2001
rocco@rocco.com.br
www.rocco.com.br

Printed in Brazil/Impresso no Brasil

CIP-Brasil. Catalogação na publicação.
Sindicato Nacional dos Editores de Livros, RJ.

L82d	Logelin, Matthew Dois beijos para Maddy : uma história real de amor e perda / Matthew Logelin ; tradução de Fabienne W. Mercês. – 1. ed. – Rio de Janeiro : Rocco, 2020.
	Tradução de: Two kisses for Maddy ISBN 978-85-325-3169-8 ISBN 978-85-8122-792-4 (e-book)
	1. Logelin, Matthew. 2. Casamento – Aspectos psicológicos. 3. Famílias – Aspectos psicológicos. 4. Maternidade – Aspectos psicológicos. 5. Perda – Aspectos psicológicos. 6. Luto – Aspectos psicológicos. 7. Homens – Estados Unidos – Biografia. 8. Memória autobiográfica. I. Mercês, Fabienne W. II. Título.
20-62617	CDD: 920.710973 CDU: 929-055.1(73)

Vanessa Mafra Xavier Salgado – Bibliotecária – CRB-7/6644

O texto deste livro obedece às normas do
Acordo Ortográfico da Língua Portuguesa.

para madeline.

Prefácio

Não sou escritor.
　　Pelo menos não achei que fosse. Mas você tem nas mãos um livro escrito por mim.

Queria não ter tido um motivo para escrever. Na manhã de 25 de março de 2008, minha vida era tudo o que eu sonhava de melhor, mas tudo mudaria em um instante. Falarei mais sobre isso mais tarde, porém antes quero compartilhar algumas histórias.
　　Sempre acreditei que grandes obras de arte só nascem de um intenso sofrimento (principalmente porque odeio músicas felizes) e que o resultado final é belo porque é motivado pela emoção mais pura e genuína de todas: a tristeza. Eu nunca acreditei tanto neste axioma quanto nos dois momentos que irei descrever agora...

Setembro de 2000. Vivia em Chicago, cursando o meu primeiro ano de faculdade. Enquanto lia Marx, Weber e Durkheim para a aula de Teoria da Sociologia, descobri uma música que, mais do que qualquer outra até então, mudou minha visão do mundo: "Come Pick Me Up", do Ryan Adams. Era o tipo de música que eu queria ter escrito. Era melancólica, engraçada e incluía a palavra "foder". Mas eu gostava dela sobretudo porque era triste. A letra me fazia sentir algo que eu nunca sentira antes: ouvir a dor latejante daquela música me fez desejar o tipo de dor que me inspirasse a criar algo tão incrível.

Depois de passar uns dias só escutando esta música, liguei para minha namorada para conversar sobre isso. "Acredito que seria capaz de escrever uma música assim, mas você é boa demais comigo." Liz e eu estávamos namorando havia pouco mais de quatro anos e, a essa altura, tínhamos o que eu chamaria de um relacionamento quase perfeito. Ela nunca me causara o tipo de sofrimento que permitisse aflorar em mim um lado criativo que talvez estivesse bem escondido. Apesar de querer muito escrever A Próxima Grande Música Deprimente, eu estava feliz que não tivesse habilidade, ou necessidade, para tanto.

Maio de 2006. Estava morando na Índia a trabalho por uma temporada e, na metade do período, Liz veio me visitar. Tirei algumas semanas de férias para que pudéssemos viajar pelo país e ver coisas que jamais imaginamos que teríamos oportunidade de ver. Tinha uma lista enorme de lugares para visitarmos, mas Liz insistiu que fôssemos a um lugar em particular: o Taj Mahal. Diante de uma das Sete Maravilhas do Mundo, ouvimos nosso guia contar a história de como surgira. Ele explicou que Murgal, imperador de Shah Jahan, havia ordenado sua construção para cumprir uma promessa à sua esposa. A lenda diz que, no seu leito de morte — pouco depois de dar à luz um filho deles —, ela pediu ao marido que construísse um monumento que fosse para sempre conhecido como o mais belo do mundo.

Revirei os olhos, imaginando se a história era verdadeira ou se era algo criado pelos guias para fazer as turistas se derreterem, mas Liz estava emocionada com cada uma das palavras. Ela fitava o mausoléu, seus olhos marejados e os lábios entreabertos. Sua mão suada apertava a minha mais e mais, enquanto nosso guia continuava. Quando ele finalmente terminou, Liz virou-se para mim e disse: "Você jamais faria algo assim por mim."

Ela estava certa — eu não sei construir nada. Eu mal dou conta de pendurar um quadro na parede. Mas nunca achei que precisaria fazer isso.

Quando eu comecei a escrever este livro, estas duas histórias não me saíam da cabeça, elas ficaram rodopiando e se entrelaçando, enquanto eu o escrevia e revisava. Elas eram uma fagulha e tanto. Não me esqueci daquela música, nem da viagem, mas, antes de Liz morrer, eu havia esquecido o que elas significavam para mim. Sei que este livro não é nenhuma "Come Pick Me Up" e, certamente, não é nenhum Taj Mahal, mas é a minha tentativa de transformar a minha tristeza em algo belo. É meu. De mim para Liz. E, não importa o que aconteça, eu sei que ela teria orgulho de mim.

E acho que agora você pode dizer que sou um escritor. Mas eu preferiria não ser.

Parte I

Parecia óbvio,
pelo menos para nós,
que passaríamos
o resto de
nossa vida
juntos.

Capítulo 1

Conheci minha futura esposa, a futura mãe de minha filha, num posto de gasolina. Era uma terça-feira, quase final de janeiro de 1996, e tínhamos, ambos, dezoito anos. Apesar de vivermos a menos de três quilômetros de distância, essa foi a segunda vez que nos encontramos, já que frequentávamos escolas diferentes e saíamos com galeras diferentes. Mas, naquela noite, quando ela me viu apenas a alguns metros, Liz Goodman acenou e disse: "Você é o Matt Long-lin?" — *quase* pronunciando meu nome de forma correta. Eu, um adolescente inseguro, esquisito e tímido, fiquei assustado quando aquela loura bonita se dirigiu a mim. Foi estranho no começo — moças como a Liz não falam com rapazes como eu, por isso achei que ela havia pensado que eu trabalhava no posto e que precisava de ajuda para encher o tanque. Respondi com um olhar confuso e voz dócil: "Sim. Sou eu." E continuei enchendo o meu próprio tanque. Fui instantaneamente cativado pelo jeito sociável de Liz, sua coragem e, é claro, sua beleza. Ela tinha exatos um metro e quarenta e sete, mas desfilava como se tivesse um metro e oitenta. Anos mais tarde, ela diria que eu a impressionei por ter segurado a porta para ela quando entramos na lojinha para pagar. Eu reagiria com surpresa diante do fato de que um gesto tão pequeno como esse a convencera a ver além da minha aparência esquisita.

Saímos juntos pela primeira vez naquela noite, 26 de janeiro. Três dias depois, parados na entrada da garagem de seus pais, Liz deixou a palavra começada por "A" escapar de seus lábios. Eu respondi com um sorriso, um beijo e um "Também te amo", e ambos estávamos certos de que era isso mesmo: tínhamos achado a pessoa dos nossos sonhos. Faltavam poucos meses para irmos para faculdades em estados diferentes (eu ficaria na St. John, em Minnesota, e Liz iria para a Scripps, na Califórnia), então nos tornamos quase inseparáveis, querendo aproveitar ao máximo o pouco tempo que nos restava na mesma cidade.

Durante a minha viagem de férias para o México, eu comprei cartões telefônicos com o dinheiro que normalmente gastaria com cerveja e entradas para boates e passei quase a viagem toda em telefones públicos, conversando com Liz, enquanto meus amigos se embebedavam e curtiam as garotas. Tenho quase certeza de que eu era o único rapaz de dezoito anos em Mazatlán fazendo isso nas férias. Um mês após minha volta da viagem, Liz foi para a Espanha, passar três semanas hospedada na casa de uma família, como parte de um programa criado para tirar estudantes do último ano de sua zona de conforto e fazê-los experimentar um ambiente novo. Enquanto esteve por lá, ela usou o cartão telefônico do pai para me ligar várias vezes por dia, gerando uma conta telefônica tão grande e chocante que ele se lembra até hoje do valor, até dos centavos. Enquanto o outono chegava e nos preparávamos para ir para a faculdade, prometemos um ao outro não deixar que a distância se tornasse um problema. Graças a estas duas experiências curtas, estávamos confiantes de que seríamos um dos raros casais do ensino médio cujo relacionamento e sanidade sobreviveriam intactos ao período da faculdade.

Na verdade, a distância intensificou nosso relacionamento — tínhamos que nos dedicar mais do que os casais que conhecíamos, que não estavam preocupados com o fato de estarem separados. Telefone e webcam nos ajudaram a estudar "juntos". E não importa onde estivéssemos ou quão tarde fosse, trocávamos e-mails todas as noites. Durante os quatro anos de faculdade, Liz só deixou de mandar quatro e eu seis e-mails, fato que ela, anos mais tarde, jogaria na minha cara quando eu pegasse no pé dela. Quando conseguíamos ficar juntos naquela época, realmente aproveitávamos, e demonstrávamos isso andando de braços dados pelas alamedas arborizadas de Claremont. Liz gastava sua mesada e o dinheiro que ganhava com o emprego na universidade em passagens para eu ir à Califórnia a cada seis ou oito semanas. Ela decidiu que, já que estava pagando, eu deveria fazer a viagem. E eu não ia brigar por causa disso. Ela me visitou vezes suficientes para ambos chegarmos à conclusão de que realmente nos divertíamos mais na Califórnia. Durante as férias de verão, trabalhamos a menos de um quarteirão de distância, usando o intervalo de almoço para compensar o tempo que havíamos perdido durante o ano letivo.

Na nossa juventude, decidimos estudar fora por um semestre, mas, sabendo que a decisão de um influenciaria a do outro, concordamos em discutir os destinos escolhidos somente depois de fazer as inscrições. Mesmo com um mundo de opções diante de nós, ambos escolhemos Londres. Era incrível viver na mesma cidade, ao mesmo tempo, sem nossos pais. Sentimos como se estivéssemos por conta própria pela primeira vez na vida, mas não ficamos todo o tempo juntos, com medo de afetar a experiência do outro. Sei que isso soa estranho, mas acreditávamos que devíamos continuar como se estivéssemos em lugares diferentes do mesmo país, vivendo integralmente a experiência de morar fora por um semestre — mas, agora, à distância de uma viagem de quarenta e cinco minutos de metrô e não de quatro horas de voo. Quando terminamos nossos estudos em Londres, Liz se mandou com seus amigos, e eu, com os meus, numa viagem pelo Oeste Europeu. Planejamos nos encontrar depois de duas semanas, largar nossos amigos e viajar juntos, sozinhos. Nossas rotas convergiam na Ilha de Córsega, e foi ali que as coisas mudaram para nós. Já tínhamos ficado juntos, sozinhos antes, mas nunca por duas semanas seguidas. Fomos da Córsega para a Itália e de lá para Suíça e Alemanha, aprendendo como era viver juntos e felizes como adultos. A viagem confirmou o que já suspeitávamos: nosso amor era para toda a vida — um amor que transpunha distância, tempo, discordâncias pequenas e qualquer revés de relacionamento.

Quando nossas carreiras universitárias chegaram ao fim, ficamos diante da oportunidade de finalmente morarmos juntos na mesma cidade, de vez. A única dúvida era onde nos instalaríamos. Depois de quatro anos no Sul da Califórnia, Liz estava relutante em deixar o lugar, e arranjou um emprego em uma pequena firma de consultoria no centro de Los Angeles. Já eu decidi que ainda não estava pronto para entrar no mercado de trabalho e aceitei a generosa oferta de uma faculdade em Chicago, me preparando para fazer o doutorado em Sociologia.

Dois beijos para Maddy

Estas decisões nos forçaram a renovar a nossa promessa de não deixar que a distância se tornasse um problema. Contra todas as probabilidades, tínhamos conseguido fazer isso dar certo nos últimos quatro anos — por que não mais alguns? Além disso, graças à entrada no mercado de trabalho adulto, Liz ia ganhar o suficiente para pagar a minha passagem para Los Angeles com maior frequência ou a dela para Chicago. Estávamos confiantes que nosso relacionamento sobreviveria.

Algumas pessoas conheciam Liz e achavam que ela era só um rostinho bonito, mas essa não era a verdade, nem de longe. Neste emprego, ela se concentrou em se tornar uma consultora em gestão. Ela viajava pelo país usando terninhos e saltos altos, encontrando-se com executivos de algumas das maiores instituições financeiras do país. Segundos depois de apertar suas mãos, ela os encantava com sua inteligência, postura, humor e sagacidade. Era capaz de impressionar a todos com uma explicação sobre alguma teoria econômica esotérica, mas também lia as páginas das revistas *US Weekly* e *People* e podia falar sobre as tendências mais quentes da moda e fofocas de celebridades. Mas, quer você a tivesse conhecido há uma hora ou fosse sua colega a vida toda, ela seria sua amiga.

O sorriso de Liz convidava pessoas a entrar na sua vida, e sua risada as fazia permanecer. Mas, se você fizesse por merecer — ultrapassando um limite ou sendo paternalista devido à sua estatura ou pelo fato de ela ser loura —, ela podia ser durona. Certa vez ela mandou um colega que lhe dera tapinhas na cabeça se danar. Quando conhecíamos alguém novo numa festa e eles perguntavam qual era seu trabalho, eu punha pilha dizendo: "Ela despede empregados dos níveis mais baixos, de bancos multibilionários e companhias de seguro, para aumentar o valor das ações em cinco centavos." Sempre rápida em me corrigir, ela dizia: "Eu não despeço ninguém. Eu recomendo a redução do quadro de funcionários e deixo as demissões a cargo de outra pessoa." Quatro anos numa faculdade só de mulheres e seu tempo como consultora em gestão apenas intensificaram seu gênio arrebatado, tão bem cultivado desde a infância.

Eu a amava por isso.

Depois de dois anos, Liz e eu, de forma independente, chegamos à mesma e óbvia conclusão: era chegada a hora de vivermos na mesma cidade. Apesar de acostumados à distância, não queríamos mais ter que lidar com ela. Quando eu liguei para ela certa noite e lhe contei sobre o que tinha pensado, ambos concordamos que eu me mudaria para Los Angeles, assim que terminasse as aulas e passasse na prova de mestrado — o doutorado entrou em compasso de espera.

Formei-me no final de janeiro de 2002 e, menos de um mês depois, minhas coisas estavam empacotadas e eu estava atravessando o país para Los Angeles, decidido a me mudar para o apartamento de Liz. Cheguei à sua porta com uma nova aquisição muito desejada.

— O que é isso? — perguntou Liz.

— É um desenho de Wesley Willis original. A linha costeira de Chicago e Wrigley Field.

— Bem, isso não vai entrar aqui em casa.

— O quê? Por que não?

— Porque é enorme e feio. Espera. Quando você comprou essa coisa?

Pensei em mentir, mas sabia que ela ia perceber, então me senti compelido a dizer a verdade.

— Ah, semana passada, pouco antes de deixar Chicago. Queria algo que me lembrasse da cidade, e achei que isso era perfeito.

Balançando a cabeça, Liz perguntou:

— Quanto pagou por isso?

Ela sabia que eu tinha uns três dólares na conta e um crédito de sessenta e sete no Visa, já que ela tinha tido que pagar pelo reboque e outras coisas da mudança. Apesar de dizer a verdade, aproveitei a oportunidade para pregar uma mentirinha que achei que me livraria de problemas maiores. Ela estava nervosa pelo fato de eu ter comprado o quadro e ficaria ainda mais se soubesse quanto realmente eu tinha pago por ele.

— Ah, vinte dólares.

— Pagou vinte dólares por um borrão de tinta em um pedaço gigante de papel? O que diabos estava pensando?

Não sei por que menti. O quadro tinha me custado cinquenta dólares, então uma mentira de trinta dólares não ia mudar nada. O que eu não percebi na hora é que o custo não era o que importava. Mas o fato de que gastara dinheiro quando não tinha nenhum para gastar, num momento em que nos preparávamos para dar início à nossa vida adulta como um casal. Eu ainda estava vivendo no mundo onírico da faculdade, onde as bolsas estudantis eram usadas para pagar cerveja e discos. Eu não tinha a menor ideia do que significava ser um adulto financeiramente responsável e altruísta.

Minha filosofia de vida naquela época podia ser perfeitamente resumida na frase que li em uma camiseta de um sem-teto em frente ao nosso novo prédio, na minha primeira semana em Los Angeles: "O homem que trabalha é otário." Eu não tinha carro, mas levava Liz ao centro todas as manhãs, quando ela ia defender o nosso ganha-pão, e voltava para buscá-la no final do dia. Todos os dias a sua primeira pergunta era: "Achou algum trabalho interessante hoje?" E eu tinha sempre uma nova desculpa, mas não precisava lhe dizer o que ela já sabia: passei os meus primeiros meses em Los Angeles tentando não ser o otário mencionado na camiseta, saindo com meus amigos desempregados e assistindo a gravações de *The Price Is Right*.

Em junho daquele ano, depois de algumas discussões sobre o meu nível de motivação, e passados um pouco mais de três meses da minha busca fingida por um emprego, um dos amigos de Liz me indicou para uma vaga numa companhia da internet em Pasadena. Entrevistaram-me e, no desespero de colocar qualquer um diante da tela do computador, me ofereceram o emprego. Minha avó ficou estarrecida quando soube que eu trabalhava de bermuda e chinelos, passava a maior parte da semana jogando futebol e que, nas tardes de sexta-feira, me dedicava a beber cerveja na minha mesa. Se ela pelo menos soubesse que eu estava redigindo anúncios para suplementos que aumentavam os seios e pílulas que faziam o pênis crescer...

Não havia esperança de promoção real no meu trabalho. Era um emprego de horista e eu arranjava maneiras inéditas de ocupar meu tempo até que pudesse encerrar o dia, ganhando aumentos que mal acompanhavam os reajustes no custo de vida. Não odiava o que fazia, mas também não adorava.

Enquanto isso, Liz era promovida várias vezes em sua empresa, adquirindo novos títulos e experiências valiosas, e fazendo mais e mais dinheiro. Ela também passava um tempo significativo viajando para dar consultorias. Embora finalmente morássemos juntos, havia meses em que nos víamos apenas nos finais de semana. Para muitos casais, esses longos períodos separados poderiam dificultar o relacionamento, mas, para nós, eram apenas parte da vida. Na verdade, isto tornou a transição para uma vida juntos bem mais fácil — se Liz estivesse em casa o tempo todo, ela teria notado imediatamente como eu era preguiçoso e provavelmente teria me posto para fora.

Algumas semanas aqui, alguns meses lá, nada mais do que alguns segundos quando vistos pelas lentes da eternidade.

Capítulo 2

No início de 2004, recebi um e-mail de um dos meus colegas de quarto da faculdade, Biraj Bista, convidando Liz e eu para seu casamento, em Katmandu. Fiquei animado. Ir ao Nepal estava no topo da lista de coisas a fazer desde que eu conhecera Biraj, mas nunca achei que teria dinheiro ou tempo para ir. Não foi fácil convencer Liz a concordar com a viagem, porque não tínhamos muito dinheiro na época e ela sabia que eu não contribuiria significativamente, já que ganhava menos do que a metade do salário dela. Mas, graças a toda aquela milhagem acumulada em suas viagens nos últimos quatro anos, as passagens sairiam de graça. Ela sabia o quanto esta viagem era importante para mim e disse que daríamos um jeito, de qualquer maneira.

Dois beijos para Maddy

O que Liz não sabia era que eu planejava pedir a mão dela em casamento poucos dias depois de chegar ao Nepal. Não sigo muito as tradições, por isso não ia fazer o pedido a seu pai, nem me ajoelhar, ou mesmo contratar um avião para escrever minhas palavras com fumaça no céu. Sempre quis que nosso noivado fosse diferente. Tinha sonhado em surpreendê-la com um anel em um país estrangeiro, com a ideia de ali retornar um dia com nossos filhos em uma viagem especial, e esta viagem ao Nepal vinha na hora certa. Planejamos fazer uma trilha pela região de Annapurna, no Himalaia. Visualizei-nos escalando as montanhas, quando, de repente, eu tiraria o anel e, emocionada, ela gritaria: "Sim! Sim!"

Mas seria difícil surpreender Liz: nossas finanças eram intimamente entrelaçadas e casamento era uma decisão precipitada para nós. Eu não poupara quase nada, então a única possibilidade de comprar-lhe o anel de seus sonhos era pegar um empréstimo. Assim que o garanti, liguei para A.J., meu amigo mais próximo e o único casado, para perguntar onde comprara a aliança que havia dado à esposa. Ele me pôs em contato com um joalheiro em Minnesota, um velho amigo de seus pais que desenhara algumas peças para sua família. Depois de oito anos juntos e incontáveis palestras sobre as quatro características importantes de um diamante (lapidação, brilho, quilate, cor), eu sabia exatamente o que Liz gostaria, e o joalheiro de A.J. fez exatamente o que pedi. Assinei o cheque sem nem ver. O anel chegou pelo correio na véspera de embarcarmos para Katmandu e era incrivelmente bonito.

Depois de um voo por meio mundo, encontramos com Biraj e alguns de seus amigos e, como se ainda fôssemos estudantes, a cerveja começou a rolar. Liz aguentou o máximo que pôde naquela primeira noite, mas finalmente seus olhos começaram a fechar. Eu a acompanhei até o hotel, a pus na cama e voltei para junto dos rapazes para beber. Conversamos sobre o casamento de Biraj e sobre as mulheres nas vidas de cada um de nós. Quando chegou a minha vez, Biraj perguntou quando Liz e eu nos casaríamos. Sem pensar, contei a ele que tinha planejado pedi-la em casamento quando chegássemos ao topo da trilha. Todos me parabenizaram e, é claro, rolou cerveja suficiente para me obrigar a fechar um olho para ser capaz de andar em linha reta na volta para o hotel.

Acordei cedo na manhã seguinte, com a pior ressaca que já tive, mas estávamos num país diferente e precisávamos explorá-lo. Pensei na noite anterior. O que contara aos rapazes? E será que eles entenderam que tudo deveria ser uma surpresa? Merda. Podia imaginá-los parabenizando Liz no jantar que teríamos esta noite, arruinando, assim, o meu sonho de surpreendê-la com o anel. Eu sabia o que precisava fazer. Hoje era o dia: não o que eu tinha escolhido, mas daria tudo certo.

Enquanto passeávamos pela cidade, eu suava — e não devido aos quase 38 graus. Tentei levar Liz ao lugar aleatório que escolhera pela manhã no mapa que tinham dado no hotel, mas ela insistia em parar em cada loja pelo caminho. Era a cara dela. Mantive as mãos nos bolsos, tentando esconder o fato de que tremiam descontroladamente, minha mão direita agarrada à horrível caixinha verde e branca de papelão que guardava a minha promessa para Liz. Chegamos, finalmente, à Durbar Square, uma área histórica no centro de Katmandu, conhecida pelos seus templos hindus e pela arquitetura maravilhosa. Estava evidente que Liz se sentia cansada e com calor, porque ela começou a reclamar de ambas as coisas e suas queixas me deixavam ainda mais nervoso. Vi o lugar ideal para sentá-la e lhe dar o anel, e sugeri que subíssemos a escadaria íngreme até o templo.

— Está quente demais e os degraus são muito grandes para as minhas pernas curtas — disse Liz. — Além disso, tem macacos por toda parte. E eu não quero chegar perto dessas coisas horríveis.

Dois beijos para Maddy

Implorei que subisse comigo, mas não houve jeito. Ela insistia em voltar para o hotel. Comecei a entrar em pânico.

— Liz... — raramente começo uma frase com o nome dela, então ela logo percebeu que era sério. — Podemos, por favor, só sentar um pouco à sombra, antes de voltar para o hotel? — Perguntei com o mesmo tom grave que usava para pedir que desligasse o rádio do carro, antes que alguma música pop horrível fizesse meus ouvidos sangrarem. E por isso ela concordou.

Estávamos agora tão sozinhos quanto era possível estar em lugares públicos como esses, e eu precisava fazer alguma coisa para a minha mão parar de tremer. Tirei a caixinha do bolso e, sem nada dizer, a entreguei à Liz. Ela pareceu mais surpresa do que jamais vira antes e, sem abri-la, disse:

— Ai, meu Deus! Você comprou brincos para mim!

Fiz não com a cabeça.

— Abra a caixa.

Ela levantou a tampa e imediatamente começou a chorar. E a gritar. Seus gritinhos agudos atraíram a atenção de todos que estavam próximo, inclusive a de um homem que varria o interior do templo e que pôs a cabeça para fora para ver o que acontecia.

Sorri, certo de tê-la feito feliz, e estava contente que o que havia planejado tivesse se realizado em sua maior parte. Se eu tivesse dito que eu era uma mulher, ela não teria ficado tão surpresa. Não sabia se era assim que ela sonhara em ficar noiva, quando era uma menininha. Estávamos os dois sem banho, de camisetas brancas (a minha com manchas amarelas sob os braços) e parecendo exaustos do voo, como de fato estávamos, mas, para nós, foi o momento imperfeito mais perfeito.

Resolvemos casar em nossa cidade natal, Minneapolis, Minnesota, para que nossos amigos e familiares não precisassem viajar para comparecer, e escolhemos a data de 13 de agosto de 2005.

Não sou um cara supersticioso, mas sugeri que escolhêssemos outra data, lembrando à Liz que nosso aniversário de casamento eventualmente cairia numa sexta-feira. Mas ela respondeu:

— Verifiquei no *Almanaque do Fazendeiro* e 13 de agosto é historicamente o melhor sábado do mês, no que se refere ao clima. — Que merda! Devia ter adivinhado. Ela havia estudado os gráficos de clima passados para garantir perfeição. Era uma planejadora de mão cheia e, para este casamento ser um sucesso, tinha mesmo que ser. Vivíamos em Los Angeles, mas, nos oito meses que antecederam a data marcada, Liz viajou semanalmente a Connecticut a trabalho, enquanto planejava nosso casamento em um terceiro estado. Como esperado e, sem quase nenhuma ajuda minha, ela fez tudo com perfeição. Foi elegante, bonito, um sonho, como a própria Liz.

Cercados por mais de duzentas pessoas queridas, trocamos alianças, materializando o amor que sentimos um pelo outro desde o primeiro instante de nosso segundo encontro. Ainda posso ver o enorme sorriso no rosto dela, seu corpo e pés envoltos numa nuvem branca, como se pairasse no ar. Ela chamava a atenção de todos, e não só por ser a noiva. Sua presença e a beleza radiante que emanava de todos os seus poros faziam com que todos seguissem seus movimentos. Posso ainda sentir o aroma dos lírios Stargazer permeando cada tecido no lugar, do vestido de Liz ao guardanapo que usei para secar minhas lágrimas, quando pensei outra vez que ela nunca poderia estar mais linda quanto nessa noite.

Alguns meses depois de voltarmos da lua de mel na Grécia, sentamos para jantar e ter uma conversa séria. Liz me disse que estava cansada de viajar e que queria procurar outro emprego que não exigisse tantas viagens. Quando perguntei se podíamos ou não fazer essa mudança, ela disse que não se importava se tivesse que ganhar menos — queria estar em casa comigo. Queria que ficássemos juntos. Ela adorava o trabalho dela, mas estava disposta a abrir mão dele para ficar comigo.

Não sei se foi o casamento, a maturidade ou até mesmo o medo, mas, um mês depois de ela dizer que estava desistindo do emprego para que ficássemos juntos, eu me ofereci para mudar para Bangalore, Índia, num projeto de trabalho com seis meses de duração. Era uma vaga temporária, mas, se eu me saísse bem, poderia ganhar responsabilidades bem maiores. Quando contei à Liz, ela ficou animada — como eu sabia que ficaria. Ela me viu tomando iniciativa no trabalho e sabia o que isso significaria para nós. Embora não fosse o ideal, retardar nosso tempo juntos em seis meses nos aproximaria da realização de nossos sonhos para o futuro: uma casa em Los Angeles e, logo depois, um bebê.

Fui para Bangalore num domingo, em março de 2006 — véspera de Liz começar seu novo emprego, na Disney. Ficaríamos sem nos ver por três meses, nosso maior período de separação desde que começáramos a sair juntos. Em maio, ela veio a Bangalore e tirei duas semanas para que pudéssemos viajar pelo Sul da Índia, antes de irmos para o norte, para visitar o Triângulo Dourado e, o mais importante para Liz, o Taj Mahal. Foi muito divertido visitarmos juntos pontos turísticos com os quais sonháramos, mas, antes que nos déssemos conta, estávamos de volta à nossa rotina tão conhecida de telefonemas diários, e-mails noturnos e ocasionais chamadas de vídeo.

Voltei da Índia poucos dias antes de nosso primeiro aniversário de casamento e prometi a Liz não deixá-la nunca mais. Mas, transcorridas duas semanas do meu retorno ao trabalho, me pediram para voltar à Índia para ajudar a treinar uma nova equipe. A missão significava um bom aumento, uma carreira bem definida, com salário, e um desafio. Era um enorme avanço para mim, mas eu acabara de prometer a Liz nunca mais deixá-la. Quando comentei o que estava acontecendo, ela chorou, mas, sobretudo, de empolgação. No entanto, alguma coisa na sua reação dessa vez, um ar de ligeiro desapontamento, me fez pensar que, no fundo, ela não queria que eu fosse. Ela já havia aberto mão de tanta coisa por mim. Eu acabara de voltar de uma viagem de seis meses e estava me preparando para deixá-la novamente. Mas ambos sabíamos que eu precisava aceitar a oferta.

Em dezembro, voltei a Bangalore. Liz veio me visitar perto do final do mês e, pela primeira vez, passamos o Natal longe de nossas famílias. Foi uma visita comovente. Era evidente que sentimos muito a falta um do outro, mas, finalmente, estávamos em condições de planejar um lar, uma família e um "felizes-para-sempre". Achei que isso era virar adulto.

Quando voltei a Los Angeles, alguns meses mais tarde, Liz deve ter percebido a minha recém-assumida maturidade. Ela me disse que queria comprar uma casa antes do fim do ano. Eu sabia o que isso significava: ela queria engravidar antes do ano terminar. Ela não precisou me convencer — eu estava pronto, de verdade, para ser pai. Achava que juntos seríamos pais incríveis. Em maio, achamos a casa de nossos sonhos, uma casa que nunca teríamos comprado em Minnesota, com pés de limão, toranjas e laranjas no quintal.

E, quatro meses depois, descobrimos que seríamos pais.

Juntos na pior
época é
melhor do que
sozinhos na
melhor.

Capítulo 3

No início da gravidez de Liz, tivemos algumas preocupações com a saúde do bebê. Ela tinha enjoos matinais terríveis. Quero dizer *realmente* terríveis. Eu me referia a eles como "enjoo da manhã-tarde-e-noite". Era tão forte que sua obstetra, Dra. Sharon Nelson, receitou Zofran, que normalmente é indicado para pessoas que fazem quimioterapia e precisam controlar náuseas. Liz ficou receosa em tomar o remédio, mas a Dra. Nelson nos garantiu que não faria mal ao feto. Apesar de não tê-la ajudado muito, ela o tomou quase que a gravidez inteira.

Na maioria das vezes, a náusea desencadeava o vômito e, com o vômito, vinha a perda significativa de nutrientes para Liz e para o bebê. A náusea também tirou o apetite de Liz, ela acabou emagrecendo e o bebê não estava ganhando o peso esperado a cada mês gestacional. Para avaliar a situação, a Dra. Nelson nos sugeriu procurar o Dr. Greggory DeVore, um médico especializado em ultrassom.

A principal preocupação do Dr. DeVore era a saúde do feto. Isso não significa que ele não desse importância à saúde da mãe, mas tínhamos sido avisados, por outros pais presentes, que o Dr. DeVore tinha um jeito frio de falar. Mais de uma pessoa se referiu a ele como Dr. Desgraça, porque tinha por hábito abordar sempre as piores possibilidades de cada caso. Quando chegamos ao seu consultório, imediatamente achei a sala de espera um dos lugares mais deprimentes que eu já tinha visto. Nas paredes, fotos do Dr. DeVore cercado por sua imensa prole, passando a sensação de que estavam ali para assegurar que os bebês sob sua responsabilidade ficariam tão saudáveis quanto seus próprios filhos. Aparentemente, se a recomendação de sua médica ginecologista e obstetra, seguida de uma grande quantidade de diplomas, trabalhos publicados, prêmios expostos, não fizesse você acreditar que esse cara sabia o que estava fazendo, então as fotos o fariam. Mas não era apenas a decoração. A sala de espera estava cheia de casais grávidos. Sim, famílias. Diferente das inúmeras visitas em que acompanhei Liz ao consultório de Dra. Nelson, também havia homens nesta sala. Talvez a gravidade dos exames os tivesse convencido a estarem presentes para segurar as mãos de suas esposas, mas achei a presença maciça profundamente desconcertante.

Muitas destas famílias estavam aqui porque testes anteriores levantaram algum tipo de suspeita. Outros, como nós, estavam ali por precaução, esperando ter seus piores medos descartados. Mas todos na sala tinham o mesmo olhar sem brilho e pesaroso. Era óbvio que pensavam exatamente a mesma coisa que nós: será que estavam prestes a ouvir que o seu bebê seria aquele caso que, em cada trinta e três, nasce com defeitos congênitos? Eu ainda me lembro das palavras que apareciam no website do Dr. DeVore, logo após essa estatística horrorosa — que estes defeitos congênitos eram "a maior causa de mortalidade infantil e de deficiências da infância". Tínhamos a esperança de que esta visita nos excluísse da enervante possibilidade de vir a ter um bebê morto ou com deficiências e vimos, em primeira mão, quão rápido essa esperança pode desaparecer. Mais de uma vez, testemunhamos mulheres saírem aos prantos, amparadas pelos parceiros. Sabíamos exatamente o que isso significava e, a cada vez, Liz apertava a minha mão um pouco mais.

A porta se abriu e a enfermeira pôs a cabeça para fora, chamando por Liz. Enquanto ela deitava na mesa de exames, sentei-me ao seu lado e segurei sua mão, tentando passar a segurança que apenas o diagnóstico de um bebê perfeitamente saudável poderia lhe dar. Em poucos minutos, Dr. DeVore entrou na sala, sentou ao lado de Liz e, com pouquíssimas palavras, começou a fazer o ultrassom.

Eu sei que Liz tinha milhares de perguntas para o médico; ela sempre tinha milhares de perguntas, e não me lembro de uma única ocasião, em doze anos, em que ela tenha ficado calada. Mas, ela estava tão intimidada pelo silêncio do Dr. DeVore que o deixou fazer seu trabalho em paz. Ele chegou a falar umas duas vezes, mas não se dirigiu a nós e, sim, à enfermeira que estava na sala, tomando notas. Mesmo que estivesse falando conosco, a gente não teria entendido seu jargão médico. Minutos depois, ele estava tirando as luvas de borracha e andando até o balcão perto da porta, ainda sem se dirigir a nós. Liz estava quase pulando da mesa, esperando por qualquer tipo de informação.

Ele finalmente falou:

— Liz, o nível de seu líquido amniótico está baixo, seu bebê tem um peso muito inferior ao da idade gestacional, e o cordão umbilical está enrolado no pescoço. Você vai precisar ficar de repouso nas próximas três semanas, deitando primeiro sobre seu lado direito. Quando não aguentar mais deitar sobre o lado direito, mude para o esquerdo. Quando não aguentar mais, volte a se deitar sobre o direito. Você vai voltar em três semanas, para que eu possa dar uma olhada de novo.

Dito isso, ele saiu pela porta. Liz caiu no choro e eu me senti como se tivesse levado um soco no estômago.

— Que porra é essa? — eu disse para Liz.

A enfermeira tentou nos acalmar, explicando o que o doutor havia dito de forma tão lacônica.

— É só uma precaução. O nível baixo do líquido amniótico é preocupante, porque o nível normal absorve qualquer impacto. Ele oferece ao feto certa proteção contra as sacudidas que ele sofre, enquanto você o carrega durante suas tarefas diárias normais. Se você passar as próximas semanas deitada de lado, reduz as chances de causar qualquer dano a ele, e espera-se que todas as calorias que você gasta, andando em seu escritório ou em casa, sejam redirecionadas para o bebê, o que pode ajudá-lo a ganhar algum peso.

Fazia todo o sentido, mas ambos estávamos pensando na mesma coisa: como Liz ficaria deitada nas próximas semanas?

— E sobre o cordão umbilical enrolado no pescoço? — perguntou Liz.

— Isso muitas vezes se resolve sozinho — respondeu a enfermeira.

Liz fez mais algumas perguntas e a enfermeira respondeu, mas eu não estava mais prestando atenção. Estava distraído imaginando se nosso bebê iria ou não fazer parte da estatística.

E, desta forma, Liz parou de trabalhar e seguiu as orientações do médico. Sem mais visitas constantes a banheiros públicos para vomitar ou sonecas no carro na hora do almoço. Liz completou suas três semanas de repouso, reclamando bem menos do que imaginei que reclamaria. Fiz tudo a meu alcance para facilitar sua vida quando estava por perto e, quando tinha que sair de casa, lamentava não poder ficar com ela.

Quando voltamos ao consultório do Dr. DeVore, ele disse:

— As coisas não melhoraram. Você precisa ir para o hospital imediatamente. Vai ficar internada até seu bebê nascer.

Putz!

Liz ficou arrasada. Por alguma razão, ambos tínhamos a impressão de que as três semanas de repouso absoluto seriam a cura mágica para todos os problemas que Dr. DeVore havia diagnosticado anteriormente. Claro equívoco. Quando percebi que nossa filha não esperaria mais nove semanas para nascer, tive uma reação física ao meu medo. Nunca fiquei tão apavorado na vida — e meu corpo tremia todo. Tentei ao máximo controlar o tremor e ser forte para Liz, mas eu estava segurando a mão dela e ela pôde sentir.

— Imediatamente? — Isso significava que nosso bebê estava em perigo? Agora era eu quem tinha milhares de perguntas, mas senti que não era a hora para fazer nenhuma delas. Precisávamos ir para o hospital. Por sorte, o mais próximo ficava a 800 metros do consultório do Dr. DeVore. Pegamos meu carro e, em poucos minutos, Liz estava preenchendo a papelada para internação. Enquanto dávamos entrada, um grupo de pais grávidos e um membro da equipe do hospital passaram por nós fazendo um tour pelo pátio da maternidade. Nunca tivemos a oportunidade de fazer esse tour. E não fizemos nenhum curso de preparação para o parto. Percebi naquele instante quão imprestável eu seria para Liz quando finalmente chegasse a hora do parto.

Esse novo cenário hospitalar exigiu que ambos se ajustassem, e nenhum de nós tirou isso de letra. Havia todo o tipo de equipamento médico, testes programados, uma multidão de pessoas entrando e saindo do quarto, pouco conforto ou privacidade. Tínhamos que providenciar nossa própria diversão. Durante todo o período de internação, Liz teve que usar perneiras elásticas que ajudavam a circulação do sangue nas panturrilhas, evitando a formação de coágulos. Ela detestava a maneira como elas a deixavam com calor e, uma tarde, resolveu tirá-las. Pouco depois uma enfermeira entrou no quarto e notou que estavam penduradas na beira da cama.

— O que está fazendo!? — gritou como uma mãe que acaba de surpreender o filho adolescente com uma pilha de revistas de sacanagem. — Você precisa usar isso; pode morrer se não colocá-las de volta. Já aconteceu antes e vai acontecer de novo.

Liz fez sinal de que concordava, enquanto a enfermeira punha as perneiras de volta, mas, assim que a porta fechou atrás dela, Liz perdeu a compostura.

— Vá para o inferno! Quer dizer, sei que ela tem razão, mas não precisava berrar comigo daquele jeito! Que horror! Meu Deus! Que vaca!

Eu dei uma risada sem jeito diante da explosão dela, e aí concordei.

— É mesmo uma vaca! — Mas essa foi a última vez que Liz tirou as perneiras sem consultar uma enfermeira. Não importava o quanto doesse, o quanto incomodasse e fosse desconfortável, ela sabia que tinha que aguentar — e estava disposta, porque sua única preocupação era dar à luz um bebê saudável, o mais próximo do final da gestação possível. Fez disso seu trabalho e, uma vez que se tornou seu trabalho, era a única coisa em que focava. Essa era Liz. Uma vez que decidia alguma coisa, não apenas tinha que terminar a tarefa, mas tinha que fazê-la da melhor forma possível.

Apesar de morarmos há menos de dez minutos de carro do hospital, eu me recusei a deixar Liz passar uma noite sequer sozinha. Estive presente tanto quanto foi humanamente possível. Essa gravidez estava nos aproximando muito e eu não podia deixá-la passar por tudo isso sozinha. Dormia em uma cadeira reclinável super desconfortável, acordando de hora em hora, devido a algum alarme aleatório que disparava, ou quando Liz me acordava para mandar eu tapar os ouvidos para que ela pudesse usar a comadre. (Tenho um ódio irracional e permanente do barulho de gente fazendo xixi.) A minha rotina era a mesma todos os dias: eu saía do hospital antes das seis da manhã, para evitar uma nova diária de estacionamento, e ia para casa tomar uma ducha e trocar de roupa. Passava a maioria dos dias, no trabalho, pensando no nosso bebê prestes a nascer, enquanto respondia aos e-mails de Liz.

> Assistindo a *Titanic*. Você tem muita sorte de estar no trabalho. Almôndegas parecem uma ótima opção para esta noite. Você pode comprar antes de vir para cá?
> Acabo de fazer a melhor manicure/pedicure no meu quarto de hospital graças à Mari.
> Estou vendo anões fazendo loucuras no *Jerry Springer*... AAAAAAHHHH!
> Boa massagem, no meu banho... ah, a vida de regalias que levo...

Depois de ficar oito horas tão distraído, a ponto de não fazer nada, eu deixaria o escritório e ficaria em casa só o tempo suficiente para pegar nossa correspondência, umas toranjas para as enfermeiras e colher algumas flores do quintal para Liz. Pegaria almôndegas, sorvete de chocolate com pedacinhos de menta do Baskin Robbins, ou o que quer que ela estivesse desejando naquele dia, e entregaria tudo no seu quarto do hospital. Comeríamos juntos, assistiríamos a programas ruins, ouviríamos as músicas que eu achava que ela devia ouvir, receberíamos visitas no horário permitido e falaríamos ao telefone com amigos e familiares sobre como as coisas estavam indo.

Liz muitas vezes não estava disposta a receber visitas, algumas vezes porque estava com náuseas, outras porque achava que não estava arrumada o suficiente para tal. Mas em vez de dizer que não viessem, ela insistia dizendo que eu ficaria feliz em recebê-los, normalmente do lado de fora do quarto, no hall do hospital, ou na lanchonete. Quando os telefonemas começaram a ser demais para Liz, e eu comecei a não ter vontade de contar a mesma história para os amigos e família espalhados pelo mundo, decidi que atualizaria meu blog toda noite, para que todos tivessem uma fonte de informações quando quisessem fazer alguma pergunta ou saber como estava passando o bebê. Era um site que já fazia anos que eu tinha e que raramente atualizava — só a minha mãe olhava. Liz achou uma boa alternativa para evitar atender ao infindável fluxo de telefonemas que tomava conta das nossas noites, mas insistia que eu não postasse nenhuma foto dela deitada na cama do hospital.

Por mais que eu reclamasse na época, estava feliz de estar ali com Liz, especialmente descobrindo coisas a seu respeito que eu até então desconhecia. Por exemplo, que seu número de sorte era o sete e que ela se considerava católica, apesar de não ser religiosa. Em retrospecto, parece estranho que nunca tivéssemos falado sobre estas coisas antes, mas no hospital não tínhamos mais nada para fazer além de conversar. Quando estávamos separados, não tivéramos oportunidade de conversar sobre detalhes corriqueiros, já que estávamos em diferentes partes do mundo, e telefonemas ou eram caros ou difíceis, por conta das restrições apresentadas pelas diferenças de fuso horário. E estas conversas não tinham pressa. Estávamos diante de uma longa vida juntos, durante a qual esses detalhes acabariam por emergir.

Durante as horas em que estávamos acordados, quando Liz estava mais preocupada, eu armava um sorriso, usava um tom confiante e lhe garantia que tudo ia dar certo, enquanto sentava ao seu lado, no leito hospitalar, fazendo carinho de leve no seu braço sem o acesso. "Nossa bebê será perfeita... ela tem você como mãe." Isso sempre a fazia sorrir. E, quando ela finalmente adormecia, eu sentava na cadeira recostável que destruía as minhas costas e me preocupava com a maneira que as coisas iam acontecer. Sim, ela ia ter Liz como mãe, mas também teria a mim como pai, e isso não podia ser bom. Eu me sentia bem seguro de mim mesmo nos últimos sete meses, mas agora que se aproximava o nascimento, eu estava bem menos confiante de que seria um bom pai. O que mais me preocupava, no curto prazo, para o nosso bebê era o desconhecido: sua saúde. Não tínhamos a menor ideia do que realmente se passava no ventre da Liz, e tão cedo não queríamos ter — só entenderíamos mesmo depois do parto, e ainda faltava muito.

Liz parecia super confiante a respeito da saúde de nosso bebê, mas, depois que se internou, sua postura mudou. Quando ficávamos a sós, dava para ver que ela estava visivelmente preocupada, com a aparência tristonha e desanimada. Foi uma inversão e tanto nos nossos papéis. Eu era sempre o pessimista, enquanto ela era a otimista. Muitos dos seus medos do início da gravidez deixaram de ser apenas coisas que a ginecologista-obstetra dizia e passaram a ser possibilidades muito reais.

Enquanto estava internada, ela começou a ler um livro sobre bebês prematuros. Certa noite, irritada com tanta negatividade que emanava daquelas páginas, ela sentou no leito hospitalar e atirou o livro para a outra extremidade do quarto dizendo: "Droga de livro ruim!" Levantei o olhar da tela do computador no momento em que as palavras saíam dos seus lábios e o livro atingiu o quadro branco em que estavam listados os nomes das enfermeiras e do pessoal de plantão.

— Um arremesso e tanto! — eu disse, e me voltei a tempo de vê-la tremendo violentamente, como se tivesse sido retirada da água de um lago congelado. Claramente não era hora para uma de minhas brincadeiras. Peguei o livro no chão e me meti na cama com ela, abraçando-a bem forte para afastar a dor. Depois que ela se acalmou, abri o livro direto na página dos créditos. — Liz, este livro foi publicado em 1978. Garanto que as coisas evoluíram muito na área de bebês prematuros nos últimos trinta anos. — E isso bastou para que ela esboçasse um leve sorriso e, por mais um dia, eu senti como se tivesse feito o meu melhor trabalho, apoiando minha esposa e melhor amiga.

À noite, quando as visitas da equipe do hospital se tornavam menos frequentes, Liz e eu ficávamos imaginando como seria nosso futuro com nossa filha. Liz falava em viajar pelo mundo, comprar bolsas e sapatos, finais de semana de mãe e filha em SPAs, para fazerem as mãos, os pés e ganharem massagens, e um chá completo na sempre elegante Biblioteca Huntington. Eu falava sobre as noites de outono no Dodger Stadium, a compra de discos, as pescarias de pai e filha no Alaska, com seu tio Nick, as cervejas e Shirley Temples no restaurante polonês na nossa rua.

Assim que tivemos a oportunidade de saber o sexo de nosso bebê, nós o fizemos. Bem, isso não foi minha escolha. Eu tinha a crença muito romântica de que o nascimento devia ser uma das grandes surpresas na vida, mas Liz não concordava.

— Como espera que eu organize um chá de bebê, sem saber o sexo? — Liz perguntou.

— Não sei. Por que não fazemos como os homens da caverna faziam?

— E como seria isso?

— Pedir presentes neutros, sem vínculo com o sexo do bebê.

E, com isso, ela revirou os olhos, o que quase sempre fazia diante de minhas fracas tentativas de humor. Lá no fundo, eu sabia que esta era uma discussão que nunca venceria, porque um dos traços mais marcantes da Liz era a capacidade de reunir todas as informações disponíveis para poder planejar tudo nos mínimos detalhes. Eu sabia que isso era importante para ela, então deixei que tomasse à frente na questão.

Quando Dra. Nelson perguntou se estávamos preparados para saber o sexo do bebê, Liz juntou as mãos sobre o queixo, batendo palminhas aceleradamente, como sempre fazia quando estava muito animada, e soltou um gritinho para informar que estava mais do que pronta. Com alguns toques do aparelho de ultrassom e umas viradas na imagem obtida, Dra. Nelson anunciou: "É uma menina!"

Uma menina.

Eu costumava fazer cara feia para as menininhas no ginásio de beisebol, vestidas em uniforme dos Dodgers, rosa da cabeça aos pés, pulando para cima e para baixo nos corredores, sacudindo pompons e gritando o mais alto que podiam, mesmo quando a bola não estava em jogo.

— Meninos não fazem esse tipo de merda. Será que essas meninas não podem calar a boca e assistir ao jogo?

— Você vai achar uma graça quando tivermos uma menininha e ela fizer isso — Liz comentava.

— Talvez, mas acho que isso é o que *você* gostaria que acontecesse.

Nós dois começamos a chorar assim que ouvimos as palavras da Dra. Nelson. Para ser honesto, não era só a Liz que queria uma menina. Não tenho a menor ideia do que aconteceu, mas algo em mim mudou no dia que soubemos que ela estava grávida e, deste momento em diante, eu só conseguia nos imaginar com uma menina nas nossas vidas. Mas isso não significava que eu não estivesse com medo.

Liz imaginava uma mini-Liz, o que eu tentava evitar a todo custo por algumas razões. Primeiro, eu sabia que ter duas mulheres de temperamento forte em casa tornaria as coisas bem difíceis para mim. Segundo, eu queria transformar nossa filha numa moleca para afastar os meninos quando ela crescesse. Liz não gostou muito do meu plano, mas eu disse a ela que este era melhor do que minha ideia original.

— E que ideia era essa? — ela quis saber.

— Bem, se ela se parecer um pouquinho com você, estamos perdidos, então eu acho que devíamos considerar a possibilidade de fazer nela uma cicatriz de orelha a orelha.

— Meu Deus, Matt. Isso não tem graça nenhuma.

— Eu sei. Não é piada.

É claro que era, eu sabia disso e ela também, porque me lançou o costumeiro olhar de reprovação de quando eu fazia algum comentário grosseiro. Mas esse era meu papel naquela fase do nosso relacionamento. Eu tinha que fazer alguma coisa para aliviar a barra, porque à medida que nos deitávamos ali, noite após noite, tentando ignorar o ruído do monitor cardíaco e dos outros equipamentos, o futuro com que sonhávamos parecia bem distante.

Como foi que isso aconteceu com a gente?

O batimento cardíaco do bebê
desacelerou às 3:30
da madrugada e todos ficaram
preocupados.
O doutor veio vê-la pela manhã
e disse que talvez fosse mais indicado
trazer Madeline ao mundo logo.

Capítulo 4

Eu sempre imaginei algo como num seriado de TV dos anos 1950: Liz levantaria no meio da noite, me acordaria às sacudidelas e gritaria para eu pegar sua maleta e as chaves do carro, porque o bebê estava chegando. Eu diria: "Tem certeza? Quanto tempo entre as contrações?" Ela responderia: "Acredite em mim. Vai ser esta noite." Eu ficaria nervoso, tentando me lembrar dos exercícios de respiração que tínhamos aprendido no curso para gestantes. Calçaria sapatos trocados e tropeçaria em algumas coisas ao sair pela porta, como um ator de comédia pastelão. Eu a colocaria no carro e lembraria que esquecera a maleta. Correríamos para o hospital, seríamos parados por excesso de velocidade e, aí, depois de gritar com o policial em desespero "Minha mulher está tendo um bebê!", seguiríamos pelo resto do caminho com uma escolta policial. Eu ficaria andando para cá e para lá com o pai de Liz e meu padrasto, no corredor do hospital, esperando o doutor anunciar que tínhamos uma menina saudável. "Dez dedos nas mãos e nos pés!", o médico anunciaria e todos nos cumprimentaríamos, daríamos tapinhas nas costas e fumaríamos charutos. E depois? Claro que seríamos felizes para sempre.

Na segunda-feira cedo, antes de sair para o trabalho, um alarme soou no balcão da enfermaria, bem diante do quarto de número sete. O quarto de Liz. Seu número da sorte. Uma enfermeira entrou e nos contou a novidade: o batimento cardíaco de nossa bebê havia tido, mais uma vez, uma queda significativa, o que queria dizer que hoje iríamos conhecê-la. Muitos fatores pesaram na decisão, mas os médicos simplesmente achavam que estava na hora. Com o nível do líquido amniótico ainda baixo e o bebê crescendo e ocupando mais e mais espaço no útero, a possibilidade de algum dano para nossa filha tornou-se uma coisa muito preocupante. Além disso, à medida que ela ficava maior, o cordão umbilical começava a ficar mais apertado em seu pescoço, então, se o ritmo cardíaco apresentasse uma queda prolongada, isso podia significar que o oxigênio não estava chegando ao cérebro e a outras partes do corpo. Eles decidiram que nossa filha estaria melhor aqui fora do que no útero da mãe. Sentimos um misto de ansiedade e medo: estávamos, definitivamente, preparados para segurar nossa bebê, mas ela estava adiantada em sete semanas e estávamos apavorados com a possibilidade de ser prematura demais para sobreviver.

Enquanto uma das enfermeiras falava com Liz, liguei para nossos pais e pedi que pegassem o próximo voo para Los Angeles, porque a neta deles faria a sua primeira aparição um pouco antes do meio-dia. Os pais de Liz e minha mãe disseram que estariam em Los Angeles antes do fim do dia. Meu padrasto não ia conseguir chegar devido a um conflito de agenda; e o meu pai e a minha madrasta estavam na Flórida passando férias, mas prometeram vir em algumas semanas, pois já tinham reservado passagens para a data em que o bebê era esperado. Liguei para Anya, a melhor amiga de Liz, e disse que largasse tudo e viesse para o hospital, porque Liz a queria na sala de pós-operatório depois da cesária.

Postei alguma coisa no blog para os demais amigos e família. Uma foto simples do quadro branco que ficava no quarto de Liz no hospital, onde se lia "Hoje é ...". Logo abaixo, escrevi: "24 de março de 2008... e Madeline chegará em uma hora." Era a primeira vez que eu escrevia o nome de minha filha. Vê-lo ali no quadro, na minha caligrafia, sabendo que aquele era o dia em que finalmente eu a conheceria, fez o meu coração parecer que ia explodir.

Assim que soubemos que Liz estava grávida, começamos a busca pelo nome perfeito. Ela tinha um livro de nomes para bebês na mesinha de cabeceira e começamos pelo início, nos revezando no folhear das páginas, uma letra por noite, lendo os nomes em voz alta para quem não estava segurando o livro. Tínhamos um critério bem simples para escolher o nome de nosso bebê: não podia rimar com nada ruim, não podia ser o nome de nenhuma menina/mulher de nosso passado que fosse de alguma forma insuportável, nem de nenhuma das minhas ex-namoradas. Sugeri nomes de mulheres das minhas canções e livros favoritos, e Liz, nomes de mulheres historicamente fortes. E cada um de nós rejeitou as sugestões do outro com base em uma das razões citadas antes.

Foi na décima terceira noite que Liz leu um nome a que nenhum de nós se opôs.

— O que acha de Madeline? — ela perguntou.

— Adorei.

E esta foi a última vez que abrimos o livro.

Escolher um nome do meio foi um pouco mais difícil. Não havíamos sequer cogitado um até o primeiro alarme falso de trabalho de parto. Uma das enfermeiras nos pediu para preencher uns formulários e, quando chegamos no campo "nome do meio", ela parou.

— Precisamos escolher um nome do meio para Madeline. — Nenhum de nós tinha pensado nisso.

E, alguns dias mais tarde, ainda não tínhamos nenhuma ideia. Eu estava perambulando pelos corredores da maternidade e parei no janelão do berçário. Olhei um bebê de cada vez, torcendo para que, quando a nossa nascesse, fosse tão grande e saudável quanto todos aqueles pareciam ser, e aí me ocorreu: o nome do meio de Madeline devia ser Elizabeth.

Corri de volta ao quarto, empolgado para partilhar a novidade com Liz.

— De jeito nenhum. É narcisista demais.

— Que nada! Acho bonitinho. Veja só: Maddy parece com o meu nome e, com o seu como nome do meio, ela meio que fará uma homenagem a nós dois.

Ela digeriu meu argumento por alguns segundos e o seu olhar contemplativo cedeu a um imenso sorriso, significando que estava empolgada.

— Não desgosto dele — disse brincando.

Quando as enfermeiras chegaram e prepararam Liz para o parto, fiz uma anotação mental de todas as coisas que iria precisar no grande momento. Máquina com tripé: OK. Filmadora: OK. Não tinha intenção de filmar ou fotografar nenhuma das etapas do processo do nascimento, principalmente porque já ficava tonto só de imaginar. Planejava apenas tirar fotos abstratas da sala de parto e eventualmente da nossa filha, mas só depois de os médicos e enfermeiras tirarem toda aquela gosma dela. Trouxe a filmadora para registrar a viagem de Liz para a sala de parto e a volta, captando os nossos momentos juntos antes e depois de nossa bebê nascer. Era isso. Nada de lembranças dos exercícios respiratórios, nada de maleta para esquecer em casa, talvez apenas algum equipamento eletrônico.

Ouvimos uma batida na porta, e a cabeça de Anya apareceu pela fresta. O rosto de Liz se iluminou imediatamente e as lágrimas começaram a rolar. Ela tinha este jeito lindamente triste de chorar quando se sentia muito aliviada: seu lábio inferior se contraía, seus olhos se arregalavam e a cabeça se inclinava ligeiramente para a esquerda. Apesar das incertezas envolvidas na situação que estava prestes a enfrentar, ela sentiu-se instantaneamente melhor com a chegada da melhor amiga. Anya e Liz cursaram juntas a faculdade, em Scripps, e tornaram-se praticamente inseparáveis desde que se conheceram, ficando ainda mais próximas quando o resto de seu grupo de amigos se mudou para longe do Sul da Califórnia. Estavam sempre apoiando uma à outra, mas o mais importante: Anya sempre me dava uma força, sendo indulgente com os sonhos de consumo de Liz, quando eu não estava disposto a assisti-la experimentar vinte e cinco roupas diferentes, ou a ouvi-la martelar, sem parar, sobre alguma ideia nova para redecorar a casa. Nunca ouvi Liz rir mais alto e forte do que quando estava com sua melhor amiga. Liz ficava no auge da felicidade na companhia de Anya (eu quase conseguia o mesmo, mas vinha em segundo lugar). Não fosse pelo motivo principal da presença de Anya no hospital, hoje não era diferente de qualquer outra vez em que estiveram juntas. Elas riam feito doidas, enquanto eu revirava os olhos para suas piadas particulares.

Alguns minutos mais tarde, ouvimos outra batida na porta. Desta vez era a Dra. Nelson. Ela entrou no quarto com um enorme sorriso, fazendo Liz chorar ainda mais de alívio. Dra. Nelson partilhou conosco informações sobre o parto, respondeu a algumas perguntas de última hora e assegurou que tudo ia correr muito bem. Liz perguntou uma vez mais se nossa bebê ficaria bem se nascesse hoje.

— Sim — respondeu a doutora. — A esta altura, é mais seguro para ela ficar aqui fora do que dentro de sua barriga. — Para ilustrar a questão, ela abriu uma tabela rosa e branca com uma linha preta representando o ritmo cardíaco do bebê nas últimas horas. Nas últimas três semanas, Liz e eu nos tornamos especialistas em ler este tipo de exame. Quando a Dra. Nelson apontou uma linha em declínio, indicando uma queda acentuada e prolongada nos batimentos da bebê, não precisou dizer sequer uma palavra para ficar claro para nós que ela precisava ser retirada. E logo. — Não se preocupem — disse a doutora, sentindo o aumento de nossa ansiedade. — Sou especialista em trazê-los ao mundo. Mas não tenho ideia do que fazer com eles depois. Isso vai ser com você e com Matt.

Eu tivera a oportunidade de conhecer bem a Dra. Nelson nos últimos sete meses, indo ao seu consultório mensalmente para a consulta de Liz. Ela era exatamente a médica que eu imaginara cuidando da minha esposa: confiante, inteligente e divertida. Quase mais importante do que ter uma incrível qualificação técnica era o fato de parecer entender as pessoas melhor do que a maioria dos médicos. Não importava a situação, ela sempre sabia o que dizer para Liz se sentir melhor. Numa das consultas, Liz ficou arrasada ao saber que não tinha ganhado o peso esperado para seu estágio de gravidez. Não sei se a Dra. Nelson sentiu o medo nas perguntas ou se viu as lágrimas represadas nos olhos de Liz, mas ela disse:

— Nicole Richie acaba de dar à luz uma menininha saudável, e ela não devia estar pesando mais do que 36 quilos no final da gravidez. Liz, sua bebê vai ficar bem. — Com isso, Liz levantou os olhos. Era preciso ser uma médica especial para saber que nada funcionava melhor com a Liz do que a referência a uma celebridade pop em condições similares.

Agora, a Dra. Nelson não estava mais no quarto e eu podia ver que Liz ficava cada vez mais nervosa conforme se aproximava a hora do parto. Fui até o leito e segurei suas mãos. Enquanto eu acariciava sua palma com meu polegar, beijei seu rosto e cochichei no seu ouvido como eu estava empolgado para finalmente ver a filha que havíamos gerado. Nunca me esquecerei de como ela estava bonita naquele instante. Apesar de pálida, um brilho etéreo emanava dela. A dor que sentia anuviava o quarto, embora seus olhos tivessem um fulgor incrível, como se ela soubesse que aquela luta árdua estava por terminar e que tudo ia acontecer da maneira que desejávamos.

Quando chegou o momento de levar Liz para seu primeiro encontro com nossa bebê, peguei a câmera e a filmadora e fui atrás. Com a enfermeira na cabeceira levando a maca pelos corredores e Anya ao seu lado segurando sua mão, eu filmei o percurso todo do quarto sete até o centro cirúrgico. Ao entrarmos pelo corredor esterilizado através das portas duplas, a enfermeira me avisou que eles tinham que fazer um preparo antes da operação e que eu devia esperar do lado de fora, até que alguém me convidasse a entrar. "Te vejo em alguns minutos. Te amo muito." Foi o que disse a Liz quando a levaram embora.

Depois que troquei de roupa — um traje de pai, como as enfermeiras o chamavam — e Anya voltou para a sala de espera, fiquei sozinho pela primeira vez em horas. Andei de um lado para o outro no corredor, tirando algumas fotos dos equipamentos hospitalares alinhados ali e me preocupando, não com a nossa bebê, mas com a minha mulher.

Logo a enfermeira abriu uma das portas do centro cirúrgico e me chamou. Minha ansiedade se multiplicou um milhão de vezes e eu comecei a transpirar. Meus olhos se dirigiram imediatamente para o lençol azul que cobria o topo da montanha que era a barriga grávida de Liz. Eu não veria nada que não quisesse ver, mas deixei de me importar com o que ia ver. Percebi quão patéticos eram meus medos iniciais sobre o parto. Desde de que tudo corresse bem, eu ia assistir contente a dez adultos e um urso saírem de dentro dela, cumprimentando cada um deles na saída. Fui trazido de volta à realidade por uma enfermeira que me pedia que lavasse as mãos e os braços até os cotovelos.

Ao pisar no pedal para fazer a água correr, ouvi a voz de Liz. Não entendia as palavras que dizia, mas ouvi uma voz masculina mais alta dizer: "Sua esposa recebeu uma medicação para dor. Ela está consciente, mas não totalmente lúcida." Fui direcionado para uma cadeira perto da mesa de operação e me sentei do seu lado direito, nossas cabeças paralelas. Sussurrei para ela: "Te amo." Ela respondeu: "Te amo também. E eu amo minha ah ...ane, ane, ah, aneste... sei lá." Virei meu pescoço na direção do mais novo amigo de Liz, o anestesista. Sorrindo por trás da minha máscara, agradeci a ele por cuidar dela.

Procurei a mão de Liz e olhei em volta, vendo, além do anestesista, uma dupla de enfermeiras e um médico. Minutos depois, Dra. Nelson entrou e anunciou que estavam prontos para começar. "Vamos tirar seu bebê em menos de trinta minutos."

É só isso? Só vou precisar esperar meia hora para conhecer a filha dos meus sonhos? Maravilha.

Logo o ruído do equipamento hospitalar ficou mais alto e o inconfundível cheiro da esterilização e da cirurgia permeou o ar estagnado da sala. Continuei a segurar a mão de Liz e percebi, em certo momento, que poderia ter dado um aperto forte demais quando os instrumentos do médico fizeram um barulho mais alto. A alguns minutos do nascimento, meus olhos ficaram fixos no tubo transparente que saía do lençol azul, transportando mais sangue do que eu teria imaginado pela sala e para um tanque cilíndrico, grande e fechado. De repente achei que fosse desmaiar. Droga. Era disso que eu tinha medo quando falei para Liz que não entraria na sala de parto. Senti a touca hospitalar encharcar com meu suor e o meu peito se apertar como se eu fosse apagar. Eu sabia que isso tudo estava na minha cabeça, mas, quanto mais me esforçava para superar, mais próxima a sensação de que essas coisas poderiam acontecer — coisas que acabariam por atrair a atenção da equipe para a minha direção, e para longe de minha mulher e filha.

Eu me senti um parceiro horrível. Sabia que não podia fazer isso com Liz, então me apressei em me convencer de que precisava me controlar. Fixei o olhar na pulseira de identificação hospitalar que pendia frouxa em seu pulso, forçando a vista para ler as letras miúdas. Comecei a me sentir como quando bebia uma garrafa e meia de vinho tinto, como se estivesse girando com a água que desce pelo ralo de uma banheira gigante. Precisava me concentrar em outra coisa, achar outro ponto para focar.

Olhei para a minha esquerda e encontrei Liz. Olhei seu rosto, estudei cada poro e cada sarda. Admirei a cor vívida de seus olhos azuis brilhando sob a luz forte dos holofotes da sala de parto e, com meus próprios olhos, suavizei cada ruga de sua face. Rugas quase imperceptíveis a esta curta distância; rugas que se tornariam mais pronunciadas quando envelhecêssemos juntos.

Enquanto a olhava, percebi que nunca tinha visto seu rosto de tão perto. Não podia acreditar como ela era diferente da Liz que eu vinha olhando nos últimos doze anos ou mais. Ela era ainda mais linda do que eu conseguia lembrar e, naquele instante, me achei o cara mais sortudo do universo. Foi a beleza de seu rosto que me arrancou do estupor e me levou para um lugar onde eu precisava estar por ela e pela nossa bebê.

Madeline conheceu mamãe.
Mamãe conheceu Madeline.
Chorei um pouco. Sequei as lágrimas.
Cortei o cordão umbilical.
E tirei uma boa foto de close do bebê.
Madeline fez uma pequena viagem para a
UTI neonatal. Mamãe tirou uma soneca.
Eu fiquei esperando.

Capítulo 5

De repente, ouvi o bebê gritando. E tive um momento de clareza. Caraca! Não é *um* bebê! É o *nosso* bebê! Há algumas semanas, estávamos preocupados se os pulmões de nossa filha estariam totalmente desenvolvidos. A enfermeira havia nos dito que, se ela nascesse gritando, seria um bom indício de que estava bem. Comecei a chorar imediatamente ao ouvir aquele gritinho. Liz, no entanto, entrou em pânico:

— Ela está bem? Ela está bem?

— Sim, Liz, ela está ótima! Você não está escutando ela gritar? — Apertei a mão de minha mulher o mais que pude, na tentativa de acalmá-la, para que soubesse que toda dor e todo o seu trabalho duro tinham sido recompensados.

Por trás do escudo azul veio a voz da Dra. Nelson:

— Pessoal, ela está ótima. Ela é muito linda.

Olhei para o relógio pendurado no alto na parede. As linhas horizontais e verticais formadas por luzes vermelhas de LED informando o exato momento em que nossas vidas mudaram — 11:56 da manhã.

Antes que eu percebesse, uma enfermeira se aproximou e me levou até uma pia. Encostada nela, estava outra enfermeira segurando minha filha envolta num cobertor listrado de rosa, branco e azul. Olhar para ela pela primeira vez me tirou o fôlego. Sim, havia um pouco de gosma grudada no cabelo e no rosto, mas, caramba! Ela tinha cabelo! Podia ver atrás de suas orelhas, saindo pela touquinha de lã, que já tinham colocado em sua cabeça. E o nariz! É lindo, tem bochechas gordinhas e o queixo é igual ao meu! E os olhos! Seus olhos estão fechados, mas aposto que são iguais aos de Liz! Espera! Que tamanho tem? Quanto pesa? Ninguém contara seus dedos das mãos e dos pés! Tem dez de cada? Minha cabeça estava a mil. A sensação que tive ao ver a minha filha não foi igual a nada que eu já tivesse sentido. Era como o dia do meu casamento, um novo álbum do Neutral Milk Hotel e uma viagem ao Nepal, tudo enrolado naquele embrulhinho de alegria que chorava.

Fui arrancado de meus pensamentos por uma das enfermeiras que me perguntou se eu queria cortar o cordão umbilical. Claro, pensei. E aí, novo pensamento: Caramba! Deve ser o cordão umbilical mais longo que já existiu. Quer dizer, não sei como costuma ser, mas eu não sabia que podia esticar da Liz até a pia do outro lado da sala. Logo percebi que cortar o cordão era um gesto simbólico, porque, quando a enfermeira abriu o cobertor e descobriu o bebê, vi que já não estava mais ligada à Liz — havia apenas uns 11 centímetros de cordão pinçados por um grampo plástico. Peguei a tesoura da mão da enfermeira e lutei para fazer as lâminas cortarem a coisa borrachuda que mantivera a nossa filha bem alimentada nas últimas trinta e três semanas.

Ouvi de repente a voz de Liz: ela parecia mais desperta do que durante a cirurgia.

— Posso ver meu bebê? — Fui até ela, enquanto se esforçava para ver a criança com que sonhara sua vida toda. A enfermeira se aproximou com a nossa filha e perguntei se podia tirar uma foto. Ela respondeu:

— Seja rápido. Temos que levar sua bebê para a UTI neonatal. — Peguei a câmera e tirei umas fotos de Liz vendo a filha pela primeira vez, Madeline Elizabeth Logelin.

Na comoção, no entanto, não prestei atenção às palavras da enfermeira. UTI neonatal? Por quê? Achei que nossa bebê estava ótima! A empolgação que sentia foi substituída, na mesma intensidade, por medo e terror. Dra. Nelson explicou:

— Madeline parece ótima, mas precisamos levá-la para a UTI neonatal para nos certificarmos.

Tentei permanecer calmo, pelo bem de Liz. Ela estava saindo do torpor dos anestésicos e a última coisa de que precisava era me ver em pânico. Enquanto a enfermeira a levava para a sala de repouso, fui buscar Anya na sala de espera. Sabia que Liz precisaria de nós dois.

Quando chegamos, Liz estava de bom humor, ainda sob o efeito dos medicamentos. Estava mais tranquila do que eu esperava. Segurei sua mão, enquanto ela e Anya conversavam, mas não me lembro de uma única palavra do que disseram. Estava ansioso para ver nossa bebê e confirmar que estava bem, mas não podia deixar Liz. Era impossível conciliar estes dois desejos. Onde ficava a minha lealdade? Me perguntei. E onde *devia* ficar? Com a mulher de meus sonhos e mãe de minha filha ou com a criança que ela acabara de parir, a criança prematura em sete semanas? Eu nunca me senti tão dividido. A única coisa parecida que vivi foi quando tive que decidir para quem torcer quando os Los Angeles Dodgers jogaram contra o Minnesota Twins num campeonato — e posso assegurar, não foi nada comparado a isso.

— Liz, vou dar uma olhada na Maddy — falei de repente.

— Já vi tudo. Já perdi a preferência.

Droga. Me senti péssimo, mas aí ela deu um sorriso para mostrar que só estava brincando. Peguei minha máquina fotográfica e saí do quarto com calma. Tão logo a porta se fechou atrás de mim, saí correndo — eu precisava chegar até minha filha. Parei diante da janela com todos os bebês e só então percebi que não tinha ideia de onde ficava a UTI neonatal. Passava diante do berçário todos os dias e era ali que esperava ver Madeline, mas as coisas aconteceram de forma diferente. Bati na porta e alguém liberou a tranca automática. Meti a cabeça para dentro.

— Posso lhe ajudar?

— Onde fica a UTI neonatal?

— Descendo o corredor, à sua direita.

Sem sequer agradecer, saí correndo pelo corredor e entrei. Uma enfermeira me parou.

— O senhor é o pai de Madeline?

— Sou. — O pai de Madeline. Caramba! Entendi ali que para sempre seria definido pelo meu grau de parentesco com minha filha. Que sensação divina!

Apontando para a janela diante da mesa dela, disse:

— Madeline está ali. Precisa tirar sua aliança e lavar as mãos e braços até os cotovelos por pelo menos dois minutos, antes de entrar. — Fiz exatamente o que me foi mandado. Não queria ser responsável por criar problemas para o bebê de ninguém — ou o meu — por ter migalhas de biscoito ou gordura de bacon nas mãos.

Entrei no recinto e fui parado por um médico que se apresentou e imediatamente começou a falar sobre Madeline.

— Ela está evoluindo bem, considerando o tempo que faltava para o final da gestação. — Explicou que ela estava na incubadora para ajudar a controlar sua temperatura e que tinha uma máscara de oxigênio sobre o nariz. Informou que isso era só uma precaução e que talvez a tirassem em poucas horas, já que ela parecia estar respirando bem sozinha. Explicou, então, que havia uma sonda alimentar na boca que ia até o estômago, porque na sua idade gestacional ela ainda teria que desenvolver a capacidade de sugar e engolir. Eu estava tão preocupado com a saúde do meu bebê que não consegui sequer rir do duplo sentido do que disse.

— Vamos vê-la! — ele disse, me fazendo entrar no quarto. Havia uma caixa plástica transparente, uma pequena etiqueta com o nome dela — Madeline Elizabeth — e as palavras "Bem-vinda, Bebezinha".

Dentro estava nossa bebê, sobre o mesmo cobertor listrado de rosa, azul e branco que a cobria quando saiu da sala de parto. Estava coberta por outro cobertor soltinho, este com corações multicoloridos. Fiquei tenso ao ver o rosto de minha filha sob a máscara de oxigênio, tubos e fios saindo de dentro do cobertor, ligando-a aos monitores ao lado.

O som das máquinas de monitoramento e o bip me puseram em transe. Aqueles poucos minutos com minha filha pareceram horas. Ali estava ela: fora do útero, no nosso mundo. Não pude deixar de pensar em como parecia frágil — parecera mais robusta no momento seguinte ao parto. Nossa bebê. Olhei seu peito. Se movia? Sim. Para cima e para baixo, só um pouquinho. Relaxei um pouco. Por mais assustadora que fosse a visão da máscara de oxigênio e de todos os fios, e por mais inseguro que me sentisse, lembrei que uma equipe maravilhosa de médicos e enfermeiras estava tomando conta dela. Pela primeira vez, desde que Liz entrara em repouso absoluto, estava estranhamente confiante de que tudo ia ficar bem.

— Gostaria de tocá-la?

As palavras me arrancaram de meus pensamentos. Tocá-la? Pensei. Por que não posso segurá-la? Ela não deveria estar nos braços de Liz a esta altura, terminando a sua primeira mamada? E sendo ninada pela versão de Liz de "Brilha, Brilha, Estrelinha", enquanto eu filmava tudo? Acho que não levei em conta a logística da coisa toda. Com todos aqueles tubos e fios, não havia como colocá-la nos meus braços. Fiquei imaginando quanto tempo ela ficaria naquela caixa. Liz era uma pessoa bem impaciente, e sei que ia querer segurar Madeline logo e levá-la para casa o mais rápido possível.

— Por favor — respondi. O médico abriu as escotilhas dos buracos para passar os braços e, saindo da frente, apontou a caixa com a cabeça.

Eu me aproximei e enfiei os braços lá dentro com cuidado para não mexer nos fios. Madeline estava deitada sobre seu lado direito. Estiquei minha mão esquerda por debaixo do tubo de oxigênio para poder tocar sua cabeça e, de mansinho, fiz carinho no pedacinho de pele que não estava coberto pelos elásticos que seguravam a máscara. Era tão macia. Observei atentamente todos os detalhes nela, de cima a baixo. Sem a touquinha, podia ver que tinha uma penugem clara cobrindo a cabeça. Toquei nela, sentindo as mechas entre os dedos. Pareciam fios de seda. Sua pele era de um rosa bem claro e parecia revestida de veludo branco. Seus olhos ainda estavam fechados. Me perguntei se permaneceriam assim alguns dias como acontece com o bebê guaxinim. Ouvira falar que a cabeça de bebês é muito mole e fiquei me perguntando se as tiras de elástico que seguravam a máscara deixariam algum tipo de marca na cabeça ou nas faces. No seu braço esquerdo havia uma pequena tala rosa que mantinha o acesso no lugar.

Foi então que me lembrei dos dedos das mãos e dos pés. Havia mesmo dez de cada? Com cuidado, levantei o bracinho e senti seus dedinhos, contando mentalmente cada um ao tocá-los. Boas novas: cinco na mão esquerda. Peguei a mão direita. Novamente toquei e contei os cinco dedinhos. Levantei o cobertor que cobria a parte de baixo do corpo e busquei os dedos dos pés. Notei um eletrodo na base de seu pé esquerdo, mas não dei importância, enquanto contava os dedos. Cinco em cada pé. É o último indício de que uma criança é perfeita, certo?

Não queria me afastar de Madeline, mas precisava relatar tudo para Liz, antes que ela pulasse da cama e viesse ver por si mesma. Tirei algumas fotos, dei mais alguns tapinhas no ombro de minha filha, fechei as escotilhas da incubadora e me dirigi à porta. Antes de deixar a sala, parei e perguntei ao médico:

— Dá para dizer qual é o tamanho dela?

Ele olhou para o prontuário diante dele e disse:

— Um quilo e quatrocentos, e quarenta e três vírgula oito centímetros. — Medidas que jamais esquecerei.

De volta à sala de repouso, fiz meu relatório para Liz e Anya, repetindo tudo que o médico dissera, enfatizando a parte que Madeline estava ótima, levando-se em consideração seu estágio gestacional. Ambas pareciam aliviadas.

Os olhos de Liz se iluminaram quando ofereci mostrar fotos de nossa bebê. Mostrei as que tirei na sala de parto e, em seguida, as que acabara de tirar na UTI. "Ai, meu Deus! Ela está bem?" Podia notar o pânico em sua voz e percebi, imediatamente, que não devia ter mostrado as fotos de Madeline na incubadora com fios por toda parte e uma máscara de oxigênio cobrindo o rosto. Assegurei que o nosso bebê estava bem, tal como o médico fizera comigo.

A enfermeira presente se aproximou para me tirar da situação em que eu me colocara.

— O médico disse que poderá ver sua filha em vinte e quatro horas.

Isso não ajudou tanto quanto esperávamos.

— Quero vê-la agora. Como podemos fazer isso? — Liz era uma grande negociadora, mas esta era uma negociação que ela não ia ganhar, e a enfermeira lhe disse isso.

Pouco depois, nos despedimos de Anya, e Liz foi levada para seu quarto. Era um quarto diferente do que ocupara nas últimas três semanas, mas todas as nossas coisas já haviam sido trazidas, inclusive a poltrona reclinável incômoda em que eu vinha dormindo. Nos acomodamos e ligamos para nossos pais, contando as novidades. Minha mãe e os pais de Liz tinham conseguido voos e chegariam a Los Angeles naquela tarde. Liz cochilou. Ouvi algumas músicas novas e atualizei o blog:

> madeline nasceu às 11:56 (24/3/2008)
> fantásticos 1,4 kg
> 43,8 cm (quase do tamanho da mãe dela aos 30).
> brincadeirinha, mas liz é realmente pequena
> e a bebê é bem comprida.
> estivemos brincando nos últimos dias...
> se madeline tiver a altura do pai e a cara da mãe,
> vai dar tudo certo.
> se for o contrário, ela vai ter problemas.
> que bom que é comprida...
> e linda.

Um médico entrou no quarto, acordando Liz para contar as mesmas coisas sobre Madeline que eu já havia compartilhado e para confirmar o que já lhe haviam informado mais cedo: ela ia ficar de cama e internada por mais vinte e quatro horas, antes de poder ver, alimentar ou tocar Madeline. Ele nos passou os horários de nossa filha:

— Ela será alimentada a cada três horas pela sonda. Matt, você pode vir vê-la e alimentá-la a qualquer hora. Você também poderá trocar suas fraldas. — Pela primeira vez na minha vida, a ideia da troca de fraldas me pareceu a coisa mais bacana do mundo.

Quando o médico saiu, o humor de Liz já havia mudado. Acho que ela se sentiu melhor ao ouvir a informação de um médico de verdade em vez de ouvi-la de mim, mas ainda estava extremamente desapontada por não poder estar com Madeline logo.

— Ela nem vai reconhecer a mãe dela! Ela já vai estar superligada a você quando eu finalmente conhecê-la.

Eu garanti a ela que esse não era o caso, e acrescentei:

— Você está esperando por este momento há sete meses e meio. Agora só faltam mais vinte e quatro horas. — Ela sorriu para mim e eu senti que conseguira afastar suas preocupações. Passáramos trinta e três semanas nos preocupando com nada além da saúde de nossa filha, e aqui estava mais um médico dizendo que ela estava bem. E que logo Liz estaria segurando nossa bebê.

Pelo resto da tarde e início da noite, fiquei indo e vindo do quarto de Liz à UTI. Achei engraçadíssimo, mas Liz tinha medo de que nossa filha fosse feia, apesar de, lá no fundo, eu achar que ela sabia que Madeline era linda. Mesmo assim, cada vez que eu voltava da visita a Madeline, Liz insistia em ver as últimas fotos e me perguntava se ela era bonita. Jurei que sim e mostrei as fotos para ela, partilhando os detalhes de cada uma das sucessivas viagens. Contei a ela sobre o uso da seringa para empurrar devagarzinho o que o médico chamava de "hambúrguer do bebê" — uma mistura líquida de alto teor de gordura — pelo tubo de alimentação direto para o estômago de nossa filha, e impliquei, sem piedade, contando quantas trocas de fralda eu estava na frente e dizendo que ela ia ter que me alcançar quando finalmente fôssemos para casa.

    Quando nossas visitas esperadas chegaram ao hospital, entraram e abraçaram Liz, falando com ela por pouco tempo. Era muito claro quem os avós tinham vindo visitar, por isso deixamos Liz sozinha e os levei pelo corredor abaixo. Devido às restrições de visitas na UTI neonatal, tive que acompanhar cada um deles, em separado, para que pudessem ver e tocar a neta, enquanto os outros dois nos olhavam pela janela. Em algum momento entre a minha última visita e essa, a máscara de oxigênio havia sido retirada do rosto de Madeline e o tubo em sua boca colocado no nariz. Para o meu alívio, as tiras elásticas não deixaram nenhuma marca nem na cabeça, nem nas bochechas.

    Voltamos para dar boa noite a Liz antes que eu levasse seus pais, Tom e Candee, e minha mãe até os quartos que tinham reservado no hotel anexo ao hospital. Parei para dar mais uma olhada em Madeline no seu primeiro dia de vida, antes de ir para o quarto de Liz, dormir. Eu sabia que teria muitas noites longas pela frente, então avisei às enfermeiras da UTI que não viria em nenhuma das sessões noturnas de alimentação. Dia 24 de março tinha sido um dia e tanto. Precisava descansar.

Os pais orgulhosos continuarão
a dar notícias de nossa linda bebê para
todos.
Ansiosos por notícias ainda melhores.
(Sei que teremos.)

Capítulo 6

Acordei cedo na manhã seguinte, antes de Liz, e me esgueirei para ver nossa bebê. Quando cheguei, a enfermeira perguntou se gostaria de segurá-la desta vez.

Eu não podia acreditar que seguraria Madeline. Eu não havia pedido, porque achara que não poderia fazer isso por algumas semanas. Ela ainda tinha os fios conectados ao corpo, e a sonda nasogástrica continuava estava lá.

— Claro, mas como?

— Com muito cuidado — respondeu a enfermeira. Vi quando ela abriu a lateral da incubadora de Madeline e escorregou os fios e a sonda pela entrada no fundo.

Sentei numa cadeira de balanço azul e, pela primeira vez na vida, segurei minha filha. Fiquei surpreso pela minha reação. Normalmente não sou emotivo e, se alguma vez senti vontade de chorar em público, certamente contive as lágrimas. Mas quando segurei Madeline, deixei as lágrimas rolarem. De repente, reconheci o sentimento que tomou conta de mim — era a mesma onda de alívio e certeza que me atingira no momento em que ela chorou no dia anterior. Com ela temporariamente fora da incubadora e nos meus braços, soube que ia ficar bem. E não podia esperar para contar isso para Liz.

Acabei de alimentar Maddy e voltei para o quarto de Liz. Ela estava acordada quando cheguei.

— Como ela está? — perguntou com os olhos bem abertos, com o tipo de ansiedade que normalmente demonstrava diante da apresentação oral do cardápio de sobremesas em seu restaurante favorito.

— Consegui segurá-la — eu disse, dando um sorriso largo o suficiente para mostrar os dentes (o que era raro).

Ela imediatamente se sentou, gemeu um pouco com a dor que sentiu devido à incisão na barriga.

— Conseguiu? Estou morrendo de inveja! Me conta?! — Pelos minutos seguintes, sentei ao seu lado na cama e, enquanto o quarto se enchia de sol, contei a minha mulher tudo sobre segurar nossa menininha nos braços.

Passamos a manhã fazendo todas as coisas corriqueiras que os pais fazem no dia seguinte ao nascimento dos filhos: conversamos com parentes, preenchemos a papelada do seguro e do hospital; demos entrada no registro de seguro social de Madeline e na sua certidão; discutimos se devíamos alugar ou comprar uma bomba para tirar leite; decidimos quando faríamos o treinamento recomendado de primeiros socorros para bebês; conversamos sobre como seria na nossa casa, apenas nós dois e Madeline, sem a ajuda das enfermeiras e dos médicos.

    O meu sentimento de alívio por ter nossa bebê fora da barriga, e entre nós, era enorme, mas agora eu sentia certa ansiedade com as tarefas que viriam pela frente. Agora éramos responsáveis pela vida dessa criança. Diferente de outros momentos marcantes de nossas vidas, eu planejava ter um papel bem atuante na educação de nossa filha, mas achava que, como homem, não teria o instinto materno. Sabia que tinha muito a aprender, mas estava seguro de que Liz estava pronta e preparada, e que ela seria capaz de mostrar o caminho. Juntos, nós dois seríamos capazes de dar conta de qualquer desafio.

Ao meio-dia minha mãe ligou para perguntar se eu estava pronto para ir à Tiffany buscar um presente para Liz. Ela sabia que eu queria fazer uma surpresa para ela e lhe dar uma joia com um "obrigado por ter suportado essa gravidez infernal", mas que eu ainda não tinha tido tempo de comprar nada. Achei que uma joia seria o melhor jeito de demonstrar que me importava, que a valorizava e que estávamos criando novas memórias para guardar para o resto de nossas vidas. Eu lhe devia muitas joias.

    Uns meses antes, pouco depois de saber que teríamos uma menina, resolvemos pintar o quarto do bebê de verde. Escolhemos um verde lindo, leve e brilhante, em parte porque gostamos da cor e, em parte, porque a ideia de muito rosa me deixava doente. E se o nosso próximo bebê fosse um garoto, o verde também combinaria.

    Queríamos fazer da pintura uma atividade familiar, então esperamos até que Candee, Tom, e a irmã de Liz, Deb, estivessem na cidade, e os convidamos para se juntar a nós. Na noite seguinte à chegada deles, estávamos em pé no pórtico, voltando do jantar, animados em pintar as paredes brancas com largas pinceladas de verde pistache claro. Estava procurando as chaves quando percebi que alguma coisa na nossa casa estava... errada. Pelas cortinas finas da sala de estar, podia ver que algumas coisas estavam fora do lugar. A televisão e o rack não estavam encostados na parede como de costume e o chão parecia mais bagunçado do que havíamos deixado. A primeira ideia que me passou pela cabeça foi a de um terremoto.

Se tivesse pensado logicamente, eu teria me perguntado por que todas as luzes estavam acesas e teria notado o carro estranho estacionado diante da minha casa — incomum na nossa rua deserta.

— Fiquem aqui fora — disse a Liz e aos diversos Goodman. Na época, Liz estava grávida havia pouco mais de cinco meses e eu não queria que ficasse mais estressada, então eu pretendia fazer uma rápida arrumação antes que ela entrasse em casa. Assim que empurrei a porta, ficou claro que a bagunça não resultava de nenhum tremor. No meio da sala estava uma das malas de Liz, escancarada e cheia até a metade de eletrônicos. A porta para o escritório estava aberta, assim como todas as gavetas, o conteúdo espalhado por toda parte. Logo atrás de mim estava Tom, os olhos arregalados e as sobrancelhas quase tocando a linha recuada do couro cabeludo.

— O que está acontecendo? — ele gritou da sala.

— Droga! Droga! Droga! Minha máquina! — Berrei. Na verdade, quatro câmeras estavam desaparecidas, inclusive a que eu havia comprado alguns meses antes para repor uma que fora arrancada da minha mão por um ladrão numa moto, na cidade de Ho Chi Minh. — Fomos roubados! — Ia por água abaixo a ideia de não estressar Liz.

— Fiquem aí fora! — Eu não sabia como estaria o resto da casa.

Dois beijos para Maddy

Entrei pelo corredor e vi o futuro quarto de Madeline escancarado. Podia sentir o vento frio do inverno de Los Angeles entrando pelo corredor. Nosso quarto parecia cenário de um filme ruim de TV: gavetas puxadas dos armários e tudo jogado no chão. Olhei as portas de correr, que davam para o lado de fora do quarto, abertas, com as cortinas brancas esvoaçando para dentro. Estava em choque.

— Matt! Corre aqui!

Liz estava no pórtico olhando para a videira que sobe pela treliça encostada na casa. Com as mãos no quadril, como uma mãe a ponto de ralhar com o filho, a ouvi gritar: "Ei! Ei!" — Uma loura, com menos de um metro e meio, na metade da gravidez, de pé, gritando com os dois homens que tinham acabado de saquear a sua casa.

Como os surpreendemos no meio do roubo, eles foram embora com facilidade pela porta dos fundos. Mas saíram pela parte cercada do quintal, o que foi um problema para eles, já que o carro de fuga estava estacionado na frente da casa — a única maneira de fugir era pela lateral, passando justamente pelo lugar em que Liz estava. Acho que ficamos todos surpresos com a calma deles ao dar a volta pela casa.

— Já para dentro! — gritei para Liz. Meu medo evaporou e eu entrei em ação, desci as escadas correndo, enquanto digitava a placa do carro deles no meu BlackBerry e Tom ligava para a polícia. O atendente nos assegurou que a polícia já estava a caminho, então entramos para ver exatamente o que tinha sido levado. Havia coisas óbvias, como as minhas máquinas fotográficas, e alguns itens eletrônicos menores. Estavam à vista e fáceis de levar. Ao vasculhar a bagunça no escritório, ouvi a voz de Liz no quarto:

— Levaram todas as minhas joias!

Meu queixo tocou o peito e uma náusea tomou conta de mim. Engoli com força para evitar o vômito, enquanto ia até minha mulher. Ela estava sentada na beira da cama, olhando para a pilha de roupas no chão. Todas as joias que comprei, uma a uma, para quase todas as comemorações desde que namorávamos — doze anos de lembranças — tinham sido levadas.

— Amor, sinto muito. Vou repor todas, mesmo que leve outros doze anos. Eu juro.

— Tranquilo. Não é pelas joias. São as lembranças dos lugares e das datas.

— Sempre as teremos, mas, mesmo assim, vou comprar tudo de volta.

A polícia chegou e o oficial responsável deu início às investigações.

— Mandaremos alguém tirar as impressões digitais na casa pela manhã. Tentem não tocar em nada.

— Qual a probabilidade de vocês pegarem estes caras? — Tudo que conseguia pensar era nas joias de Liz. Claro que eu gostaria de receber as câmeras de volta, mas, para Liz, as peças roubadas não significavam apenas metal precioso e pedraria.

— Faremos o possível, mas Los Angeles é uma cidade grande com muitos crimes.

Em outras palavras: Esqueça. Já era.

— Caramba! Não posso acreditar nisso! — berrei, quando o oficial saiu com o carro na mesma direção que os ladrões haviam tomado uma hora antes. Liz estava de pé ao meu lado, na calçada, com a camisa um pouco puxada para cima, mostrando uns cinco centímetros de pele, as mãos apoiadas na lombar, segurando a dor da gravidez.

— Matt. São apenas coisas. Ninguém se machucou. Devíamos estar agradecidos.

Sabia que ela estava certa, mas ainda estava pilhado. Eu a levei, pela escada, para dentro de casa e chamamos um táxi para levar sua família de volta ao hotel.

— Desculpe, gente. Acho que teremos que pintar o quarto do bebê amanhã.

Como no caso da maioria das casas roubadas, me senti invadido. Não porque os babacas dos ladrões se mandaram com as nossas coisas. E não porque jogaram tudo que havia nas gavetas no chão, enquanto procuravam por algum tesouro escondido. Não. Me senti invadido porque os ladrões entraram na minha casa pelo futuro quarto do meu bebê. Estava com medo e raiva, pensando no que teria acontecido se eles tivessem entrado quando ela estivesse lá. Naquele instante pensei em deixar Los Angeles.

Liz estava exausta e foi se deitar.

— Volto daqui a pouco — disse, mentindo para ela. Sabia que não havia como dormir naquela noite, mas não queria dizer a Liz por quê. E se eles voltassem? Queria estar pronto para a eventualidade. Estava no modo macho alfa máximo, pronto para proteger minha família.

Infelizmente, eu não tinha nenhum tipo de arma de verdade para usar contra um ladrão armado que quisesse se vingar. Tinha um taco de beisebol, algumas facas de cozinha e um cinto com uma fivela pesada que podia usar para chicoteá-los, caso entrassem pela porta da frente. Trouxe meu arsenal comigo para a sala, só por precaução, e fiquei acordado a noite toda no sofá, olhando para fora da janela, na direção da rua.

Foi só quando o sol nasceu que percebi como eu estava sendo ridículo. Isso não era um filme, e os ladrões não iam voltar para se vingar. Guardei minhas armas e fui para cama ficar com Liz.

— Que bom que conseguiu vir — ela resmungou e voltou a dormir.

Menos de uma hora mais tarde, acordei com o celular de Liz tocando. Pus o travesseiro na cabeça e tentei voltar a dormir, mas ela me deu um tapa e me virei. Com o telefone ainda ao ouvido, ela pôs em mudo e disse:

— Pegaram os caras e estão com as nossas coisas na delegacia!
— Ficamos maravilhados. Ouvi enquanto terminava o telefonema, avisando ao policial que estávamos a caminho da delegacia.

Quando chegamos lá, fomos apresentados a um detetive de furtos muito simpático.

— Já morei na sua rua, um pouco depois da sua casa. É uma vizinhança bem tranquila.

Não sei por quê, mas seu comentário me fez sentir melhor. Ele nos levou para umas mesas no meio da sala.

— Nestas mesas estão as coisas que recuperamos de vários roubos. Vocês reconhecem alguns de seus pertences?

Liz deu uma olhada nas coisas e olhou para o detetive perguntando:

— Vocês não recuperaram nenhuma joia, não é?
— Não. O que está faltando?
— Vários colares da Tiffany e umas pulseiras que meu marido comprou na Índia e no Nepal.
— Avisaremos se acharmos alguma coisa.

Fiquei novamente nauseado. A polícia tinha quase todo o resto, inclusive o baralho que pegamos na exposição do rei Tut no LACMA (Los Angeles County Museum of Art), há alguns anos, e uma pasta plástica cheia de adesivos dourados usados para lacrar cartões de agradecimento. Mas nenhuma joia. Segurei a mão de Liz.

— Comprarei tudo outra vez — repeti.

Ela apenas me olhou e sorriu.

Dois beijos para Maddy

* * *

Sentado à beira da cama de minha mulher no hospital, no dia seguinte ao nascimento da nossa filhinha, me pareceu óbvio que era o momento certo para começar sua coleção de novas memórias. Senti que devia me apressar e cumprir a promessa que tinha feito. Mas, assim que terminei o telefonema com a minha mãe, Liz disse:

— Você não vai me deixar. — Ela estava séria.

— Mas, Liz, eu preciso almoçar. Não como há mais de vinte e quatro horas e estou faminto.

Tentar planejar uma surpresa para esta mulher nunca foi fácil. Eu sabia que ficaria fora por menos de uma hora, e achava que ela iria dormir enquanto isso, então qual seria o problema?

Os olhos de Liz se arregalaram e eu podia ouvi-la respirando pelo nariz, como sempre fazia quando tentava controlar a raiva que tinha de mim — isso era um bom indício de que estava prestes a me deixar ir.

— Matt, não ouse me deixar aqui sozinha! E se as enfermeiras estiverem prontas para me levarem para ver Madeline e você não estiver aqui?

Droga. Eu realmente queria fazer uma coisa legal para ela, mas, ao ouvi-la gritando comigo, percebi que meu plano não era bom. Aqui estava a minha mulher, pronta para se levantar após cinco semanas, pronta para segurar nosso bebê pela primeira vez, e eu querendo comprar algo que a fizesse pensar que eu era o marido perfeito. Mas, para ser o marido perfeito, bastava ficar ali com ela. Ela sempre conseguia me fazer ver o que era importante de verdade, mesmo que demorasse um pouco para eu entender. Liguei de volta para a minha mãe e avisei que ia ficar com Liz em vez de sair. O "almoço" teria que esperar até o dia seguinte.

Quando desliguei, Liz estava mais calma, seu tom de voz mais suave. "Obrigada por ficar. Eu só não quero ficar sozinha neste momento."

— Eu sei. Espero que entenda que não estou querendo abandonar você. Eu realmente preciso comer alguma coisa — disse, tentando salvar o plano secreto que usaria no dia seguinte. — Por favor, não fique brava comigo. — Sabia que ela não estava. Na verdade, era evidente como meu pequeno gesto a deixara feliz. Percebi que o melhor presente era estar ali com ela, dando o apoio de que precisava. E era a única coisa que ela queria naquele momento e em todos os momentos, antes e depois deste.

— Eu realmente quero muito que você esteja aqui, quando eu segurar Madeline pela primeira vez.

Como?
Por quê?
Duas perguntas
que nada significam.
Como vamos
sobreviver
sem você?
Essa é a pergunta
que vou repetir para
mim mesmo até
o dia em que eu morrer.

Capítulo 7

— Ela ainda não acordou? — Pat, a auxiliar favorita de Liz, perguntou ao enfiar a cabeça pela porta.

Olhamos para a minha mulher dormindo.

— Ainda não — respondi.

— Certo. Volto depois.

Era a segunda vez que ela aparecia. Liz tinha ficado de olho no relógio a manhã toda, esperando as 11:56, quando terminava o prazo das vinte e quatro horas de espera. Estava tão ansiosa que, quando chegou a hora, ela cochilou, ainda exausta pelos acontecimentos da véspera.

Com Liz descansando, sentei na cadeira reclinável para comprar um carrinho de bebê pela internet. Nós só havíamos comprado umas poucas coisas antes da chegada de Madeline — alguns livros, dez ou quinze roupinhas, um berço e uma bolsa de bebê masculina para mim. Não havíamos chegado aos outros itens necessários, porque achávamos que teríamos pelo menos um mês e meio pela frente para fazer isso.

Enquanto fazia compras, ouvia tocar, pelos meus fones de ouvido, o novo álbum do WHY? pela trigésima quinta vez nessa semana. Normalmente não fico ouvindo só um álbum, mas havia alguma coisa especial nele. Alguns versos mexiam comigo de uma maneira que poucas músicas fizeram no último ano. Atribuí isso ao momento. Afinal, eu não estava escutando apenas música de fundo agora. Estava escutando, realmente ouvindo a música, durante uma das mais intensas e difíceis semanas da minha vida. Um verso em especial não saía da minha cabeça: "Tenho sorte de estar sob o mesmo céu que recebe a sua primeira respiração." Descrevia a sensação que eu tinha em relação ao nascimento de nossa bebê, e de uma maneira mais eloquente do que eu mesmo o descreveria.

Nas horas seguintes, Pat enfiou a cabeça pela porta mais duas vezes para verificar se Liz estava pronta para ver Madeline, mas Liz continuava adormecida. Eu sorria e acenava para Pat da minha cadeira e ela, sorridente, fazia sinal de silêncio, indicando que ia deixar Liz dormir um pouco mais. Eu concordava, sabendo que minha mulher precisava do repouso.

Por volta das duas e meia, ela finalmente acordou com o barulho da porta abrindo. Ela sabia exatamente o que a presença de Pat significava, e ficou animada em vê-la. Liz endireitou-se na cama, esperando as palavras pelas quais ansiava desde o dia anterior, ou talvez desde o momento em que se soube grávida. Eu também sabia o que significava sua presença, então pausei "By Torpedo or Crohn's", do WHY?, com dois minutos e cinquenta e oito segundos decorridos de música, tirei os fones de ouvido, fechei o laptop e coloquei-o no chão, entre a cama e a minha cadeira.

    Olhando direto para Liz, Pat, com um sotaque carregado que não eu conseguia identificar, perguntou se ela estava preparada. Naquele instante, toda a dor, toda a angústia dos últimos sete meses e meio evaporaram, substituídas por uma emoção que eu tinha visto pela última vez no dia de nosso casamento.

— Sim! — ela gritou.

— Muito bem, então. Volto já.

    Enquanto Pat procurava uma colega, pensei em convidar nossos parentes a nos encontrar na UTI neonatal e assistir, pelo janelão, a Liz segurar nosso bebê pela primeira vez. Mas não fiz isso. Decidi que seria um momento só nosso: só de nós dois. Assim seríamos apenas os três.

— Estou tão empolgada para finalmente segurá-la. Esperei minha vida toda por isso.

    Pat chegou com uma colega e elas entraram para ajudar Liz a se levantar. Uma puxou as pernas dela para fora da cama, enquanto a outra ficou junto à cabeceira. Assisti do pé da cama, aguardando instruções. Pat me olhou e disse:

— Ela precisa que suas pernas voltem à vida. Gostaria de andar com ela? — Concordando, me aproximei de Liz, seu rosto sorridente me acompanhando o caminho todo até ela. Enquanto Pat segurava seu braço esquerdo, eu peguei o direito e trabalhamos juntos para firmá-la até o chão.

    Era a primeira vez, em quase três semanas, que o pé de Liz tocava o solo e dava para notar isso. Ela ficou ali de pé, bambeando, como se estivesse dando os primeiros passos da sua vida. Podia sentir sua determinação na força que fazia no meu braço, assim como Pat, que aos poucos foi soltando-a, me deixando como único apoio para ela. Liz deu um passo, e mais um, e outro.

Ela se deslocava com muito cuidado para não abusar antes da hora. Ligeiramente curvada, Liz olhava para seus pés, permitindo que seus olhos controlassem cada passo. Ela mantinha a mão esquerda no lugar de onde Madeline saíra, como se isso pudesse conter o conteúdo de suas entranhas, caso resolvesse sair de repente. O jeito dela se mover me fez sentir como se tivéssemos nos transportado cinquenta anos para o futuro: minha velha e eu, nossos pés devagarzinho se arrastando pela calçada, enquanto caminhávamos pela alameda arborizada numa tarde de domingo, de mãos dadas, ambos calados, pensando numa vida toda de felicidade.

Apertando sua mão, disse:

— Ei, lembra que, enquanto esteve em repouso, te papariquei? Bem, quando chegarmos em casa, eu vou me deitar na cama e pedir para você ficar trazendo as coisas para mim. — E prossegui: — Lembra de todas as vezes que me fez buscar a escova de dentes e a bacia e como ficava com nojo quando sua pasta e cuspe acabavam na minha mão? Vou fazer o mesmo com você.

Ela sorriu, sabendo que eu estava brincando.

— Claro.

E, para implicar ainda mais, acrescentei:

— De verdade. Lembra quando me pediu para esvaziar a comadre? A hora do troco é um inferno. Me aguarde. — Ela começou a rir. Sabia que tinha sido difícil para mim ajudar com essas coisas pessoais, e eu fazia as brincadeiras, sabendo que tinha sido igualmente difícil para ela ter que me pedir tais favores.

Viramos a curva da cama e fomos até a janela. Ela parou na bancada para se olhar no espelho, vendo seu rosto pela primeira vez em dias.

— Jesus. Meu cabelo está horrível.

Ri para ela.

— Liz, está ótimo.

Ainda olhando para o espelho, passou os dedos na cabeça e disse:

— Olha essas raízes!

— Certo. Você está certa quanto às raízes. Mas o que esperava? Esteve na cama por cinco semanas!

— Preciso ver Jeannette e Jennifer, assim que sair daqui — disse, referindo-se às irmãs gêmeas que cortavam e pintavam seus cabelos.

— Perfeito! Isso significa que terei mais tempo com Maddy. Vamos ficar muito próximos. Ela vai gostar mais de mim do que de você.

De repente, ela deixou de olhar o espelho e me encarou.

— Idiota. — Falou no tom que sempre usava, imitando o meu irmãozinho quando tinha dez anos.

A segunda enfermeira saiu do quarto e Pat ficou na porta segurando uma cadeira de rodas. Estava grato que Liz teria uma carona até a UTI, porque, no ritmo em que estava indo, levaríamos o resto do dia para chegar lá.

— Dê mais uma volta e aí vamos — orientou Pat. Caminhamos de volta para a cabeceira da cama e dali para a porta. Quando chegamos até ela, Liz ficou de costas para a cadeira. Ainda segurando o meu braço, ela começou a se abaixar para sentar. Pouco antes de sentar disse:

— Estou me sentindo aérea.

Com essas palavras, Liz ficou mole e despencou e, com toda a minha força, tentei evitar que caísse no chão. Pat imediatamente puxou a cadeira para fora do quarto e pediu ajuda. Liz não chegara aos 59 quilos durante a gravidez, e agora devia estar nos mesmos 49 quilos de antes. Não sou o cara mais forte do mundo, mas já a erguera várias vezes e não tinha sido difícil carregá-la. Em vez de tentar lutar contra a gravidade, resolvi abaixá-la com cuidado e esperar por ajuda. Segurando-a pelos pulsos, coloquei-a no chão, pondo sua cabeça no meu pé esquerdo e usando o sapato como travesseiro. Ambas as enfermeiras estavam agora no quarto e tentavam me ajudar a levantar Liz do chão.

Olhei para Pat e meus olhos gritavam o que eu não conseguia perguntar: O que está acontecendo aqui?

— Isso é comum. Acontece o tempo todo com mulheres em repouso absoluto.

E eu acreditei nela. Quer dizer, o que mais poderia ser? Mesmo com a ajuda de nós três, a luta foi tremenda. Fiquei um pouco aliviado quando finalmente a colocamos na cama. Pelo menos agora ela não vai se machucar, pensei. Me afastei sabendo que estava no caminho. Vi quando a sacudiram e lhe bateram no rosto, gritando por seu nome, mandando-a acordar. Vi quando convulsionou, os olhos revirando. Ouvi quando arfou e seu corpo todo sacudiu como se tentasse absorver a última partícula de oxigênio no ar. Ficou claro que não havia nada de normal no que estava acontecendo.

Merda. Claro que era normal. Elas disseram que acontecia o tempo todo. Vi Pat apertar o botão na parede acima do leito de Liz. E, pelos autofalantes no teto, ouvi anunciarem um código hospitalar enigmático, que, mesmo depois de semanas no hospital, não tinha a menor ideia do que significava. Eu não relacionei os dois fatos. Aquilo não podia ser para Liz, podia? De jeito nenhum. Apesar do que a realidade estava me apresentando, eu me segurava nas palavras de Pat. *Normal. Normal. Normal.* Era só no que pensava.

De repente, uma equipe hospitalar invadiu o quarto e um deles me mandou sair. Obedeci e fiquei do lado de fora da porta, tentando entender o que estava acontecendo. Espera aí. Por que estão me mandando sair? Mais e mais gente passou por mim. Parecia que havia centenas de pessoas naquele quarto, mas eu sabia que Liz estava ali por trás de todas elas. Estavam todos gritando, mas eu não entendia nada. Enquanto esperava no corredor, a parte racional do meu cérebro ficava me dizendo que algo muito sério estava acontecendo, mas a parte não racional continuava repetindo: *Normal. Normal. Normal.*

Uma mulher baixa, talvez cinquenta anos, apareceu do meu lado e se apresentou, mas eu não estava prestando atenção. Estávamos nesse hospital havia três semanas e eu achava que conhecia a maioria do pessoal, mas eu nunca tinha visto esta mulher antes.

— Sr. Logelin. Acho que o senhor devia sentar.

Pensei: quem diabos é você e por que diabos está me mandando sentar?

— Por quê? — perguntei.

— Por favor, sente-se. Não quero que desmaie.

Desmaiar? Pensei.

— Estou bem. Pode me dizer, por favor, o que está acontecendo?

— Não sei, senhor. Estão atendendo à sua esposa. — Minha mente estava acelerada. O que diabos isso queria dizer? Vi alguém entrar correndo no quarto com aqueles desfibriladores de pás que vemos em filmes. Acho que vão usar nela. Droga. Aposto que isso significa ficar por aqui mais alguns dias até ela se recuperar. Putz! Será que isso significa que vou para casa sozinho com Madeline? Não sei se consigo dar conta!

A loucura é que a parte racional do meu cérebro sabia exatamente para que era usado o desfibrilador, mas, tendo a TV e alguns filmes como única referência, não consegui entender a gravidade da situação. Tentei chamar a atenção de todos que passavam correndo por mim — eu precisava saber o que estava acontecendo com a minha mulher —, mas a única pessoa que me dava atenção era essa mulherzinha que eu não conhecia e que falava com eufemismos que eu não conseguia entender. Eu queria respostas claras. Minhas perguntas eram bem simples: Quanto tempo até que eu possa vê-la novamente? Quando posso contar a ela sobre essa confusão que causou? Quando ela vai poder segurar a nossa bebê?

Ela continuava falando.

— Sr. Logelin. Por favor, sente-se.

Eu juro que vou dar um soco nela se repetir isso mais uma vez. Mas, em vez de bater nela como achava que merecia, sentei contra a parede apenas para que ela me deixasse em paz. A mulher se afastou, vitoriosa, e eu sentei ali, com os meus joelhos encostados contra o peito, abraçando-os, e minha cabeça espantando os pensamentos horríveis que minha racionalidade estava tentando me fazer entender.

Uma médica de jaleco branco saiu do quarto de Liz e veio na minha direção. Tinha o cabelo escuro e era bonita como as médicas de TV. Me levantei, permanecendo encostado na parede. Perguntei:

— Quem é a aquela senhora baixinha que insiste em me mandar sentar?

— É a assistente social.

Uma assistente social. Por que diabos preciso falar com uma assistente social?

— Pode me dizer o que está acontecendo?

Apesar de não nos conhecermos, ela não precisou perguntar quem era eu. Apenas disse:

— As coisas não estão bem encaminhadas.

Bem, sem dúvida essa foi a maneira mais direta de dizer as coisas até agora. *Normal. Normal. Normal.* se transformou em *Droga. Droga. Droga.* Perguntei então:

— O que quer dizer com isso?

— Achamos que ela pode ter tido uma embolia pulmonar. Um coágulo. — Ela pôs a mão no meu ombro e disse: — Estamos tentando tudo que podemos.

Ela desceu corredor abaixo, depressa, me deixando sozinho. Comecei a andar de um lado para o outro. Encontrei um corredor vazio perto de uma maca e comecei a falar alto comigo mesmo... com a Liz: Você consegue. Você é forte. Você vai sair dessa. À medida que as palavras saíam da minha boca, lembrei-me de todas as vezes que dissera a ela que não era forte. Estava me sentindo um idiota e, de repente, entendi: ela ia morrer hoje, aqui, neste hospital. E ela nunca iria segurar nossa bebê.

Precisava ver Liz. Tocá-la. A emoção tomou conta de mim e me arrastou de volta ao quarto dela, me levando até o posto da enfermagem. Ali, de pé, estava Olivia, a enfermeira favorita de Liz. Uma mulher negra e alta, fonte constante de apoio para Liz durante sua internação. Ela veio na minha direção e me deu um abraço, sem dizer uma palavra. Parece que havia chegado à mesma conclusão que eu.

Enquanto estávamos ali abraçados, alguém nos interrompeu.

— Com licença. — Era a assistente social e, com ela, um homem de batina preta e colarinho branco. Um padre. Nos filmes, o padre aparece quando alguém está para morrer.

Olhei para a assistente social e perguntei:

— Que diabos ele está fazendo aqui?

Ela me olhou surpresa, mas, antes que pudesse responder, o padre falou:

— Ouvi dizer que Liz é católica. Se importa se fizermos uma oração?

Fazia doze anos que eu estava com a Liz. Sim, ela havia nascido católica e acreditava em Deus, mas, definitivamente, não era religiosa. Ela simplesmente decidiu escrever "católica" no formulário de internação que lhe fora entregue quando chegamos ao hospital, como se respondesse a uma pergunta sobre seu tipo sanguíneo. Olhando furioso para a mulher baixinha e apontando para o padre, disse:

— Tira ele daqui. Eu sei o que isso significa. Eu não quero rezar. Eu não quero falar com você. Eu quero ver minha mulher.

Olhando mais espantado ainda do que a assistente social, o padre pôs a mão no ombro dela e ambos se afastaram. Imediatamente me senti péssimo pela forma com que os tratara, mas eu não estava pronto para ouvir a confirmação do que já sabia ser inevitável. Não deles.

Quando eles se afastaram, dobrei o corredor em direção ao quarto de Liz e vi a Dra. Nelson descendo o corredor apressada. Eu nunca esquecerei sua fisionomia quando passou por mim: pânico, medo paralisante, profunda tristeza e impotência. Éramos a imagem um do outro neste momento. Ela entrou correndo no quarto de Liz e eu fiquei no corredor, encostado contra a parede, sem me sentar, para não dar o braço a torcer para a assistente social, apesar de ter quase a certeza de que ia desmaiar.

Meus pensamentos continuaram: É isso. Está acontecendo. Mas não pode, estamos em 2008. Mulheres saudáveis não morrem em hospitais depois de um parto rotineiro. Não mulheres como Liz: ela é jovem e saudável. Onde diabos está nossa família?

Meti a mão no bolso e peguei o celular. Liguei para a mãe de Liz, para seu pai e, depois, para a minha mãe. Ninguém atendeu. Liguei para o celular da Anya. Ela estava no trabalho e atendeu imediatamente.

— Está tudo bem?

— Não. Você pode vir para o hospital agora? Eu acho que ela não vai sobreviver.

— Madeline? — perguntou.
— Não. Liz.
— O quê? — gritou, a voz falhando.
— Anya. Apenas venha. Por favor.

Desliguei antes que ela pudesse dizer alguma coisa. Tentei a mãe de Liz novamente. Desta vez ela atendeu.

— Candee. Vocês precisam vir para cá já. Não está tudo bem.

Como Anya, sua resposta foi:

— O quê?

Desta vez dei uma resposta mais específica.

— Liz. Tem alguma coisa errada com ela. E as coisas não estão bem. — Ouvi a mãe dela gritar "Não, não, não!", enquanto desligava.

Liguei para a minha mãe de novo. Ela atendeu. "Oi, querido." Este era o meu terceiro telefonema e as minhas palavras foram ainda mais diretas.

— Mamãe, venha para o quarto de Liz já. Eu acho que ela não vai sobreviver. — Eu sabia que ela faria milhares de perguntas, por isso desliguei na cara dela, também. Achei que estava sendo exagerado nestes telefonemas, mas o pânico estava tomando conta de mim, enquanto eu tentava novamente negar o que sabia que estava para descobrir.

Alguns minutos depois, Pat e a outra enfermeira saíram do quarto, abraçadas, de costas para mim. Não precisava ver seus rostos para saber.

Liz estava morta.

Morta.
Não dá para
acreditar que
a palavra morta
vem depois
das palavras
Liz
e está.

Capítulo 8

Não havia nada que pudesse trazê-la de volta. Não havia ninguém a quem culpar. Azar e provavelmente uma embolia pulmonar provocaram o pior e mais aterrador momento da minha vida.

Escorreguei as costas na parede até sentar no chão. Comecei a chorar como nunca chorei antes. Um calor intenso emanava do meu corpo, mas eu estava gelado. Tremia tão violentamente que achei que estava convulsionando. Senti ânsia de vômito e achei que vomitaria pelo resto da minha vida. Achei que tinha ficado surdo, porque não conseguia escutar nada. O único fato que podia compreender era que o meu coração estava batendo e o de Liz não. Queria sentir alguma coisa — ansiava por sentir algum desprendimento ou negação. Queria poder acreditar por alguns segundos que tudo estava bem e que Liz ainda estava viva. Mas eu sabia. Sabia que ela estava morta.

Havia acontecido há pouco, mas eu já estava consciente disso. E aí meus pensamentos voltaram-se para Madeline, sozinha na UTI, completamente alheia ao fato de que nossa vida acabara de mudar drasticamente.

Os pais de Liz e minha mãe viraram apressados no corredor, na direção do posto de enfermagem, olhos arregalados, incertos do que estava acontecendo. Me recompus o suficiente para ficar de pé, mas não precisei dizer nada.

Candee começou a chorar. Eu a agarrei e abracei com toda a força. Atrás dela estava Tom, a incredulidade estampada no rosto. Ele parecia estar assistindo a uma horrível tragédia grega se desdobrar num palco distante e escuro — acho que não captou completamente o que acontecera. Ver minha mãe a seu lado, tentando entender, me fez chorar mais ainda, à medida que a realidade da morte de Liz se tornava maior. Fiquei com pena que não tivessem chegado antes de ela morrer, mas o que perderam? O resultado era o mesmo, não fazia diferença em que momento tinham chegado.

Larguei Candee, e a Dra. Nelson se aproximou chorando, os braços esticados para frente.

— Matt, eu sinto tanto. Sinto muito. — Não conseguia entender por que estava pedindo desculpas. Ela abraçou Tom, Candee e minha mãe e pediu desculpas a cada um deles, também. Sim, era de longe a pior coisa que jamais acontecera ou aconteceria para nós, mas sabia que não era culpa dela e não havia por que pedir desculpas. O corpo humano é uma máquina complicada, pensei, e algumas vezes dá problema. Desta vez aconteceu a Liz, e com todos nós. Não era a culpa de ninguém. Não podia ser. Ela apenas nos deixara.

Nós nos abraçamos no corredor por alguns momentos, enquanto a maior parte da equipe hospitalar saía do quarto de Liz. Todos tinham os olhos fixos no chão, evitando olhar para os pais que tinham acabado de perder a filha, a mulher que perdera a nora, e o homem que sabiam que agora estaria sozinho para criar sua filha recém-nascida. Um deles fechou a porta ao sair.

— Você sabe o que foi que aconteceu? — perguntei à Dra. Nelson.

— Estamos certos de que foi um coágulo que subiu da perna dela para os pulmões. Vamos fazer alguns testes para confirmar. — Ela me abraçou novamente, olhou de forma pesarosa para todos nós e se afastou.

Apesar de minha família estar comigo, eu me sentia só. Como se precisasse de uma parede para me manter de pé.

Pensei nos meus medos acerca de mortos. Vi poucos, a maioria em funerais, e três vezes enquanto estava na Índia. Deitados no meio da estrada, após serem atropelados. Sempre desviei o olhar, pois não há nada como um recém-falecido para fazer você se confrontar com a sua própria mortalidade. Mas com Liz era diferente. Eu queria — tinha que — vê-la, tocá-la e segurar suas mãos uma última vez.

A assistente social reapareceu. Ela dizia bobagens extraídas de algum compêndio de serviço social da década de 1970, para Tom, Candee e minha mãe, que escutavam com educação. Mas eu a ignorei, sabendo que, se me dirigisse a ela agora, faria minha família escutar coisas as quais me arrependeria de ter dito. Ouvi quando disse a eles que estavam limpando Liz e que logo poderíamos entrar para vê-la. Jesus. Esse processo é tão infernalmente frio. Como se limpá-la fosse melhorar a situação. Odiei a assistente social e anotei mentalmente que faria uma queixa dela quando finalmente conseguisse pôr tudo sob controle. Não era o tipo de coisa que eu faria normalmente, mas pensei como Liz teria lidado com a situação, e posso garantir que não teria sido nada bonito de se ver.

Anya estava chegando, quando a odiosa mulher terminou de falar. Droga. Ela não tinha ideia do que eu estava a ponto de lhe contar. Assim que consegui falar, ela desmoronou. Eu a segurei e deixei que chorasse em mim. Minha família se aproximou e nos abraçou. Ficamos ali juntos, no meio do corredor, incapazes de prover consolo uns para os outros.

Alguns minutos depois, a porta do quarto de Liz se abriu e alguém me disse que eu podia entrar. Respirei fundo e passei pelo portal sozinho. Olhei para ela com os olhos secos pela primeira vez.

Ali estava ela, ou melhor não estava. Olhos cerrados, pele pálida. Havia um tubo em sua boca com um pouco de vômito preso. Droga. Ela estava péssima. A tal limpeza não valeu de nada.

Eu me aproximei e sentei na beira da cama, afaguei sua cabeça penteando o cabelo para trás, como fazia quando ela estava doente. Parecia seco e áspero, como palha. Parecia morto. O cabelo dela nunca foi assim — era o mais macio que já sentira. Toquei sua testa, e tudo que pude pensar foi que nunca tocara em nada ou ninguém tão frio. Droga. Há pouco ela estava de pé, andando, cabelo macio, pele quente, sorriso aberto, toda a ansiedade de uma mãe de primeira viagem, e agora... Como podia isso?

Peguei sua mão direita, a mesma que segurara ao caminhar com ela pelo quarto há menos de uma hora, e apertei como fazia quando queria lhe dizer alguma coisa secreta em público. Passei meu polegar para um lado e para o outro na sua mão, como fazia quando assistíamos a filmes no nosso sofá. As lágrimas voltaram. Como podia tirar essa imagem da cabeça? Não queria que fosse a última lembrança de minha mulher. Mas não teríamos outras lembranças. Tudo acabado.

Fechei os olhos com força, tentando apagar o que acabara de ver. Tentei me lembrar de seu sorriso quando estávamos indo ver Madeline. Tentei me lembrar da sua pele sob meu toque, enquanto caminhávamos pelo quarto. Tentei me lembrar de como estava linda. Segurando sua mão ali na cama, eu fiquei repetindo: "Desculpe. Desculpe." Sabia que não era culpa minha, nem de ninguém. Mas não estava me desculpando por sua morte. Estava me desculpando pelo que poderia ter sido, o que deveria ter sido e pelo que ela ia perder enquanto nossa filha crescesse.

Não queria sair de perto dela, mas, sentado naquele quarto, me esvaziei: já não sentia amor. Já não sentia ódio. Não sentia nada. Só estava mais nauseado do que antes.

Aquele vazio emocional me apavorou. Precisava ir até Madeline, segurá-la, ficar com ela, para saber que meu mundo não tinha implodido por completo. Para sentir amor outra vez. Saber que era capaz de amar. Se alguém podia me fazer reviver essa emoção, seria Madeline. A necessidade de vê-la era brusca. Não pensei; me senti compelido a ir até ela, porque neste momento eu sabia que era tudo o que eu tinha, que ela seria a única razão para que eu sobrevivesse ao dia de hoje e aos que estavam por vir.

Quando saí do quarto, vi a assistente social novamente, mas já não tinha vontade de lhe quebrar os dentes. Até minha raiva evaporara.

— Matt — ela começou —, vou precisar que complete esta lista das coisas que Liz tinha no quarto de hospital. — Eu a segui pelo corredor. De onde estava podia ver Liz, e também seus pais ao seu lado, mas desviei o olhar para não me emocionar novamente. Olhei a lista. Roupas, laptop, joias. Parei. Não via os anéis de Liz havia semanas.

— Onde diabos estão os anéis? — Levantei a voz para quem quer que estivesse ouvindo. Essa súbita explosão foi a ressurreição de minhas emoções, mas não a que eu esperava. Eu estava com medo. Comecei a transpirar. Eles significavam tudo para ela.

Liz adorava seus anéis. Claro que eles simbolizavam nosso relacionamento eterno, mas ela também os admirava apenas por sua beleza. Tinha orgulho deles como eu também tinha, pelo fato de ter me virado para pagar por eles sem a ajuda dela. Ela sabia como tinha sido difícil para mim adquiri-los, o que a fazia gostar deles mais do que se eu fosse rico e tivesse colocado um diamante Hope em seu dedo, e ela os tratava com o mesmo cuidado que um químico teria ao misturar substâncias potencialmente voláteis. Liz os levava ao joalheiro, pelo menos uma vez por mês, para limpeza, e os limpava em casa semanalmente. Ela me ligava toda vez que um barista ou um cliente elogiava as pedras brilhantes que faziam o anel tão bonito. "Eu sempre digo que tenho um marido maravilhoso", dizia ela.

Naquele instante, a única coisa que me importava era achar os anéis. Comecei a revirar tudo no quarto, procurando freneticamente os estimados pertences de Liz. Enquanto procurava, pensei pela primeira vez no enterro. Os anéis eram um símbolo de um compromisso para a vida toda, e isso não terminava com a morte — certamente ela devia ser enterrada com eles. Mas, aí, pensei no que Liz ia querer. Ela teria me dito que eles eram bonitos demais para serem enterrados e que fazer isso seria um desperdício danado de dinheiro. E estaria certa — eu ainda estava pagando as prestações do empréstimo que peguei para comprá-los. Além disso, corria o risco de o responsável pelo enterro roubá-los, assim que fôssemos embora. Mas, mais do que tudo, pensei na nossa filha e em quanto os anéis de sua mãe significariam para ela algum dia. Apesar de termos prometido usá-los para todo o sempre, eu não podia enterrá-los com Liz. Eles agora pertenciam a Madeline, e eu tinha certeza de que Liz concordaria com a minha decisão.

Depois de alguns minutos de busca frenética e infrutífera, vi Anya na porta.

— Você teria alguma ideia de onde estariam os anéis de Liz? Ela chegou a dizer onde os guardou ou algo assim?

— Matt — Anya falou com suavidade —, eu os guardei na bolsa dela.

Achei a enorme bolsa de couro preta de Liz enterrada sob uma pilha de roupas dela. Vasculhei tudo. Achei um chiclete velho, algumas canetas, dois sacos para enjoo de avião, uma caixa de Zofran e um monte de outras coisas, mas nenhum anel. Pensei no que eu sempre dizia, quando Liz me pedia para pegar alguma coisa na sua bolsa: como consegue achar alguma coisa aqui? Anya falou: "Tem um bolsinho lateral." Olhei para ela rapidamente e, por alguns segundos, lutei com o zíper. Meti os dedos e revirei o bolsinho, achando finalmente o anel de noivado com um grande diamante quadrado no topo e a aliança de casamento, menor.

Puxei-os para fora e segurei cada um entre o polegar e o indicador de uma das mãos. Brinquei com eles, sentindo a platina fria, vendo o diamante brilhar enquanto a luz os atravessava. Meu medo desapareceu, sabendo que não estavam perdidos em algum quarto de hospital, mas não sabia o que fazer com eles. Ponho os dois de volta na bolsa? Peço a minha mãe ou aos pais dela que os guardem até que eu possa colocá-los em algum lugar seguro? A única maneira de mantê-los seguros era guardá-los comigo. Coloquei-os no dedo mindinho, na mesma sequência em que ela os usava: primeiro a aliança e, depois, o anel de noivado.

Agora que os tinha seguros no meu dedo já não me importava em completar nenhum inventário. Olhei para a minha mãe e depois para a assistente social.

— Você pode cuidar disso para mim? Vou alimentar Madeline.

Dois beijos para Maddy

Desci o corredor tentando não ligar para os olhares de pena que as enfermeiras lançavam em minha direção, enquanto eu passava. Sabia o que estavam pensando, porque era o mesmo que eu estava pensando. *Esse coitado. Não vai ter como superar tudo isso e criar essa bebê direito. Os dois estão ferrados.* Quando cheguei na UTI, a enfermeira me deu as condolências.

— Sinto muito pela sua esposa.

Era a primeira vez que ouvia estas palavras, e elas doeram mais do que as injeções contra alergia que tomava semanalmente quando criança. Meu corpo todo se retesou. Sabia que escutaria essa mesma frase, esse mesmo lembrete, pelo resto de minha vida. Tinha sido rotulado como viúvo e seria impossível mudar isto. Fui lavar as mãos e lembrei que teria que tirar os anéis de Liz, assim como tirava os meus. Tirei-os e coloquei-os no alfinete de fralda que a enfermeira me dera na minha primeira visita à UTI e que estava preso no cinto. Senti o olhar de todos ao me encaminhar para o quarto em que estava a minha filha. Outra enfermeira veio até mim e me fez um carinho no ombro.

— Sinto muito. — Ela olhou dentro dos meus olhos, encarando um tipo diferente de angústia, que não lhe era rotineira. — Vou pegar seu bebê para você.

Olhei Madeline deitada na incubadora, cercada de tubos e fios. O alívio que sentira no dia anterior foi substituído por terror e um medo incapacitante. Ontem eu estava absolutamente seguro de que Madeline ficaria bem e que Liz e eu seríamos os melhores pais do mundo. Mas sem ela... Não achava que ia conseguir e não queria fazer isso sem ela. Onde estava meu otimismo? Onde estava a minha felicidade? Onde estava o futuro? Estas coisas morreram com Liz. Me senti tão desvalido, tão vulnerável, e era exatamente assim que Madeline me parecia agora. Na realidade, ela estava se saindo melhor do que o esperado e estava progredindo bem, mas, sabendo que ambos tínhamos perdido a pessoa mais importante de nossas vidas, eu não estava tão certo de que sobreviveríamos.

Observei enquanto a enfermeira manobrava tubos e fios para poder tirar Madeline da incubadora. Sentado na mesma cadeira de balanço que sentara no dia anterior, quando a segurara pela primeira vez, não pude deixar de notar como tudo agora era diferente. Olhei para a camiseta que eu estava usando, branca, com uma estampa de dezenove mulheres sem rosto, em roupa de ginástica, com os dizeres "Broken Social Scene" embaixo. Há algumas horas, era apenas uma lembrança de um show a que assistira, mas agora, e para sempre, seria outra coisa. Seria uma lembrança da noite em que a comprara — uma noite em que Liz, grávida, estava se sentindo muito mal para me acompanhar. Eu fui sozinho, não querendo perder o show pelo qual esperara por meses. Não tinha sido legal deixá-la sozinha naquela noite e, agora e para sempre, essa camiseta me lembraria de como eu tinha sido um babaca egoísta. Manchada pela maquiagem de uma mulher que tinha acabado de perder a nora e encharcada pelas lágrimas de uma mãe que acabara de perder a filha mais velha, seria uma lembrança de algo mais.

A enfermeira pôs Madeline nos meus braços. Comecei a chorar ao olhar para ela, preocupado em fracassar como pai. Não apenas no geral. Eu realmente não sabia o que fazer com uma menininha. Cresci com cinco irmãos e sabia em que tipo de encrenca um menino inevitavelmente se mete. Pelo menos não ia precisar dar bronca nela por colocar bombinhas na caixa de correio ou por atear fogo na grama com uma bola de futebol encharcada de gasolina. Tinha uma meia-irmã, mas era muito mais velha, por isso nunca fiquei escutando atrás da porta, espionando, quando alguém explicava tudo que uma garota precisa saber enquanto cresce. Meus pensamentos avançam doze anos. Quando é tranquilo deixá-la namorar? Nunca, se ela ficar parecida com Liz. Como vou explicar o ciclo menstrual com a delicadeza de uma mãe? Não serei capaz de dizer nada sem fazer piadas sem graça. Como vou levá-la para comprar um sutiã de menina sem parecer um tarado? Espera... talvez eu deva descobrir primeiro o que é um sutiã de menina.

Madeline se remexeu um pouco nos meus braços, me trazendo de volta à realidade. Certo de que haveria muitos, ainda estava cedo para começar a contar meus desacertos como pai. Com ela nos braços, sabia que ia ter que descobrir como as coisas funcionavam, pelo bem dela. Mas ia precisar de ajuda. Olhei para Madeline e falei em voz alta: "Não me importo com o que vai aprontar quando tiver catorze ou quinze, mas, pelos próximos anos, é melhor que você seja a melhor bebê do mundo." A enfermeira da UTI deve ter pensado que eu estava louco, mas naquele instante estava mesmo: minha mulher estava morta e eu não tinha a menor ideia de como ia viver sem ela.

Passei uns vinte minutos com minha filha, antes de voltar ao quarto de Liz. Enquanto andava pelos corredores, reparei que não havia ninguém da equipe hospitalar habitual. Por uma porta aberta, vi as enfermeiras desaparecidas: umas sentadas, umas de pé, a maioria chorando. Reconheci quase todas. Vi a assistente social entre elas e tive certeza da razão de estarem ali. Enfiei a cabeça na sala e perguntei se podia me juntar a elas.

Não sei por quê, mas me senti impelido a dizer alguma coisa para as enfermeiras e técnicas de enfermagem. Agradeci por tudo que fizeram para que a permanência de Liz no hospital fosse confortável, para garantir a chegada segura de Madeline neste mundo e por tudo que tentaram fazer para salvar a vida da minha mulher.

Elas ficaram sem reação; apenas o silêncio atônito me acompanhou quando saí da sala. De volta ao corredor, vi um homem empurrando uma maca com uma enorme caixa de papelão branca. Não percebi de imediato que o corpo de Liz estava naquela caixa. Fiquei ali, sozinho, vendo o homem desaparecer, virando à esquerda, levando o corpo da única mulher que amei, para longe de mim.

Na cadeira,
com você nos meus braços,
é quase
como se todo o resto
fosse apenas
um pesadelo.
Só gostaria que ambos
pudéssemos
acordar.

Capítulo 9

A notícia da morte de Liz começou a se espalhar e as pessoas não paravam de ligar para o meu celular, para dizer nada. Cada ligação era uma oportunidade de consolar a pessoa do outro lado da linha, mas era estranho ter que desempenhar este papel para todo mundo. Sabia que nossos amigos e família tinham boa intenção, mas que diabos tinham para me falar? A circunstância era inimaginável para todos, e achar as palavras certas era impossível. Alguns falavam de Liz no presente, agindo como se ela tivesse tirado umas férias, enquanto outros só falavam em Madeline, fazendo perguntas e dizendo que estavam ansiosos para vê-la crescer. Mas todos usavam eufemismos para não ter que encarar a minha realidade: Liz falecera — ou tinha ido para um lugar melhor. Nenhum deles queria assumir o caráter definitivo de sua morte, mas eu não tinha como evitar isso. Assisti a tudo, segurei sua mão sem vida, vi seu corpo ser levado e, agora, eu encarava a vida como um viúvo com uma filha recém-nascida.

Com o interminável desfile de pessoas que vinham chorar conosco, o hospital transformou uma das salas de espera da maternidade em uma sala de luto. Passei a tarde deitado no chão, olhando fixo para uma sala cheia de amigos e familiares em silêncio, cada um esperando que o outro dissesse a coisa certa. Mas não havia coisa certa a ser dita. Não havia maneira de amenizar os acontecimentos. A coisa toda era uma merda, e eu era o único disposto a reconhecer isso.

Quando alguém finalmente decidia falar, eu não escutava nada. Estava tão imerso nos meus próprios pensamentos que podia estar sozinho naquela sala, falando com as paredes, que não faria diferença. Mas eu não podia dizer a ninguém que ia dar tudo certo, que ia superar tudo, que ia sobreviver sem Liz. Eu não precisava dizer a ninguém o quanto a amava ou quanto ia sentir sua falta, porque todos sabiam disso. Ficava repetindo para mim mesmo: Que diabos vou fazer sem ela? Ela era a minha vida. Não posso seguir sozinho.

Sentado ali, senti que talvez a morte fosse a única maneira de aplacar a dor, mas sabia que o suicídio não seria jamais uma opção. Não podia deixar Madeline sozinha. A ideia de vê-la transformada numa órfã me embrulhava o estômago, e me odiei por ter pensado de forma tão egoísta. Além disso, Liz me mataria se eu fizesse algo do gênero. Horas depois de minha mulher morrer, decidi fazer de Madeline minha razão de viver. Ela seria a minha fonte de esperança e felicidade a cada instante de tristeza. Ela me arrancaria da melancolia que, inevitavelmente, eu sentiria. Ela me faria lembrar de Liz o tempo todo e, não importa o que acontecesse nos dias, semanas, meses e anos por vir, eu dependeria dela para ficar feliz e ser o melhor pai possível.

Depois que todos, menos minha mãe e os pais de Liz, saíram, me dei conta de como estava sozinho. Nossos amigos estavam indo para suas casas com suas mulheres, suas namoradas, seus maridos, seus namorados, todos provavelmente dizendo a mesma coisa: *Te amo e estou feliz de que não tenha acontecido conosco.* Eu? Não tinha a menor ideia do que fazer ou para onde ir. Não havia a menor chance de voltar para casa. Não esta noite. Na verdade, sentia como se jamais fosse capaz de passar pela nossa porta da frente outra vez. Resolvi ir para o hotel anexo ao hospital, na companhia de minha mãe.

Deitei de barriga para cima, olhando para o teto. Num braço, apertava o travesseiro vermelho de viagem que Liz levava para toda parte. No outro, sua *pashmina* rosa favorita, um presente que comprara para ela em uma das minhas viagens à Índia. Apesar de achar que minhas lágrimas tinham secado, elas reapareceram quando aproximei o travesseiro e o xale do rosto, sentindo seu perfume. Seu cheiro estava tão entranhado nestes objetos que jurei que não os largaria até que tivesse aspirado todo o seu aroma. Foi incrível como o cheiro me encheu de esperança — esperança de conseguir dormir à noite, de sonhar que ela ainda estava viva. Sofri um instante pensando que isso não era real. E, enquanto devaneava, sonhava que iria despertar amanhã e descobrir que tudo não passara de um pesadelo. Dormir era uma fuga. Além de que estava tão cansado que, nem se quisesse, conseguiria manter os olhos abertos.

Por volta das duas da manhã, acordei com meu telefone tocando.

— Sr. Logelin?
— Sim. Quem fala?

Era uma mulher do programa de doação de órgãos.

— Sr. Logelin, sentimos muito pela sua perda. Gostaríamos de conversar sobre doação de órgãos e tecidos.

Não era assim que pretendia acordar. Não apenas fui arrancado de meu sono cheio de esperança, mas por uma mulher disposta a tirar vantagem do meu pior pesadelo em benefício de outra pessoa. Era uma coisa horrível de se pensar, e eu sabia disso, mas não pude me controlar. E me excedi um pouco.

— Em quanto tempo isso precisa ser feito?

— O contrato tem que ser assinado em vinte e quatro horas.

Vinte e quatro horas.

— Senhora. Minha mulher morreu não faz nem doze horas. Não dá para falar disso amanhã de manhã?

— Claro. Voltaremos a ligar às nove.

Irado, desliguei o telefone.

— Vinte e quatro horas? — perguntei em voz alta, acordando minha mãe.

— O que houve, querido?

— Nada, mamãe. Volte a dormir.

Entendia a urgência, mas tudo que podia pensar era na falta de sensibilidade comigo. Uma pessoa mais agressiva teria mandado eles pastarem, mas, enquanto tentava dormir de novo, pensei no que Liz ia querer numa situação dessas. Nunca havíamos discutido sobre doação de órgãos, mas ela tinha um adesivo de doador na sua carteira de motorista e havia me persuadido a colocar um na minha também. Sabia o que tinha que fazer e, antes de perder a consciência de novo, me consolei um pouco com a ideia de que a morte de Liz poderia ajudar outros a viver.

Meu telefone tocou de novo na manhã seguinte, às nove em ponto, e eu sabia o que era. Para poupar os pais da Liz de escutarem parte da negociação sobre os órgãos e tecidos de sua filha, pedi licença, me retirei da mesa do café da manhã e atendi o telefonema no hall do hospital.

    Sentei numa cadeira próxima ao balcão de informações e comecei a responder as perguntas da mulher. Não, Liz não tinha tatuagens. Sim, viajamos muito, inclusive para países com muitas doenças transmitidas pelo sangue e com a doença da vaca louca. Não, ela não usava drogas injetáveis. Sim, fizemos sexo sem proteção nos últimos doze meses, ressaltando o fato de que ela morreu no dia seguinte ao parto. Não, ela não tinha hepatite, AIDS ou qualquer outra doença. Sim, eu estaria disposto a doar qualquer órgão ou tecido considerado aproveitável. A cada pergunta e consequente resposta me vinha uma onda de náusea. E era por isso que não estava comendo nada.

    Vi enfermeiras e médicos andarem pelo hall de entrada encaminhando-se para onde quer que trabalhassem no hospital. Estava olhando em especial para as funcionárias. Ficava pensando: preciso casar com ela. Não tinha nenhuma relação com ter uma segunda renda, amor ou sexo. E certamente nenhuma intenção de substituir Liz. A motivação era o meu medo de criar uma bebê prematura sozinho e não ser um bom pai — e agora também uma mãe — para a minha filha. Não era por mim, estava convencido de que Madeline precisava de uma mulher na vida dela o mais rapidamente possível, para não crescer apenas sob a influência de seu pai que estava à deriva. Pelos meus cálculos, meu cérebro valia menos do que a metade do cérebro de Liz. Droga. Madeline só tem um quarto de um pai/mãe.

O ruim da internet é que as notícias se espalham rapidamente. Tão rapidamente, na verdade, que, um dia após a morte de Liz, meu telefone não parava de tocar e a luz vermelha do meu BlackBerry não parava de piscar. Por outro lado, por conta da velocidade com que as notícias se propagam, do nada, a minha rede de apoio era enorme e estava espalhada pelo mundo todo. Colegas de escola, que fazia doze anos que não via, me contactaram contando que viram Liz uma vez e nunca esqueceram seu sorriso. Meus amigos de faculdade ligaram, todos em choque, não acreditando que alguém tão cheio de vida e energia como Liz pudesse ter morrido. Biraj me ligou da Coreia do Sul em lágrimas, incapaz de dizer alguma coisa. Meu colega de quarto da faculdade me ouviu chorar ao telefone por pelo menos trinta minutos. Familiares de quem não tinha notícias desde o último Natal ligaram para partilhar alguma lembrança de Liz. Colegas e amigos que estavam na Índia e nas Filipinas — cuja maioria nunca conheceu Liz — me ligaram e escreveram para contar que se lembravam de como o meu rosto se iluminava quando eu falava dela.

De pé, do lado de fora do hospital, uma linda manhã ensolarada do Sul da Califórnia não conseguia desviar minha atenção do momento mais escuro da minha vida, enquanto eu falava com um dos meus amigos mais antigos, Alex. Eu o conhecia desde que entrara na escola no terceiro ano primário. Tínhamos uma amizade sem grandes exigências, mantida por um telefonema ou e-mail, uma ou duas vezes por ano. Eu nem contara a ele que Liz estava grávida, por isso fiquei surpreso com seu telefonema. Ele me contou que estava viajando a negócios, mas que pegaria um voo para Los Angeles, assim que possível. Eu não havia nem imaginado que meus amigos que moravam fora da cidade fossem aparecer para o enterro de Liz. "Eu nem sei ao certo quando e onde será o enterro, mas acho que será no sábado. Não é quando os enterros costumam acontecer?" Nenhum de nós sabia ao certo — éramos jovens demais para já ter pensado nisso. Pelo menos Alex era. Eu envelhecera uns quarenta anos em menos de vinte e quatro horas.

Dois beijos para Maddy

Enquanto conversávamos, um táxi entrou pela alameda do hospital e parou bem diante de mim. A porta se abriu e ali estava o meu melhor amigo, A.J., e sua mulher, Sonja. Terminei o telefonema com Alex e comecei a chorar de novo. Eles estavam com a família de A.J. em Colorado, esquiando, e eu não falava com eles desde o nascimento de Madeline. Não esperava que ninguém fosse aparecer, mas, se alguém aparecesse, seria A.J. e Sonja. Tinha frequentado o ensino médio com eles, e eram um dos poucos casais que Liz e eu conhecíamos que estavam juntos havia mais tempo que nós. Estive no casamento deles e A.J., no nosso. Eles eram o tipo de casal que outros invejam, mas não odeiam. E eram, de longe, os seres humanos mais bacanas e bondosos no mundo.

Numa noite, no hospital, Liz me dissera:

— Eu sei que concordamos em não batizar Madeline, mas gosto da ideia de ela ter padrinhos. Será que A.J. e Sonja topariam ser os padrinhos, mesmo sem batizado? Você sabe, no caso de nós morrermos num acidente de carro ou algo do gênero, gostaria que eles tomassem conta de Madeline.— Lembrei-me da conversa enquanto me aproximava de A.J. e o abracei por mais tempo que o normal, chorando em seu agasalho de esqui preto.

— O que estão fazendo aqui? — disse, fazendo a pergunta mais burra do dia. — Vocês deviam estar aproveitando as férias! — Eu precisava deles e eles sabiam disso, então vieram o mais rápido possível, mesmo sem eu ter pedido. Sequei as lágrimas, passei o braço pelos ombros de A.J. e disse: — Venham. Vamos ver a criança mais linda do mundo.

Essa cena se repetiu várias vezes nos dias seguintes. A irmã de Liz, Deb, veio de San Francisco, e tinha uma expressão que espero nunca mais ver. Meu pai e a mulher vieram de suas férias na Flórida, ambos ainda achando que tudo era uma piada de mau gosto. Meus irmãos, David e Nick; meu meio-irmão, Adam;

meu padrasto, Rodney; meu primo, Josh; um dos meus colegas de quarto, Nate; a família de Liz; suas amigas de ensino médio e universidade... pessoas de todas as partes do país vindo chorar comigo e com nossas famílias.

Cada vez que alguém chegava ao hospital, eu prontamente levava até a janelona da UTI para ver Madeline. A certa altura, encontrei o berço de Madeline encostado contra a janelona. A enfermeira me disse que ela estava atraindo tanta gente que resolveram colocá-la onde todos pudessem vê-la. Liz teria adorado a história da filha ser a estrela da UTI, mas achei um pouco estranho estar sentado na cadeira, segurando a minha filha, entre lágrimas, enquanto meus amigos e familiares me viam pelo outro lado da janela. Mais esquisito ainda ver seus lábios se mexerem e não entender o que diziam. Mas eu tinha quase certeza de que sabia exatamente o que estavam se dizendo. *Aquele pobre diabo. Como vai dar conta sem Liz? Estou tão feliz que não tenha sido minha/meu mulher/marido.*

Na tarde de quinta-feira, fui com os pais de Liz, minha mãe e meu padrasto, meu pai e minha madrasta e Anya a uma funerária próxima do hospital. Eu dirigira por aquela estrada para cima e para baixo milhares de vezes e nunca havia reparado nela. Não sei por que escolheram aquela funerária e, para falar a verdade, não dei a mínima para isso. Entramos e fomos saudados por um senhor alto que se apresentou como o diretor. Nenhuma apresentação era realmente necessária — quero dizer, ele parecia com todos os diretores funerários que eu já vira na TV, e o meu olhar era provavelmente igual ao de milhares de viúvos que ele conhecera. Ele nos levou para uma sala com uma imensa mesa de madeira cheia de amostras de tecido e garrafas d'água, que me fez lembrar das salas usadas no meu escritório para entrevistas demissionárias.

Dois beijos para Maddy

Ele se sentou à cabeceira e recitou uma mensagem bem estudada de como lamentava tudo e como a morte fazia parte da vida, mesmo quando acontece a gente tão jovem. Aí seu discurso deu uma guinada: "Então, estamos pensando em caixões ou urnas?" Gostei de sua maneira de encaminhar a conversa, mas não pude deixar de sentir repulsa à pergunta. Minha mulher estava morta havia menos de dois dias e aqui estava um cara discutindo como dispor seus restos mortais, da mesma maneira que se decide que tipo de ovos se quer no café da manhã. E esta escolha não era tão simples quanto responder: "Com bacon, é claro." Em nossos doze anos juntos, Liz e eu nunca discutimos o que deveríamos fazer caso um de nós morresse, e éramos jovens demais para ter rascunhado algum testamento que respondesse essa pergunta. Olhei em volta da mesa, procurando os rostos de cada um na sala. Seus olhos lacrimosos olhavam para mim, aguardando a minha resposta.

Mas eu não sabia como fazer estas escolhas. Liz tomava as decisões difíceis por nós. E antes disso, meus pais faziam isso por mim. Eu nem sabia se devia ser realmente eu a responder a tal pergunta. Talvez devesse ser decidido pelas pessoas que lhe deram vida e a criaram? Olhei para eles novamente e seus rostos continuavam dizendo que a decisão era minha.

Transportei-me para nossa viagem a Katmandu em 2004. Durante um intervalo nas festividades do casamento de Biraj, ele sugerira que visitássemos Pashupatinath, o templo hindu mais sagrado do Nepal. Um guia turístico nos levou pelos jardins, parando na ponte que dava para o rio Bagmati. Ele apontou para a fumaça que subia das margens do rio, a fumaça que estávamos respirando. "Se olharem atentamente, verão piras funerárias e cremações lá embaixo." Nossas expressões imediatamente foram de inquisitivas para desgostosas, e fizemos o melhor que pudemos para parar de inalar a fumaça a nosso redor. A visão e o cheiro de corpos queimados eram demais para nós, por isso nosso tour acabou ali.

Pensei, então, na ocasião que estive em Katmandu em 2006, sozinho. Senti vontade de voltar a Pashupatinath e sentar às margens do rio Bagmati, para assistir a uma cerimônia completa de cremação. Assisti a um corpo atrás do outro, todos enrolados em linho branco, sendo trazidos para a pira funerária em macas de bambu e apoiados no chão, enquanto uma série de rituais eram feitos. Os corpos eram, então, colocados na pira, cobertos por lenha, e ela era acesa, enquanto um homem com uma vara comprida atiçava o fogo. Vi quando a lenha e o corpo se transformavam em cinzas e, finalmente, eram atirados no rio, eliminando a evidência de uma existência física. Percebi, na ocasião, que não fora o corpo em chamas nem a fumaça que nos alarmara em nossa primeira viagem, mas o fato de que temíamos nossa própria mortalidade. E, para mim, que não acredito na vida após a morte, ali sentado às margens do Bagmati, naquele dia em 2006, finalmente a ideia da morte me trouxe alguma paz.

Esta visão contrastava muito com a maioria dos enterros católicos a que já assistira durante minha vida. Achava o funeral com caixão aberto um tanto macabro, e sempre me dava a sensação de que não se terminava nada com isso. Mas cremação — o processo de destruir o corpo físico, uma vez que o cérebro para de funcionar e o coração de bater —, bem, aquela me parecia a única maneira de verdadeiramente se despedir.

— Estamos pensando em urnas. — Não foi a minha resposta que me surpreendeu, mas a certeza com que a proferi. Olhei em volta mais uma vez, esperando que alguém se opusesse. Ninguém o fez. O agente funerário se levantou e nos levou por um corredor até os fundos da agência, onde fileiras de urnas estavam dispostas em prateleiras na parede. Rapidamente as avaliei, achando todas inaceitáveis. Eu não poria, de jeito nenhum, as cinzas de Liz numa urna com uma bandeira americana e uma águia careca gritando.

Enquanto vasculhava as prateleiras à procura de uma opção pelo menos aceitável, o agente, talvez percebendo meu desagrado, começou novamente a falar.

— Você não precisa ter uma urna. Podemos também armazenar as cinzas num saco plástico e colocá-lo dentro de uma caixa de papelão.

Não sabia o que dizer. Ele continuou:

— E você pode vir buscá-la ou podemos enviá-la para sua casa. — Fiquei atordoado. Não estava nem um pouco preparado para isso.

— Ah... não. Eu não vou buscá-la e você não vai mandá-la por correio, de jeito nenhum. Existe alguma outra opção? — Ele me fez um discurso sobre uma lei estadual que não permite que as funerárias guardem os restos mortais depois de um determinado tempo.

Eu estava ficando visivelmente inquieto. Ainda estava em choque. Será que estava realmente aqui, tomando providências para o enterro de Liz? Minha mãe percebeu meu crescente desconforto e tomou à frente.

— Matt, eu vou dar uns telefonemas e ver se minha amiga, que é agente funerária em Minnesota, pode guardá-la, até que você esteja pronto para decidir. — Estava cansado de tomar decisões, e doido para que alguém as tomasse por mim. Fiquei muito agradecido naquele momento — era exatamente do que precisava.

Voltamos todos para a sala da frente para que eu assinasse a papelada e definisse os demais detalhes. Concordamos que faríamos uma cerimônia na capela da funerária, no sábado, de maneira que o maior número de pessoas pudesse comparecer. Insisti que não tivesse caráter religioso, porque queria que o foco estivesse nos restos de Liz e não numa fé não compartilhada de que Deus a levara para algum lugar melhor.

Achei que as perguntas tinham acabado, até que o agente me perguntou quantas certidões de óbito eu queria.

— Nenhuma. Não quero nenhuma certidão. Eu sei que ela está morta. — Respondi. De verdade. Era a última coisa de que precisava para lembrar que minha mulher nunca seguraria nossa filhinha.

— Sr. Logelin, o senhor vai precisar de pelo menos algumas cópias para o inventário.

Inventário? Não havia nem começado a pensar nas contas bancárias dela, cartões de crédito e inúmeros outros problemas que teria que enfrentar nas próximas semanas. Isso definitivamente não era a minha praia. Tom veio em meu socorro. "Matt, por que não pedimos dez cópias, para caso você precise?" Novamente foi maravilhoso ter alguém tomando uma decisão por mim. Estas eram perguntas simples que exigiam respostas simples, mas, para mim, eram perguntas que nunca imaginei ter que responder. Especialmente não aos trinta anos.

Quando voltamos ao hospital, fui direto ver Madeline. Eu a vi deitada na incubadora e as lágrimas imediatamente começaram a correr. Mas estas lágrimas eram diferentes das outras que havia chorado nos últimos dias. Estas eram lágrimas de alívio. Ali, vendo seu peito subir e descer com a respiração, soube que não seria capaz de dar conta de nada disso sem Madeline. Com apenas dois dias de existência, ela já estava me salvando de uma forma que nenhum dos meus amigos e familiares poderia salvar.

> Dentro, onde você
> habitava,
> embora ainda cheio
> de coisas suas,
> está tão vazio
> quanto no dia
> em que nos mudamos.

Capítulo 10

Sexta-feira, pela manhã, finalmente estava de volta a minha casa. Da mesma forma que não deixei Liz passar uma única noite sozinha quando estava em repouso absoluto, também não podia deixar Maddy sozinha no hospital, por isso continuaria dormindo no hotel anexo até que ela pudesse vir para casa.

Atrás de mim, no pórtico, havia um pequeno exército de amigos e familiares para me dar apoio na primeira vez que entraria em nossa casa desde a morte de Liz. Não estava ansioso para fazer isso. Destranquei a porta e corri para dentro para desarmar o alarme. Andei pela cozinha até o nosso quarto. Estava exatamente do mesmo jeito desde o dia em que Liz dera entrada no hospital, três semanas antes.

Enquanto olhava em volta, todos me deram a privacidade que achavam que eu precisava. Na mesinha de cabeceira de Liz havia uma garrafa d'água quase vazia, me lembrando de todas as vezes em que reclamei por ela não acabar com elas. Do lado, o remédio contra náuseas, os blisters estourados em quase toda a cartela, com apenas dois comprimidos, me recordando do quão difícil tinha sido a gravidez dela. Atrás estava o despertador, me transportando para o dia em que resolveu tirá-lo da tomada porque ele chiava toda vez que o celular recebia um e-mail. No centro, o livro de nomes sobre o qual nos debruçamos até encontrar um nome para a nossa bebê.

Neste instante, a música dos Silver Jews, "I Remember Me", começou a tocar na minha cabeça:

> Me lembro dela
> E me lembro dele
> Eu me lembro deles
> Eu me lembro de então
> Estou apenas lembrando
> Estou apenas lembrando
> Apenas lembrando
> Estou apenas lembrando

As palavras se repetiam na minha cabeça, enquanto eu saía rapidamente do quarto e me enfiava no nosso escritório.

Sentei no chão diante de minha parede de música e comecei furiosamente a pegar CDs e discos das prateleiras. Era provavelmente a última coisa com que devia me preocupar, mas senti uma compulsão incontrolável de escolher as músicas para o funeral de Liz. Não podia nem pensar em ouvir aquelas músicas deprimentes comuns em funerais — "On Eagle's Wings" e todas as outras drogas que você espera que toque quando alguém morre. De repente, estava determinado a criar a melhor playlist para funeral do mundo, e a tarefa era mais árdua do que imaginara. Liz e eu tínhamos o gosto musical bem diferente um do outro. Ela gostava de um tipo de música pop que me fazia querer colocar uma mordaça — você sabe, Beyoncé, Justin Timberlake e "as quarenta melhores", que tocavam o tempo todo na rádio local — enquanto eu gostava de rock indie e jazz, que mal chegavam às rádios comerciais. Pensei na melhor maneira de lhe fazer uma homenagem, mas não tinha como transformar seu funeral em uma festa. Por sorte, a maioria das músicas que eu escutava era meio melancólica, então não tinha como errar. O único critério era que a música significasse algo para nós dois.

Mas a primeira música que eu queria pôr na lista violava a minha única condição, pois Liz a odiava, já que era a música que eu lhe pedira para tocar caso eu morresse: "Dress Sexy at My Funeral", do Smog. O título por si só entrega o fato de que a música é totalmente inadequada para um funeral, mas eu sempre imaginei que no meu haveria alguns momentos de descontração, e achava que no de Liz deveria ser assim também. A.J. entrou no meu escritório e sentou no chão ao meu lado, imediatamente participando da busca nas prateleiras de música. Não lhe disse o que pretendia, mas ele deduziu. Ele sabia como música era uma parte importante da minha vida e entendeu como o processo de criação daquela playlist seria catártico para mim.

Sem olhar para ele, eu disse:

— Cara, a primeira música será "Dress Sexy at My Funeral".

A.J. tinha o mesmo gosto musical que eu, mas com uma noção mais clara do que era apropriado.

— Você acha que é uma boa? — disse, me olhando como se eu tivesse ficado maluco.

— Ah, vamos lá. Ninguém vai estar reparando nas letras. Você e eu vamos ser os únicos a saber o quanto a música é pouco apropriada. — Anotei na lista e continuei a busca pelo meu histórico musical e de Liz, comentando as ideias com A.J. e ouvindo suas sugestões.

Ele sugeriu "Une Année sans Lumière", do Arcade Fire; "Last Tide", do Sun Kil Moon; "Falling Slowly", do Frames; e mais algumas.

— Preciso incluir aquela dos Bee Gees da qual a Feist fez um cover, você sabe, aquela que tocamos no nosso casamento. "Inside Out" e "Tennessee", dos Silver Jews. E qualquer coisa do *In the Aeroplane Over The Sea*. — Uma hora depois eu tinha completado a minha seleção.

A.J. trabalhou extraindo os arquivos dos CDs e criando a ordem perfeita para tocarem, enquanto eu seguia para a próxima tarefa importante: procurar fotos de Liz dentre quase doze anos de fotografias. Tinha as minhas favoritas, mas queria que a agência funerária cobrisse as paredes com fotos dela. Não queria que sua morte a definisse ou que fosse a única coisa que as pessoas lembrassem a respeito dela. Se pudessem vê-la sorrindo diante de Machu Picchu, da Acrópole, do Taj Mahal, ou qualquer um dos lugares maravilhosos que visitamos ao redor do mundo, no mínimo, teriam a certeza de que ela viveu uma vida incrivelmente plena, em sua rápida passagem de trinta anos nesse planeta. Mas eu olhava estas fotos na esperança de que ajudassem a tirar da minha cabeça a imagem final de Liz morta, deitada em seu leito no hospital.

Meus demais amigos e familiares tomaram conta de todas as coisas em que eu ainda não tinha conseguido pensar. Tom e Candee sentaram com os amigos de Liz que mais entendiam de finanças para traçar um plano para mim e montar uma lista das coisas que eu precisaria fazer quando saísse do torpor. Sonja sugeriu que criássemos um fundo, em memória de Liz, para suprir a perda da sua renda, e ela e meu primo Josh criaram uma conta bancária com essa finalidade. Minha mãe e minha madrasta ajudaram a limpar a minha casa, e meu pai e meu padrasto, irmãos e um dos tios de Liz formaram um time para dar conta de alguns dos projetos de melhorias para a casa que há muito estavam abandonados.

Quando A.J. e eu finalmente saímos do meu escritório, entrei na cozinha e escutei Candee falando ao telefone com o *Los Angeles Times* para publicar um obituário nos jornais.

— Certo. Vamos lhe passar os dados em uma hora. — E olhando para mim, Candee acrescentou: — Querido, você quer escrever alguma coisa para o obituário dela?

Xi.

Ela prosseguiu.

— Não quero te pressionar, mas eles avisaram que temos uma hora para mandar alguma coisa a tempo para sair no jornal de sexta-feira.

Sonja estava de pé ali perto e se ofereceu para escrever.

— Você dá uma olhada quando eu terminar e me diz o que acha — disse ela.

Enquanto Sonja punha a caneta para correr sobre o papel e encapsular a vida de Liz em menos de 220 palavras, saí e sentei no degrau mais baixo da escada do meu pórtico, fitando as casas no morro em frente. Respirei o perfume das toranjas em flor no nosso quintal e fiz a conta na minha cabeça. Madeline nascera às 11:56 e Liz morrera no dia seguinte às 15:11. Vinte e sete horas. Em vinte e sete horas testemunhei as duas coisas que são garantidas a todo ser humano: nascimento e morte. Viver as emoções associadas aos dois eventos, em pouco mais do que um dia, era avassalador.

Tentei dispersar as lágrimas, enquanto pensava, ali sentado, em como estas vinte e sete horas estiveram próximas da perfeição. Nosso amor, nossos empregos, nossas viagens, nossa casa em Los Angeles, nossas árvores frutíferas e, por fim, nossa linda menininha. Estas eram as coisas pelas quais batalhamos, e nós as havíamos alcançado no instante em que Madeline nasceu. Vinte e sete horas da mais pura felicidade. Me senti muito sortudo por ter tido ao menos este pequeno período, e tenho certeza de que Liz morreu com a certeza de que tínhamos alcançado tudo o que queríamos. Mas não podia deixar de pensar que nos roubaram uma existência de verdadeira felicidade. Vinte e sete horas não bastavam — mas, para falar a verdade, uma eternidade também não teria bastado.

Fiquei em pé com um pulo e corri escada acima e cozinha adentro. Peguei uma caneta e um caderno e escrevi o seguinte:

> vida e morte.
> do instante mais feliz de nossas vidas
> para o mais triste.
> tudo isso num período de vinte e sete horas.
> a dor é insuportável.
> destruição não descreve a perda
> que estamos todos sentindo.
> familiares e amigos de todas as partes do mundo
> vieram para nossa casa, ligaram, enviaram mensagens,
> choraram.
> todos morreram um pouco,
> quando liz nos deixou.
> ela gostava de todos,
> mais do que possamos imaginar.
> ela nos deixou
> com o maior presente que podia:
> uma menininha,

que se parece tanto com a mãe.
ela seria a primeira a dizer que tudo vai ficar bem.
por favor, tente não chorar
(diz o marido que não consegue parar).
em vez disso, pense em liz.
lembre-se daquela risada.
daquele sorriso.
daquele amor.
eu sei que vou.

Rasguei a folha do caderno, entreguei a Sonja, que a recebeu, sem reação, e saí do cômodo. Eu nunca escrevera nada assim antes. Claro, eu tinha escrito meus trabalhos de escola e faculdade, e algumas críticas sobre discos para uma revista de música, mas nunca partilhara meus sentimentos de forma tão pessoal e explícita. Escrever estas palavras me deu uma incrível sensação de tranquilidade. Elas acabaram na contracapa do folheto do funeral de Liz.

Naquela tarde, me vi recostado na sala comunitária do hotel anexo ao hospital. Apesar de não estar reservada para nós, na prática, tinha se tornado nossa propriedade, devido ao número de famílias e amigos que acamparam ali nos dias que se seguiram à morte de Liz. Nós tínhamos excedido a capacidade da sala de espera na maternidade. Mesas, balcões e até mesmo partes do chão estavam cobertas por cestas de frutas e caixas de pizza fria, pratos de cookies e todas as outras coisas que as pessoas gentilmente trouxeram, na esperança de manter minha família e amigos alimentados.

Passados três dias da morte de Liz, eu ainda não tinha comido nada, apesar da insistência de todos. Estava tão farto das perguntas sobre minha alimentação, que comecei a mentir para todos que perguntavam. Ninguém parecia compreender que um estômago vazio significava apenas ânsia de vômito e, à esta altura, eu preferia isso a sentir a queimação do vômito na garganta e narinas.

    Sentei no chão, com amigos e familiares, remexendo mais de quinhentas fotos impressas de Liz, arrumando-as por temas em murais para exibir no funeral. Havia um mural com fotos dos Goodman, um com fotos de outros familiares, dois com fotos de seus amigos, três com fotos de nós dois, e um com imagens variadas de Liz sozinha. A maioria de nós achava reconfortante rever os momentos capturados pelas imagens, mas Candee e Deb não aguentaram olhar e se recolheram em seus quartos. Poucos dias depois do pior dia de nossas vidas, estávamos todos conseguindo contornar a situação, mas a morte de Liz nos afetava de maneiras diferentes: testemunhar as reações de Candee e Deb me fez compreender que nem todos iríamos lidar com o fato do mesmo jeito.

    Eu ainda estava entorpecido, mas sabia que não poderia me trancar em um quarto, nem ficar sozinho — precisava estar rodeado de pessoas. Mesmo cercado pelos que eu amava, fiquei olhando em volta, evitando encontrar o olhar de outro ser humano. A cena toda me fez sair do quarto buscando a única coisa que sabia que me faria sorrir. Fui ver minha filha muitas vezes naquela noite, algumas vezes entre as mamadas. Mesmo adormecida, ela era a melhor distração do mundo.

Não estou aqui
de pé, diante
deste quarto,
olhando para
estas pessoas,
tentando pensar em
algo para dizer.
Não.
Estou nas montanhas do Himalaia.
Estou observando a beleza do Taj Mahal.
Olhando fixo para o mar de Santorini.
Flutuando no espaço.
E você
está aqui comigo.

Capítulo 11

Eu nunca imaginara minha vida sem Liz, e ambos havíamos assumido que eu morreria primeiro. Meus triglicerídeos estavam perigosamente altos. Não me exercitava. Não dormia. Não comia nada, além de carne vermelha e açúcar, e era conhecido por abusar da bebida. Se você estivesse conosco tempo suficiente, ouviria Liz me chamar a atenção sobre minha dieta pelo menos umas mil vezes. "Você precisa ser saudável. Você quer viver para ver seus filhos crescerem, não quer?" Eu sempre prometia que comeria melhor no dia seguinte, imaginando que teria anos para resolver isso. Pessoas não morrem antes dos oitenta, certo? Afinal eu só tinha dezoito, vinte e cinco ou trinta. Não importa. Me sentia jovem.

Mas Liz era a personificação da saúde.

— Por que diabos sou eu que estou aqui vivo? — perguntei em voz alta, enquanto Alex, atrás de mim, olhava por cima de minha cabeça para o espelho, tentando fazer com que minha gravata rosa de bolinhas brancas ficasse direita.

Ajustando o nó Windsor e criando o vinco perfeito abaixo dele, disse:

— A pergunta que te faço é: como você conseguiu viver trinta anos sem aprender a dar um nó na gravata?

— Cala a boca, idiota. É um dos feitos do qual tenho mais orgulho. Não são muitos que, na minha idade, conseguem dizer isso.

Ele revirou os olhos e concordou. Era a segunda vez que eu estava usando esta gravata. A primeira tinha sido no casamento. O terno que vestia — o único que tinha — havia sido comprado para o jantar do ensaio. Agora, menos de três anos após aquela noite de agosto, ia para o funeral de Liz com ele.

Chegamos à funerária uma hora antes da cerimônia e, quando nos aproximamos da porta, vi pelo menos quarenta floreiras enfileiradas. Dentro delas devia ter dez mil dólares de plantas e flores — essa deve ser a razão por que escrevem "no lugar de flores" nos obituários tantas vezes. Todos olhamos em volta maravilhados, até que nossos olhos se fixaram em um enorme arranjo, à esquerda da entrada, tão grande que nos deixou sem ação. Estava enlaçado por uma fita marfim onde se lia "De seus amigos do Blush".

A confusão foi generalizada e todos franziram a testa, mas eu comecei a rir e respondi à pergunta não formulada:

— Blush é o salão onde Liz fazia o cabelo. — Ela teria ficado feliz de ver isso.

Tal como eu imaginara, os murais de fotografia estavam alinhados no corredor do lado de fora da capela, mostrando uma Liz que aproveitara a vida intensamente. Havia algumas pérolas, fotos que eu escolhera especialmente para fazer as pessoas rirem com vontade. Havia uma em que ela estava do lado de uma vara de medição, num passeio na Disneylândia, com o fato implícito de que ela tinha a altura suficiente para ser admitida no brinquedo; uma outra dela revivendo um momento de desespero, no Norte da Índia, quando as temperaturas chegaram a 47 graus Celsius; outra dela ao lado de um latão de lixo com formato de palhaço, numa feira estadual em Minnesota, imitando o bocão aberto que servia de entrada para a lixeira.

Entrei na capela com A.J. e fui imediatamente surpreendido pelos acordes de "On Eagle's Wings". "Puta que pariu! Precisamos desligar essa música antes que eu mate alguém."

Vi um homem de terno que não reconheci e supus que fosse um dos filhos a que se referia a placa do lado de fora da funerária.

— Oi. Tenho uns CDs com a música que quero que toquem durante a cerimônia. Pode nos levar até a mesa de som? — Alguns minutos mais tarde, eu cantarolava "Dress Sexy at My Funeral".

O pessoal começou a entrar, parando para dar um abraço e as condolências a todos os rostos familiares que encontravam. Eu praticamente os ignorei, acenando de vez em quando, enquanto me deslocava, imaginando que diabos iria dizer no discurso em homenagem a minha mulher. Havia decidido que dois dos tios de Liz iriam fazer o papel de mestres de cerimônia e eu, se encontrasse as palavras, faria a maior parte do discurso. Não haveria orações, nem leituras da Bíblia, enquanto eu estivesse na tribuna, apenas histórias, mas eu não havia planejado como faria. Sempre tive pavor de falar em público. Tenho um nível de confiança digno de uma menina de doze anos no início da puberdade, quando fico diante de multidões. Mas, hoje, era diferente.

Chegada a hora, assumi meu lugar na frente da sala. Os tios de Liz disseram umas poucas palavras para os tementes a Deus presentes, antes de me passarem o microfone. Fiquei ali, segurando as bordas da tribuna, de olhos baixos, olhando para o nada e, depois de alguns segundos, levantei a cabeça. Todas as fileiras estavam cheias e havia pessoas sentadas no corredor, entre os bancos, em pé no fundo e saindo pela porta, invadindo o estacionamento. Nossos amigos, familiares, colegas, enfermeiras do hospital, completos estranhos — tantas pessoas tinham comparecido e, pela primeira vez numa situação de discurso em público, senti uma enorme segurança. Imagino que você possa chamar de uma profunda indiferença pelos sentimentos alheios, mas, naquele instante, os únicos sentimentos que importavam eram os meus. Ninguém nem nenhuma opinião desafiaria meu pesar, e seria impossível que alguém me fizesse sentir pior do que já estava. Inspirei o aroma de milhares de flores, sua combinação criando o mesmo cheiro amalgamado apenas presente em floriculturas, casamentos e funerais.

— Vou apenas dizer o que todos estão pensando: É foda.

Depois de cuspir esta primeira frase, relaxei. As palavras fluíram como se fossem as únicas que eu conhecia: falei de como o sorriso de Liz iluminava cada sala em que entrava, o jeito com que me olhava com seus olhos de um azul fulgurante, do jeito como não aceitava as coisas com que não concordava. Falei de nossas viagens fantásticas juntos, inclusive as do Peru, Índia, Nepal, Grécia e México. Contei a todos a sensação de sucesso que tivemos quando compramos nossa primeira casa juntos, há dez meses, e a animação que sentimos diante da perspectiva de trazer Madeline ao mundo. Falei de meus medos em criar nossa filha sozinho. Sobretudo, falei de como sentiria falta de Liz em minha vida. Enquanto falava, todos me olhavam, visivelmente prendendo a respiração, esperando que eu terminasse de falar, antes de voltarem a expirar. A certa altura, chorei e se juntaram a mim meus irmãos, pai e padrasto. Eles passaram o microfone de mão em mão, cada um contando sua história favorita sobre Liz e dando um tempo para eu me recompor.

Meu irmão David foi o último a falar.

— Matt e eu temos uma diferença de dez anos, mas desde pequeno eu só conheci Matt e Liz, Liz e Matt. Ela era minha irmã, tanto quanto Matt era meu irmão. — Ele fez uma pausa. — Saí com muitas garotas na minha vida e nenhuma delas chegou aos pés de Liz. Espero algum dia achar o tipo de amor que estes dois partilharam.

Do público, alguém gritou: "Qual é o seu telefone?" Era a Annie, uma das colegas de colégio da Liz, me fazendo rir como sempre conseguia. Tenho certeza de que alguns a acharam inconveniente, mas era exatamente o que eu precisava escutar. Serei eternamente grato por ela rir comigo num dos momentos mais difíceis da minha vida.

Depois disso, convidei os amigos de Liz e sua família a se juntarem a mim na frente da sala e partilhar suas lembranças também. Parecia que a cerimônia começara há cinco minutos, mas, quando olhei meu relógio — o relógio que Liz me dera de presente de casamento e que eu raramente usava —, vi que estava em pé ali, falando, escutando, chorando e rindo por mais de uma hora. Sempre achei que funerais, assim como casamentos, deviam ser cerimônias curtas, então, agradeci a todos e convidei-os para uma celebração em minha casa. Antes de sair, fui até um dos murais de fotografia, peguei uma foto de Liz grávida e feliz, no nosso quintal, apontando para sua barriga arredondada, e a enfiei no bolso interno do paletó.

Quinze minutos mais tarde, estava diante de minha casa, observando pessoas caminhando pelo nosso jardim com pratos de papel na mão, pesados de comida, e copos plásticos vermelhos cheios de cerveja e vinho. Não pude deixar de pensar que Liz ficaria orgulhosa se pudesse ver isso, porque uma das razões de comprarmos esta casa tinha sido sua vontade de receber amigos para almoçar no jardim. Aqui estávamos, minha família, a dela e nossos amigos de todas as partes do país fazendo uma grande festa em sua homenagem, mas me deixava chateado saber que ela estava perdendo a comemoração. Fui passando de pessoa em pessoa, dando e recebendo abraços, e dando palmadinhas na barriga para informar que estava satisfeito, a cada vez que alguém tentava me dar alguma coisa para comer. Era o quinto dia de náusea persistente, o quinto dia sem comida. Sentia como se jamais fosse conseguir comer novamente, mas eu estava bem quanto a isso, porque, pela primeira vez, em mais de um ano, o meu terno servia em mim.

Estava agradecido que tantas pessoas tivessem vindo, mas a única pessoa com quem eu realmente queria estar — com quem eu *podia* estar — era Madeline. Odiava a ideia de que estivesse perdendo o funeral da própria mãe, mas não era por opção. Ela ainda não tivera alta, e, de acordo com os médicos, isso poderia demorar várias semanas. Fui ficando mais e mais ansioso para vê-la, à medida que as pessoas começaram a ir embora. Puxei A.J. num canto. — Preciso ver Madeline — Aceitei sua oferta de me levar ao hospital, saindo de fininho, enquanto as pessoas bebericavam no meu quintal.

Ainda de terno e gravata, entrei no hospital e fui até a UTI. Alguns minutos mais tarde, estava sentado na cadeira azul já tão conhecida, olhando para Madeline, que permanecia com os olhos fechados. Eu a balancei para a frente e para trás, ninando tanto a ela quanto a mim mesmo. As cortinas da enfermaria estavam abertas e, pela janela, vi alguns amigos que tinham dado uma passada no hospital no caminho para deixar a cidade. Permiti que tirassem algumas fotos antes de pedir às enfermeiras que fechassem as cortinas.

— Gostaria de ficar alguns minutos a sós com Madeline — falei.

Dois beijos para Maddy

Com toda a privacidade que podíamos ter num quarto cheio de enfermeiras e bebês doentes, sussurrei para Madeline algumas das histórias que partilhara na cerimônia. Enquanto ela adormecia em meus braços, contei o quanto sua mãe a amava e prometi que lhe daria a melhor vida que pudesse. Fiquei com ela nos braços por mais um tempo, antes de colocá-la de volta na incubadora, agradeci à enfermeira e me dirigi à saída.

Pus a mão na maçaneta para abrir a porta e me lembrei da foto no bolso do meu terno. Retrocedi até a mesa do médico e peguei um pedaço de fita adesiva. Abri os buracos da incubadora em que se metem os braços e me estiquei para prender a foto na parede da incubadora. Retirei uma das mãos, beijei as pontas dos dedos duas vezes e a enfiei de volta pelo buraco para encostar na testa de Madeline com cuidado.

— Um beijo meu e outro de sua mãe.

Parte II

Animação.
Medo.
Felicidade.
Tristeza.
Pavor.
Confiança.
Senti tudo isso
quando subimos juntos os degraus
para nossa casa.

Capítulo 12

Deve ter parecido estranho: um homem feito, sendo levado para fora do hospital numa cadeira de rodas, com um bebê recém-nascido, num bebê conforto, no colo. Uma mulher, presumivelmente a mãe, andando na frente tirando fotos. Passei todo o meu tempo acordado ou dormindo no hospital por quase cinco semanas e vira inúmeras novas mamães na mesma situação em que eu agora estava.

— Você viu o olhar feio que aquela senhora me deu?

— Vi — disse Anya, rindo.

— Ela deve achar que sou o maior babaca do mundo.

Eu nunca havia parado para pensar no assunto, mas sempre achei que o ritual da cadeira de rodas estava associado a alguma dificuldade locomotora das mães. O que eu não conseguia compreender é por que eu tinha que ser empurrado até a porta.

— Qual é a da cadeira de rodas? — perguntei à enfermeira da UTI, enquanto obedecia a ela e me sentava.

Ela explicou que aquilo era feito por questões de segurança. Aparentemente, a maneira mais segura de um bebê deixar o hospital era no colo de alguém sentado numa cadeira de rodas. Tive que rir. O pessoal não confiava na minha habilidade para sair do hospital, mas estavam me autorizando a levar minha filha para casa? Sentado ali, fiquei pensando se esta seria a mesma cadeira de rodas que teria sido usada para levar Liz em segurança para ver nossa filha, há duas semanas.

Depois de me despedir da equipe da UTI, pedi à enfermeira que me levasse até os amigos que fiz durante a minha estada, para que pudesse lhes mostrar Madeline. Paramos na ala de risco para nos despedirmos das enfermeiras de Liz e fomos até o refeitório e a lanchonete, para agradecer à equipe por tomar conta da família tão bem.

Meu pai trouxe o carro até a entrada do hospital, assim que as portas de vidro se abriram. Depois de nos empurrar pela porta até a calçada, a enfermeira deu um tapinha nas minhas costas, me liberando para andar e carregar minha bebê. Fiquei em pé, segurando a alça do bebê conforto com ambas as mãos, como se afrouxá-las fosse fazer minha filha desaparecer do meu mundo.

Meus olhos se ajustaram à claridade e olhei para o céu. Puxei a capota do bebê conforto, sabendo que Liz teria ficado preocupada com o sol batendo pela primeira vez na pele clara e fina da bebê. Virei, me despedi da enfermeira, e fui até o carro para instalar Madeline em segurança, pela primeira vez. Estava preocupado se havia prendido o bebê conforto direito, e por isso testei com cuidado a amarração, antes de me sentir feliz por ter acertado, e dei a volta até o lado do motorista. Papai e Anya nos seguiriam em seus próprios carros.

Esse dia tinha chegado mais rápido do que imaginara. E, mesmo tendo passado um tempão aprendendo como alimentar, pôr para arrotar, trocar fraldas e até fazer massagem cardíaca em Madeline, não me sentia nem um pouco preparado para trazê-la para casa. Desde o dia em que tinha nascido, fui informado de que ela talvez ficasse no hospital até completar o tempo real da gravidez — sete semanas depois. Agora ela estava indo para casa, apenas duas semanas após, pouquíssimo maior do que quando nascera: quase um quilo e oitocentos.

Claro que estava ansioso para trazê-la comigo para casa e tirá-la do hospital, mas eu precisava de mais tempo para me preparar para sua chegada. Quando o médico da UTI me disse que ela ia ter alta, apresentei à equipe todo o tipo de desculpas para retardar o inevitável.

Ela não tem fraldas em casa.
Não tenho um bebê conforto para ela.
Meu pai está pintando minha casa.
Não tenho detectores de fumaça na casa.
Tem certeza de que ela está pronta?
Tem certeza de que eu estou pronto?

Não eram exatamente desculpas. Era tudo verdade. Bem, sobre o bebê conforto e o detector de fumaça nem tanto, mas achei que eram a minha melhor chance de ganhar mais alguns dias.

— Todos os pais de primeira viagem têm dúvidas — uma das enfermeiras da UTI me assegurou o que, é claro, eu já sabia. Mas as minhas incertezas eram mais fortes do que as da maioria. A enfermeira sabia da morte de Liz, mas não conseguia perceber que eu não estava suficientemente estável emocionalmente para enfrentar o luto e tomar conta de uma recém-nascida. Mesmo assim ela insistiu, dizendo que Madeline iria para casa naquele dia.

Levei o meu apelo ao médico de plantão na UTI.

— Não há razões médicas para mantê-la aqui — ele explicou. — Quanto mais cedo levá-la para casa, melhor. O lugar mais perigoso para um bebê é um hospital, mas se você realmente acha que precisa, te dou mais um dia.

O lugar mais perigoso para um bebê é um hospital? Eu podia pensar em vários outros lugares mais perigosos que um hospital: a cova de um leão, uma cracolândia, o meio de uma autoestrada expressa e a minha casa, que não estava preparada para um bebê.

Guardei as piadinhas na minha cabeça, achando que não era o momento de mostrar que ainda tinha senso de humor. Havia imaginado que, quando Madeline recebesse alta, eu teria a confiança e o conhecimento necessários para lidar com tudo mais que vinha com ela. Duas semanas no hospital com a ajuda de médicos e enfermeiras me ensinaram muita coisa, mas eu sabia que um dia a mais não ia me dar todas as respostas. Diabos, um ano a mais não me daria o conhecimento que esperava ter. Quando Liz estava viva, eu nunca duvidei de que, com a ajuda dela, seria um ótimo pai. Mas, depois que ela morreu, comecei a achar que ia falhar com ela e com a nossa bebê. Estava convencido de que não tinha nenhum dom inato para ser bem-sucedido na criação de uma criança.

E, aparentemente, eu não era o único a achar isso. Embora minha família e amigos achassem que eu ia dar conta do recado, acreditando que o fato de dizerem que eu teria sucesso com Madeline faria disso uma verdade, outros não tinham esta certeza. Poucos dias depois da morte de Liz, uma mulher viu minha mãe chorando em frente ao janelão da UTI.

— Seu bebê está bem? — perguntou.

— Ah, ela é minha neta — minha mãe respondeu. — Ela está ótima.

Minha mãe — sempre disposta a conversar com estranhos — contou a história toda. Quando terminou, a mulher, com a cara impassível, perguntou: "Seu filho vai dar a criança para adoção?"

Quando ouvi a história, fiquei furioso. Dar minha filha para adoção? O que ela está pensando?

A reação desta mulher e de muitos outros me deixou com a incômoda sensação de que eu tinha algo a provar. Não apenas para aqueles próximos de mim, mas para o mundo, porque eu sabia que seria, para sempre, julgado incapaz — ou pelo menos incompetente —, a não ser que tudo desse certo. Eu tinha que ser bem-sucedido. Eu ia ter que ser o melhor pai de todos os tempos.

E isso era uma promessa para mim mesmo e para Madeline.

Saí da alameda do hospital e segui para a autoestrada, totalmente sozinho com Madeline pela primeira vez. Nada de médicos, enfermeiras, amigos ou parentes. Pensei como esse momento teria sido. Liz estaria sentada no banco de trás — a mão no bebê conforto, para garantir que a cabeça de Madeline não ficasse batendo —, me mandando ir devagar, enquanto eu diminuiria a marcha. Ela devia estar aqui, fazendo bilu-bilu na nossa filha e relatando toda reação dela. Mas minha mulher não está aqui, pensei, voltando para a realidade.

Eu podia ter escolhido vários outros caminhos para casa, mas me senti compelido a passar diante da funerária onde fizera a cerimônia de Liz — não sei se estava alucinado ou atacado de sadismo. Assim que vi o estacionamento, comecei a chorar e a tremer incontrolavelmente. Se isso não era um chute no saco, não sei o que mais seria. Dirigir com o coração pesado era muito semelhante a dirigir alcoolizado. Estava tonto e não conseguia enxergar direito. Lutei para me controlar, agarrando o volante com toda a força, tentando manter o carro em linha reta e fazendo o possível para evitar ser parado.

    Consegui chegar a minha vizinhança sem nenhum incidente e, ao subir a colina que leva para a minha casa, ali estava o carro de Liz, estacionado na vaga de sempre. Exatamente da mesma forma que acontecera nas duas últimas semanas, meu coração se alegrou com a ideia de que Liz chegara antes de mim. E, como em todas as vezes, meu cérebro demorou alguns segundos para alcançar meu coração, e a sensação desapareceu com a mesma velocidade com que foi exalado o ar de seu último suspiro. Dei ré para estacionar e senti a resistência de algo atrás de mim.

    Droga. Bati no carro da Liz. Já havia estacionado ali milhares de vezes e nunca bati nele antes. Meu coração disparou imediatamente e, com um único movimento, soltei o cinto e me levantei, arqueando as costas para verificar que dano poderia ter causado a minha filha. Ela parecia indiferente e sem dor. Senti uma onda de alívio. Sabia que estava sendo ridículo. Não dava sequer para ver a pancada, mas estava convencido de que o menor passo em falso podia prejudicar Madeline para sempre. E eu seria o único culpado, caso algo desse errado.

    Puxei o carro alguns centímetros para a frente, finalmente colocando-o em ponto morto, no instante em que meu pai e Anya chegaram. Eu teria ficado arrasado se eles tivessem testemunhado a batida — não queria gerar dúvidas nas cabeças das pessoas que mais estavam me apoiando. Dei a volta no carro para abrir a porta traseira e, depois de alguns minutos, consegui soltar o bebê conforto e tirar Madeline. Estava me sentindo horrível por ter batido no carro de Liz. Ela teria ficado furiosa se tivesse visto. E aí me senti triste por não tê-la mais por perto para ficar furiosa com as coisas idiotas que faço, como bater no carro dela com o meu. Levei Madeline até a porta da frente e, no instante em que entramos em casa, me senti diferente — e melhor. Estava menos vazia agora, com Madeline. Entrei e saí dela inúmeras vezes nestas últimas semanas e, não importa quantas pessoas estivessem na sala, no escritório ou na cozinha, e quem quer que fossem, a casa parecia sempre vazia. Podia sentir saudades de Liz, o peso de sua morte oprimindo meu coração e meus pensamentos, mas, com Madeline ao meu lado, a casa parecia viva. E eu também, porque, agora que ela estava em casa comigo, era hora de começar a viver a vida com a minha linda menininha.

Trazê-la em segurança para casa me pareceu um enorme feito. Apesar de ser uma tarefa simples, a confiança por tê-la completado com sucesso foi imensa. Agora estava um pouco mais seguro de que conseguiria ser um pai solteiro.

Quando Liz morreu, eu trabalhava no Yahoo! havia quase seis anos. No dia de sua morte, recebi um telefonema de uma pessoa do departamento pessoal. Ela expressou suas condolências e disse que estavam todos torcendo por mim e por Madeline:

— Matt, por favor, não se preocupe com o trabalho. Te ligo em duas semanas e aí conversamos sobre seus planos para o futuro.

A próxima conversa nunca aconteceu, porque recebi um telefonema do vice-presidente do meu departamento me oferecendo uma licença por tempo indeterminado para que eu pudesse lidar com a morte de Liz e ficar em casa com Madeline.

— Vamos encarar como se você estivesse trabalhando de casa. Nossas únicas preocupações são você e Madeline, por isso leve o tempo que precisar e faremos o possível para evitar que precise lidar com o seguro ou coisas do gênero.

Fiquei surpreso. Apesar de não ter dito, eu sabia que ele tomara esta decisão sem consultar o manual do empregador; era um gesto de bondade pessoal, porque, como pai casado, ele podia se imaginar nesta situação horrorosa e era a única maneira de poder me ajudar. As únicas pessoas a par da situação eram a representante do departamento pessoal e o diretor do meu departamento. Estava extremamente grato por sua decisão, mas me perguntava quanto tempo poderia tirar, sem que parecesse estar me aproveitando de sua generosidade. Mesmo que vivesse outros noventa anos e ficasse pendurado no Yahoo! este tempo todo, eu nunca superaria a morte de Liz. Decidi viver um dia após o outro e não me preocupar com nada, além de Maddy e de mim. Não tinha ideia de quando voltaria a trabalhar, mas sabia que o faria algum dia.

Minha responsabilidade agora era para com outro ser humano, e não dar certo não era uma opção. Como Maddy ainda era muito pequena, o médico da UTI havia estabelecido uma dieta rigorosa. A cada três horas ela tomava uma mamadeira e trocava a fralda, dia e noite. Pensei em todas as vezes em que Liz gritou comigo por eu esquecer de parar para comer, enquanto ela estava fora, e em como não ia ser nada bom para Madeline se eu esquecesse de alimentá-la.

Percebendo meu medo, ou talvez tentando aplacar seu próprio, Tom e Candee, agora em Minnesota, me ligaram para dizer que haviam combinado, com alguns amigos de Liz, garantir alguma ajuda para mim. O Fundo em Memória de Liz, que Sonja e Josh criaram, havia recolhido um pouco mais de sessenta mil dólares desde o funeral de Liz, e Tom insistia que a melhor maneira de usar o dinheiro seria contratando alguém para me ajudar.

— Você tem como pagar por ajuda vinte e quatro horas, por pelo menos um mês, e é exatamente para isso que deve usá-lo.

Ele estava certo, mas tudo que podia pensar era no futuro — como continuar vivendo nesta casa e como fazê-lo sem a renda da Liz. Olhei para o Fundo como uma reserva de emergência a ser usada apenas em caso de extrema necessidade. Eu não queria usá-lo para pagar uma pessoa por algo que eu considerava um trabalho de amor. Recebi um telefonema de Tom.

— Matt, boas novas. Encontramos uma enfermeira de recém-nascidos, uma doula, que está disposta a fazer um plantão de graça. Ela soube da sua história e quer ajudar — disse ele.

Eu não tinha a mínima ideia do que fazia uma enfermeira de recém-nascidos, ou doula, mas me lembrava de ouvir Liz comentar que suas amigas tiveram uma, antes e depois da gravidez.

— Ótimo — disse, enquanto procurava uma definição para o termo.

Tinha a esperança de que fosse algum tipo de maga de bebês, pronta para me fazer absorver conhecimento secreto sobre crianças, que teriam sido transmitidos por gerações de magas antes dela.

— Bom, se conseguirmos achar outras 365 delas, você e Maddy ficarão bem.

— Talvez. Ei, Tom?

— Sim?

— Você sabia que a etimologia da palavra *doula* vem do grego *doule* e significa escrava? Estou certo de que não quero uma escrava, nem mesmo por apenas uma noite.

Tom passou os minutos seguintes tentando me convencer de que esta mulher não era uma escrava, apenas uma pessoa boa disposta a doar seu tempo para ajudar alguém que precisava. Eu realmente queria começar essa coisa da paternidade sozinho, mas, depois de um dia longo, não tinha mais forças para ficar discutindo. Concordei em receber a doula em minha casa para me ajudar com Madeline. Até porque dormir bem por uma noite não era uma má ideia.

Quando a minha tão sonhada salvadora chegou à porta, imediatamente concluí que uma doula era um tipo de babá quase hippie. Passamos a maior parte da noite sentados no sofá, falando de coisas que estranhos conversam. Ela me apresentou suas opiniões fortes sobre métodos de parto natural, medicina natural e, é claro, como criar uma criança. Pegou um livro sobre paternidade na mesa de centro.

— Você pode aproveitar e jogar isso no lixo.

Bom, eu teria concordado com ela algumas semanas antes — acreditava piamente que livros para ensinar a ser pai são uma bobagem. Humanos têm criado seus bebês há mais de dois mil anos e, na maior parte deste tempo, não existiam doutores, doulas, livros ou sites para ajudá-los. Mas, neste momento, sua afirmação me deixou fervendo: o livro que segurava acima de sua cabeça, o livro que sugeria que era lixo, foi o último livro que Liz segurou, e ela o via como uma bíblia sobre o assunto. Não disse nada à doula, porque sabia que ela não tinha tido a intenção de me tirar do sério, mas aproveitei a deixa para me retirar e ir dormir.

Um pouco depois, acordei no silêncio e andei do meu quarto até a sala para encontrá-la ainda sentada no sofá. Olhei em volta e me surpreendi ao ver a minha casa um pouco mais limpa do que quando fui dormir. Ainda mais surpreso porque dormira apenas duas horas e meia e havia perdido apenas uma rodada de mamadeira e troca de fraldas. Se esta doula tinha conhecimento ancestral sobre bebês, ela certamente não os dividia. Ela não era ruim no que fazia, mas eu tinha expectativas que ela nunca preencheria. Ela me ensinou algumas técnicas de dobrar cueiros que achei impressionantes, mas, fora isso, achei seus serviços inúteis.

A escrava do dia seguinte não era nada submissa. De fato, era uma aproveitadora. Essa segunda doula esteve na nossa casa por doze horas e as coisas foram bem parecidas com a noite anterior. Pela manhã, antes de ir embora, ela me informou que seus serviços custavam sessenta dólares a hora.

— Dólares americanos? — perguntei, fazendo graça.

Ela não me achou nada engraçado. Enquanto fazia a conta de cabeça de quanto eram sessenta dólares vezes doze, ela concluiu:
— Setecentos e vinte dólares.

Setecentos e vinte dólares por uma suposta ajuda que era mais fraca do que o conhecimento adquirido com os médicos e as enfermeiras do hospital.

Mas as doulas de fato fizeram uma coisa por mim: elas me deram confiança. Confiança de que a falta de sono não seria um problema tão grande quanto todos falavam e a certeza de que, por sessenta dólares a hora, meu fundo de emergência se esgotaria antes do que havíamos imaginado. E mais importante: como as doulas não forneciam nenhum conselho precioso ou informação, fiquei seguro de que daria conta da minha filha, sozinho. Eu ainda não tinha todas as respostas — nem mesmo as perguntas —, mas tinha certeza agora de que seria o grande pai que queria ser. Além disso, Madeline parecia bem tranquila, apenas comendo e precisando de troca de fraldas em intervalos regulares. No hospital, ela tinha sido uma boneca frágil numa incubadora, com fios presos ao corpo, sonda alimentar no nariz. Mas, depois de dois dias em casa com ela, tudo isso tinha desaparecido — ela era simplesmente a minha menina. Eu sabia que nunca seria perfeito, mas tentaria ao máximo.

Fiz um cheque para a doula, enquanto ela usava uma caneta verde para escrever seu nome, endereço e telefone no verso de um recibo que achei solto na minha escrivaninha.
— Me dá uma ligada, se quiser que eu volte.

Eu disse que sim, mas já sabia que ela nunca mais ouviria falar de mim.

Não posso
deixar de achar que
Madeline
perdeu o melhor de
seus pais.

Capítulo 13

Sabia que ia ter que aprender a viver sozinho com Madeline, e que a melhor maneira seria encarar isso logo. Quando o sol se pôs, na primeira noite em que estávamos sozinhos em casa, sentei no degrau de cima da escada do pórtico. Madeline estava aninhada no meu braço esquerdo, e eu fitava o pequeno vale que separava a nossa casa, no topo do morro, da próxima, tentando não pensar no que devia ter sido. Por mais que eu tentasse me concentrar no distante cantar dos pássaros, os pensamentos furtivamente voltavam a minha mente. Liz devia estar sentada aqui do meu lado, faltando menos de um mês para o término da gravidez. Eu devia estar abraçando-a com o meu braço esquerdo, uma das mãos segurando seu ombro, enquanto a outra mão estaria apoiada sobre seu ventre, esperando o próximo chute de nossa filha ainda por nascer. Devíamos estar fazendo piadas sobre o casal chato de nossas aulas de pré-natal e discutindo quando ela devia começar sua licença maternidade. Madeline não devia estar aqui, ainda. E, sentado ali sozinho com a minha filha, tentei o melhor que pude não me descontrolar.

Estava emocionalmente exausto e sabia que devia ir dormir porque Maddy acordaria em poucas horas, pronta para mais uma mamadeira e troca de fraldas. Andei pela casa apagando as luzes, tendo o cuidado de deixar uma luz acesa na sala para avisar aos possíveis ladrões que tinha gente em casa, como fazia todas as noites desde o incidente em janeiro passado. Fui para o quarto, meus pés descalços deslizando sobre o tapete de seda que Liz comprara na nossa viagem ao Nepal. Coloquei a minha bebê bem enroladinha de barriga para cima no berço e deitei na cama ainda de jeans e camiseta. Não fazia sentido trocar de roupa, já que eu não tinha mais a noção de quando era dia ou noite. Fiquei ali deitado, olhando o ventilador de teto girar e escutando o despertador analógico de Liz marcar a passagem dos segundos, lá da cabeceira dela. Não sei há quanto tempo ela o tinha, mas esta era a primeira vez que o escutava. De repente, senti que a pulsação na minha cabeça seguia o ritmo do relógio. Fechei os olhos e massageei minhas têmporas, exatamente como fazem nos anúncios de analgésicos, tentando fazer a dor ceder.

Procurei o controle remoto da TV na minha mesinha, na esperança de achar um novo episódio de *Robot Chicken*, no vídeo, que me fizesse rir sem ter que pensar. Havia muitos programas gravados por Liz que ela não tivera a oportunidade de ver: uns episódios de *The Hills*, três horas de *A Baby Story* e outras porcarias televisivas. Apertei o botão de menu do controle remoto e selecionei "apagar", mas não dei OK. Não tinha a menor intenção de assistir a esta porcaria, mas não podia me desfazer dela. Ao apagar os programas de Liz, não estaria apagando parte dela? Liberei uma mistura de lágrimas e risos ao pensar como isso era estúpido, e decidi desligar a TV e ler um livro.

Não sei ao certo por quanto tempo dormi, mas o som que me despertou enviou uma onda de pânico que percorreu todo o meu corpo: era o mesmo ruído que ouvi de Liz no dia em que morreu. Pulei da cama e vi Madeline com vômito saindo da boca e do nariz, engasgando e puxando ar. Agindo de maneira independente da minha cabeça e do resto do meu corpo, meus braços se esticaram e as minhas mãos a ergueram do berço.

Não precisei me lembrar do que aprendera na aula de primeiros socorros infantis que tivera no hospital — apenas comecei a agir. Virei Madeline de bruços, sua barriga nas minhas coxas, sua cabeça pendendo sobre meu joelho. Dei um tapa com firmeza em suas costas, na esperança de liberar as vias respiratórias. Não funcionou. Com minha bebê aninhada nos braços, corri até o quarto dela e, com a mão livre, percorri a montanha de produtos de bebê ainda fechados, empilhados em um canto. Frenético, achei o que estava procurando: "papa meleca", como era conhecido na casa em que cresci. Rasguei a embalagem e coloquei meu polegar no topo da pera de plástico azul, com a haste entre o indicador e o dedo médio.

Nunca usara um aspirador nasal antes, mas eu não achava que fosse exigir muita explicação. Enfiei a parte fina no nariz dela e apertei com força a parte bojuda. Madeline começou a tossir e a se mexer. Caramba! Esquecera a primeira e única regra para usar o troço: tirar todo o ar antes de usá-lo! Tirei o aspirador de seu nariz, com um medo mortal de ter feito algo pior ainda ao soprar o vômito pelo nariz adentro, mas eu sabia que tinha que tentar de novo — ninguém mais o faria, com certeza. Enfiei o bico de novo no nariz dela, desta vez direito. Quando levantei o polegar, ouvi o som de aspiração, indicando algum nível de sucesso. Esvaziei o aspirador no soalho do quarto e repeti a operação.

Na terceira vez, pareceu que Madeline estava respirando direito, então parei. Mentalmente exausto, larguei o aspirador, deitei no meio do chão agora sujo e chorei, segurando Madeline contra meu peito enquanto massageava suas costas suavemente.

Não pude deixar de imaginar como as coisas teriam sido diferentes se Liz estivesse aqui para ajudar. Eu teria surtado e ela, calmamente, teria lidado com nossa filha engasgada. Ou talvez fosse o contrário. Mas não importa, com responsabilidade, nós teríamos lidado com a situação juntos, em vez de ser eu sozinho, aos pedaços, com a nossa criança. Minha confiança estava abalada, mas eu estava bem impressionado com a maneira com que tinha dado conta da situação toda.

Passei boa parte daquelas primeiras semanas aos prantos. Frequentemente, as lágrimas brotavam do nada. Estava sobrecarregado com a rotina, tanto quanto com o inconcebível. Não conseguia evitar, mas me esforcei muito para não chorar na frente de Maddy. Não porque ela entendesse que eu estava triste, mas eu não queria que percebesse a minha dor. Papai feliz igual a bebê feliz, certo? Então, quando ela estava confortavelmente dormindo, o pequeno peito subindo e descendo, eu saía furtivamente para a garagem para chorar sobre fotos de Liz e eu. Ou tomava um banho, não para ficar limpo, mas para me esconder por trás da cortina azul e verde, deixando o som da água abafar meu lamento.

Mas, mesmo nas profundezas da minha tristeza, quando Maddy tinha apenas algumas semanas de vida, era preciso que houvesse risos e eu precisava ter senso de humor, porque era terrível ficar pensando na morte de Liz. Não é que as coisas fossem engraçadas — eu apenas tentava tornar algumas situações mais leves. Uma avalanche de cartões continuava inundando a minha caixa de correio, normalmente com dois de cada remetente: um me dando parabéns pelo nascimento de minha filha, o outro dando condolências pela morte de minha mulher. Achava isso tão absurdo quanto cômico. Estava perplexo que meus amigos e parentes não tivessem palavras, em suas cabeças e corações, que permitissem dizer ambas as coisas de uma única vez. Eles tinham que comprar dois cartões na Target e gastar a droga de dois selos. Eu entendia que era difícil expressar os sentimentos e apreciava que tivessem feito o esforço de ao menos delegar à Hallmark Cards fazer isso por eles. Se eu não conseguisse achar a graça da situação, provavelmente teria enlouquecido.

Por mais que eu fizesse chacota da incongruência dos cartões, foi o tipo de apoio que me ajudou a atravessar aquelas primeiras semanas impossíveis. Sozinho com minha filha e sem minha mulher, apoio era do que mais precisava, e minha comunidade pessoal se apresentou ao desafio com graciosidade — e generosidade.

Inúmeros amigos do bairro deram uma passadinha na nossa casa e trouxeram presentes para Madeline e, na maioria das vezes, comida e bebida também. Liz e eu sempre cozinhamos juntos, mas, agora que ela morrera, eu não conseguia cozinhar. Amigos tentavam me consolar dizendo "É difícil cozinhar para uma pessoa", o que era válido, mas a verdadeira dificuldade, para mim, era entrar na cozinha. Toda gaveta que abria tinha um ou outro item que nos fora presenteado no nosso casamento, e eu não aguentava as lembranças que constantemente me carregavam para aquela época. Liz se divertia muito abrindo aqueles presentes e arrumando a cozinha com eles, e eu me divertia igualmente, rindo das coisas doidas que ganhamos.

— Que diabos vamos fazer com essa tocha de crack? Nenhum de nós usa crack, acho.

Dois beijos para Maddy

— É um maçarico de *crème brûlée*, seu idiota.
— Odeio crème brûlée — retruquei.
— É a minha sobremesa favorita, por isso é melhor aprender a fazer.

Durante o dia era mais fácil — um telefonema de um amigo me distraía tempo suficiente, enquanto eu revirava os armários da cozinha para achar todas as partes da mamadeira de Maddy. Mas a ansiedade ficava muito pior à noite. Nada de visitas. Nem telefonemas. Não havia ajuda. Nem esposa. Todos estavam dormindo, ou acordados, dando conta de seus próprios bebês chorões. A escuridão silenciosa liberava a minha fraqueza e angústia. As coisas ficaram tão ruins, e tentei tanto evitar me aproximar dessa fonte de dor, que acabei levando água engarrafada, mistura em pó para a mamadeira e um aquecedor de mamadeira para o quarto, para evitar preparar as mamadeiras de Maddy na cozinha.

No início, eu não conseguia comer nada — a sensação de náusea perpétua viera do hospital comigo. Nas primeiras semanas depois da morte de Liz, provavelmente perdi entre onze e treze quilos. Estava esquelético. O aspecto de tristeza inquestionável emanava de todas as partes do meu corpo. Estava devastado, um trapo. Meus olhos pareciam ter afundado cinco centímetros no crânio. Meu rosto era cinzento e sem expressão, a não ser quando estava chorando. Perdi tanto peso que parecia um garoto usando roupas roubadas do armário do pai. Estava patético e visivelmente mal. Mas eu tinha que segurar a onda por minha filha.

Estava aprendendo, à medida que seguia em frente, e fazendo ajustes onde era necessário. A rotina rigidamente controlada de Maddy nos seus primeiros meses de vida significava que eu estava numa rotina rigidamente controlada nos primeiros meses de minha nova vida, evitando que entrasse em colapso ou me retirasse do mundo. Apesar de todos os avisos, eu quebrei a única regra que todos os pais partilharam comigo: durma quando seu bebê dormir. Achei isso quase impossível. Nunca fui de dormir muito, mas, desde que Maddy veio para casa, eu dormia apenas três ou quatro horas não consecutivas por dia. Ela me mantinha de prontidão, mas eu também precisava ficar ocupado, enquanto ela dormia. Tempo demais sozinho dava espaço para pensar e pensar em excesso levava a um colapso. Fazia todas as tarefas da casa que eu evitara propositadamente quando Liz era viva e me pedia ajuda, simplesmente porque mantinham minha cabeça ocupada. A letra de "Hate it Here", do Wilco, não saía da minha cabeça: *Eu até aprendi a usar a máquina de lavar roupas, mas manter as coisas limpas não ajuda em nada.* Parecia ter sido escrita para mim.

Também aproveitava as horas em que Madeline dormia e comia para fazer coisas que costumava fazer antes. Sentava no meu escritório, diante do computador, lendo críticas musicais e notícias, enquanto a segurava nos braços. Depois de algum tempo, passei a saber quanto ela demorava para tomar uma mamadeira. Uma noite, pus a mamadeira na sua boca e a acomodei com a ajuda de um cobertor sob seu queixo, de maneira que ficasse parada naquela posição, enquanto ela bebia. Assim, eu podia manter uma das mãos livre para mexer no mouse e no teclado. Comecei a digitar e não passou mais de vinte segundos até que ouvi barulho da sucção de ar. Olhei e vi que a mamadeira estava vazia. Havia um pouco de leite em torno de seus lábios, mas nada havia respingado nela. Como assim??

Droga! Percebi que o furo do bico estava enorme. Minha filha tinha virado de uma vez a mamadeira. Ela virara tudo da mesma maneira gulosa que as garotas bêbadas da minha faculdade costumavam fazer. Putz! Comecei a entrar em pânico. Não sabia se devia induzi-la a vomitar, ligar para o hospital, ou sei lá o quê. Peguei meu telefone para ligar, mas ela parecia bem. E aí meu pânico se transformou em delírio — Liz saberia exatamente o que fazer, porque provavelmente estava previsto em um daqueles benditos livros de *parenting* que eu ridicularizava enquanto ela lia.

Além dessas crises, eu também estava lidando com uma gama de sentimentos que vinham com a paternidade. Sentia amor, exaustão, nervosismo e o não desejado nojo. A paternidade exige uma nova relação com os fluidos corporais. Com Maddy por ali, eu tive que abrir mão de várias tendências bem arraigadas e um tanto obsessivas e compulsivas. Eu sempre as tive, a ponto de Liz certa vez me acusar de ser bulímico, porque eu corria para o banheiro depois de cada refeição. Tive um trabalhão para convencê-la de que lavava as mãos apenas porque não gostava delas cheirando a comida. Como a maioria das minhas roupas é reciclada de um brechó e eu insisto em ter uma barba rala, é difícil de acreditar, mas é verdade: eu sou um cara maníaco por limpeza. Mas crianças não são limpas. Elas são criaturinhas sujas e imundas, e eu tive de aceitar que Maddy ia me deixar melado, espirrar em mim e limpar a meleca dela em mim.

Madeline estava nos meus braços certa manhã e, sem motivo algum, vomitou em mim. Em mim todo. Minha adorável garotinha abriu a boca e mandou um rio de purê esverdeado, estilo *O exorcista*, na frente inteira da minha camiseta com os dizeres "Hold Steady". Ali estava eu, com esta criança nos braços, e meu primeiro instinto não foi colocá-la no chão e me limpar — o que certamente seria o que faria antes de ela nascer. Imediatamente me certifiquei de que nada obstruía sua respiração. Estava coberto por vômito verde e não me importava. Desejei que Liz estivesse aqui para ver esta zorra — ela teria feito xixi de tanto rir.

Sem Liz, eu agora tinha que lidar com as nossas finanças, contas, o resto da vida real e as responsabilidades que vêm junto com a vida adulta. Uma de minhas maiores preocupações era como sobreviveríamos financeiramente. Como parte dos benefícios que a Disney, empregadora de Liz, estendeu a mim, conheci um consultor que me mostrou como criar um orçamento doméstico. Olhando para nossas despesas, fiquei pensando em como Madeline e eu viveríamos sem o salário de Liz — que era mais da metade de nossa renda. Dez meses antes de ela falecer, compramos uma casa no que acabara sendo um período de alta súbita do mercado imobiliário. E agora era minha responsabilidade garantir que não perdêssemos a casa dos nossos sonhos, aquela pela qual Liz se apaixonou assim que viu, aquela que passou horas decorando para ficar perfeita. A casa em que queríamos começar nossa família.

— Com o dinheiro que você tem, se viver de maneira conservadora, consegue ficar aqui uns três anos — avaliou o consultor.

Três anos parecia um longo tempo para mim, mas e depois? Teria que conseguir um segundo emprego? Teria que vender a minha casa rapidamente, ou até pior, deixar de pagar a hipoteca, perder o crédito e me mudar para casa de parentes? De acordo com o consultor, eu tinha direito a receber uma pensão para Madeline e, como cônjuge de Liz, receberia uma pequena quantia num único pagamento. Não estava exatamente ansioso para lidar com a burocracia governamental tão cedo, mas, como eu sabia que isso ia reduzir o problema financeiro e a ansiedade que já estava sentindo, agendei uma hora.

Cheguei ao escritório do Seguro Social em Glendale e me sentei perto de umas duas senhoras idosas, ambas provavelmente com setenta anos. Concluí que estavam ali pela mesma razão: seus cônjuges haviam falecido e elas esperavam conseguir alguma ajuda financeira neste escritório deprimente. Mas não pude deixar de pensar em como tinham sorte por ter tido seus maridos por quarenta ou cinquenta anos. Era tudo conjectura — não tinha a menor ideia da razão de estarem ali e, francamente, não estava interessado. Só pensava que tinha tido doze anos com a minha mulher e que, agora, teria uns quarenta ou cinquenta sem ela. Não dava para acreditar no quanto minha vida era ruim.

    Tirei Madeline do bebê conforto e a segurei nos braços, explicando a ela onde estávamos. Eu fazia isso desde que a trouxera para casa, falando com ela como se fosse um adulto que não pudesse ver ou ouvir o que acontecia à sua volta. Provavelmente parecia um doido para quem me via explicar as coisas para a minha recém-nascida. As senhoras se aproximaram.

    — Que bebê mais lindo! É menino ou menina? — Achei a pergunta estranha já que Madeline estava inteiramente de rosa, do pescoço para baixo.

    — Menina, se chama Madeline — respondi rispidamente, já furioso devido à história que criei para elas na minha cabeça. Dava para ver que não perceberam que eu estava sendo irônico; pessoas idosas frequentemente não captavam meu senso de humor.

    As mulheres se revezaram tocando as bochechas de Madeline, fazendo bilu-bilu e falando tatibitate, como eu jurara que jamais faria com a minha filha. Graças a Deus, antes que o cérebro de Madeline virasse um mingau diante do alvoroço que elas faziam, meu nome foi chamado. Alguém nos guiou por uma porta e pediu que eu sentasse a uma mesa, onde estava uma mulher jovem que apertou minha mão, se apresentando com um nome que esqueci instantaneamente. Sem olhar para mim ou ver que estava carregando um bebê, ela começou a ler o papel diante dela. Exatamente como o consultor informara, ela me disse que eu tinha direito a uma pequena quantia num único pagamento.

    — A administração do Seguro Social fará um depósito de duzentos e cinquenta e cinco dólares na sua conta...

Duzentos e cinquenta e cinco dólares, só? Duzentos e cinquenta e cinco dólares??? Você está brincando? Tentei achar as palavras certas a dizer. Nenhuma quantia acabaria com a dor da perda de Liz — mas, sério, será que não dava para eles pagarem o suficiente para comprar fraldas por alguns meses?

Durante a minha luta interior, acabei perdendo o resto de sua fala. Voltei a prestar atenção quando me perguntou se eu tinha a documentação necessária para dar entrada no pedido do benefício.

— Espero que sim — disse, tentando ser menos sério. Me estiquei para pegar, na bolsa da bebê, o envelope pardo com documentos que vinham regendo minha vida nas últimas semanas. Entreguei a ela a certidão de nascimento de Madeline e seu registro no Seguro Social, mas hesitei antes de entregar a certidão de óbito de Liz — o permanente lembrete de que as duas datas mais importantes da minha vida estavam vinculadas para sempre.

Não queria mostrar a certidão de óbito para ela nem para ninguém. Era uma coisa pessoal e me sobrecarregava emocionalmente cada vez que tinha que observar um burocrata perscrutando o documento em busca de informação. Odiava o fato de a certidão de óbito ser o documento definitivo da vida de Liz. E eu não precisava ser lembrado da morte da minha mulher: o vazio no meu peito já fazia isso. Pensei se conseguiria deixar de entregá-lo — afinal, sabia seu conteúdo de cor. Conhecia cada detalhe como se fosse o teto do meu quarto de infância, e cada palavra como se fosse meu poema favorito. Podia contar para esta mulher que o selo do estado da Califórnia estava no canto inferior esquerdo e que a cidade de Pasadena foi fundada em 1886, de acordo com o selo no canto inferior direito. Podia lhe contar que a legista que assinou foi Evonne D. Reed e que Takashi M. Wada foi o médico citado no final. Podia descrever minuciosamente como o rosa esmaecia até virar azul nas laterais e como o padrão de azul e branco marcava o documento por inteiro. Podia contar a ela que no campo 8 estava escrito 1511, indicando a hora da morte de Liz, e que, no campo 41, as siglas CR/RES indicavam que ela havia sido cremada e seus restos mortais transferidos da guarda do estado. Podia ainda afirmar que, no campo 107, estavam registradas duas causas para o óbito e que o documento havia sido emitido no dia primeiro de abril de 2008, uma semana depois da morte da Liz.

Mas eu sabia que, para a Administração do Seguro Social, essas informações fornecidas oralmente não serviriam de prova suficiente de que minha mulher estava morta. Com relutância, deslizei o documento sobre a mesa e me afundei mais ainda na cadeira.

— O casamento terminou com morte? — perguntou, ainda lendo seu script sem olhar para mim.

Que tipo de pergunta era essa? Que será que ela estava achando? Queria gritar, mas o que acabei dizendo foi menos eloquente:

— Tecnicamente sim, mas eu ainda uso nossas alianças, então não. Quer dizer, sim, deixa pra lá. — Jesus!

Apesar de Liz ter morrido, eu ainda me considerava casado, mas, para esta mulher, não havia espaço na papelada para colocar nenhuma explicação. Tudo o que esperava era um simples sim ou não para que pudesse marcar o campo certo do formulário diante dela. Ela finalmente levantou os olhos na minha direção pela primeira vez desde que me sentara ali.

Mas ela só olhou para mim. Me senti de volta à escola primária, fazendo o jogo do sério. Perdi.

— Sim. O casamento terminou com a morte dela.

Pensei demais e tive dificuldade com o resto das perguntas, mas consegui responder da forma que ela esperava. Quando a entrevista terminou, ela informou que receberíamos um pouco menos de mil e oitocentos dólares mensais a serem usados em benefício de Madeline. Depois da insignificante soma de duzentos e cinquenta e cinco dólares, este valor me fez sentir como se tivesse ganhado na loteria. Fiquei animado que Madeline ainda não teria que começar a trabalhar e que nós conseguiríamos ficar na nossa casa por mais tempo que eu previra.

Com o término formal da entrevista, a mulher tornou-se quase humana e começou a puxar conversa comigo. Eu teria respondido, mas neste instante senti um cheiro horrível. Enquanto ela falava, me levantei segurando a cadeirinha de Madeline.

— Preciso ir. Minha filha acaba de se cagar.

A mulher pareceu encabulada, obviamente não esperando tamanha grosseria. Se ela ao menos tivesse lido a minha mente durante a entrevista, saberia como eu não era nem um pouco refinado. Apontando para a sua direita, ela disse:

— Você pode usar a sala de reuniões para trocar a fralda.

— Obrigado.

Entrei na sala de reuniões, fechei a porta atrás de mim e tirei o trocador que combinava com a bolsa da bebê, agora permanentemente presa ao meu ombro. Pela primeira vez depois que trouxe Madeline para casa, troquei suas fraldas em público, ali no meio da mesa.

Ao jogar a fralda na lixeira e sair, sorri imaginando que qualquer pessoa que entrasse ali ficaria se perguntando de onde vinha o cheiro de merda. Muito engraçado — especialmente depois da entrevista que acabara de enfrentar.

Algumas vezes parece que foi
ontem.
Outras, que foi
há uma vida.
Estou tendo dificuldade
de me lembrar de sua voz,
mas volta e meia me pego
dizendo coisas que
Liz
diria se estivesse
ali do meu lado,
olhando nossa filha,
como: "gracinha"
e "bonitinha".

Capítulo 14

Pessoas que eu encontrava fora de casa não tinham a menor ideia do que eu estava passando. Não que eu esperasse que soubessem — é claro que estranhos normalmente nada sabem sobre o que se passa no mundo de outro estranho —, mas a minha vida estava inteiramente despedaçada, e me deixava maluco ver todos a minha volta seguirem em frente, como se nada tivesse acontecido. Motoristas buzinavam e faziam um gesto feio se eu hesitava ao sinal verde, porque estava pensando na última vez que dirigira pela Fairfax Avenue com Liz. Baristas fechavam a cara se eu demorasse a me decidir entre Earl Grey e Darjeeling, porque eu me perdera numa lembrança de estar bebendo chá juntos, enquanto observávamos o sol nascer por trás do Himalaia.

Algumas vezes, no entanto, estranhos podiam ser a melhor fonte de consolo. Fui ao meu banco para fazer um depósito e, quando me aproximei do vidro à prova de balas que ia do balcão até o teto, não pude evitar lembrar todas as vezes que visitei Liz em seu emprego de verão, como caixa, na época de faculdade, em Minneapolis. Fiz o melhor que pude para controlar as lágrimas, mas, quando fui falar com a moça no balcão, desatei a chorar. "Você está bem?", ela me perguntou. Olhei para ela e falei algo ininteligível que deixou claro que não estava. Não sei ao certo se foi o som que emiti ou a tristeza estampada na minha cara, mas a caixa imediatamente começou a chorar comigo e me olhou de uma maneira que eu jamais esperaria de alguém que não conhecia. Não era pena — ela nem sabia a minha história —, então não era choque tampouco. Era a forma mais pura de empatia que se podia demonstrar. Quando consegui me controlar, contei a ela sobre o nascimento de Madeline e sobre a morte de Liz. Contei sobre minha insegurança e do medo que tinha da minha situação financeira. Devo ter parecido um maluco. Mas, se pareci, ela não deixou transparecer.

Numa outra ocasião, estava pegando umas compras no Home Depot e a pessoa que estava me ajudando, um hispânico com cara de mau, de avental laranja e camisa branca cavada, braços e pescoço tatuados, me olhou e viu que alguma coisa estava errada.

— Você está bem?

— Não, para falar a verdade.

— O que foi? — ele quis saber.

— Minha mulher morreu há poucas semanas e estou um caco.

— Lamento. Perdi meu filho no ano passado num tiroteio. Não é a mesma coisa, mas sei como dói.

Sentir aquela dor é algo que muita gente não é capaz de perceber ou aceitar, mas pelo simples fato de perguntar se eu estava bem, vi que o cara tinha percebido. Ele sabia que não importava o quanto você tentasse parecer durão ou controlado, em alguns momentos, apenas chorar aliviava. E isso ajudou.

Quando eu andava pela rua com Madeline nos braços, parecia que todos me olhavam como se eu a tivesse roubado. Quando entrei numa loja de roupas infantis, senti como se todos estivessem pensando que eu a estava usando como isca para sequestrar as outras crianças e usar suas peles para fazer cúpulas de abajur ou algo do gênero. As pessoas que encontrava diariamente podiam tirar qualquer destas conclusões: para alguns, eu era um pai de fim de semana; para outros, um pedófilo. Mas, como acontece em todos os encontros entre estranhos, o único jeito de saber o que se passava na minha vida era fazendo perguntas. E surgia sempre a mesma pergunta: "Onde está a mãe dela?" Ninguém jamais queria saber onde estava a minha mulher.

Sério? Um pai sozinho com um bebê não é uma coisa tão rara na sociedade moderna, mas parece que as pessoas ainda precisam mudar sua atitude diante disso. Quando foi a última vez que uma mãe saiu com sua cria e um estranho perguntou onde estava o pai? A simples ideia de fazer essa pergunta seria considerada não somente grosseira, como também invasão da privacidade. Mesmo assim, ouvi esta pergunta quase todas as vezes em que saí com Madeline sozinho.

Eu sempre respondia tão franca e diretamente quanto possível, o que muitas vezes me fazia estragar o dia de quem perguntava. Não é divertido arruinar o dia de alguém com uma simples resposta a uma pergunta tão despropositada, mas eu não podia evitar a verdade sobre a minha situação e, certamente, não me preocupava em atenuar as coisas para pessoas que nem conhecia.

Mas não era apenas a minha cara triste ou o bebê nos meus braços. Eu sei que continuava chamando atenção por usar as alianças de Liz, mas não conseguia deixar de fazê-lo. Estavam no meu dedo mindinho desde que as pusera no hospital, e eu morria de medo de deixá-las largadas pela casa. Eu teria ficado muito furioso se alguma coisa acontecesse a elas. Além disso, com a minha inesperada perda de peso, elas cabiam perfeitamente. Que cara não precisa de alguns diamantes nos dedos? Sem falar que eu precisava deste lembrete físico de nossa proximidade. Eu queria que as coisas mais amadas por Liz se tornassem parte de mim, como um dia foram parte dela.

Quando Anya e eu levamos Maddy ao pediatra, a percepção na sala de espera era de que éramos uma família bem feliz — pai, mãe e filha. Mas eu podia sentir os olhares intrigados dos outros pais: Por que é ele quem está cuidando do bebê? Por que ele está segurando o bebê e apontando para o aquário? Por que ele está carregando a bolsa do bebê? Quer dizer, a folha de presença no balcão dizia "mãe" em todas as linhas de cima a baixo, com o meu solitário "pai" rabiscado na última linha.

Uma mulher sentada ao nosso lado reparou as alianças no meu dedo. Ela estava ali com suas duas crianças, um bebê e uma menina de uns oito anos. "Que lindas!", disse e, olhando para Anya acrescentou: "Por que sua esposa não as está usando?" Quando lhe disse a verdade, ela não aguentou, deixou a filha mais velha tomando conta do bebê e correu da sala em lágrimas.

As diversas reações que recebia de estranhos eram sempre surpreendentes, mas suponho que a minha resposta à pergunta deles também fosse. Não importa qual situação trouxesse à tona a minha história, descobri que as mães eram as que reagiam com maior intensidade, talvez porque pudessem imaginar seus parceiros na minha situação, e isso as apavorava.

* * *

Dois beijos para Maddy

Encontrei uma mãe numa cafeteria. Maddy e eu estávamos com Deb, quando Windy se aproximou. Olhando para Deb, ela perguntou:

— Qual é a idade de seu bebê?
— Três meses — respondeu Deb.
— Ela parece tão pequena...
— Bem, ela nasceu sete semanas antes do prazo.
— Foi uma gravidez difícil?
— Sim, com repouso total por cinco semanas.
— Opa! Boa sorte para você — Windy desejou à Deb, de saída.

Fiquei boquiaberto. Lidar com estranhos que não me tomavam como o principal responsável por Maddy era uma coisa. Mas deixar que ficassem com a impressão de que Deb era a mãe, era outra história.

É obvio que Deb não queria discutir as circunstâncias que a fizeram ser a mulher na vida de Madeline, mas ouvi-la falar como se fosse a mulher que a trouxe ao mundo foi enervante. Eu não pude acreditar que ela não tinha percebido o que acabara de acontecer.

Quando pensei nisso depois, entendi por que Deb havia respondido daquela forma. Minha mulher estava morta, a pessoa que tinha sido minha bússola pelos últimos doze anos, e eu tinha meus próprios sentimentos a esse respeito. Mas Deb tinha perdido a irmã, que ela adorava e de quem sempre foi próxima. Eu lidava com a tristeza da minha maneira e Deb, da dela. Não havia maneira certa ou errada de ter saudades — disso eu tinha certeza. Mas, naquele instante, a maneira como Deb lidou com a situação foi demais para mim.

Fiquei muito chateado e um tanto furioso, mas não ia dar um sermão nela sobre como lidar com a morte da irmã. Levantei da cadeira, tirei Madeline do bebê conforto e disse:

— Vou dar uma volta. Não demoro.

Saí pela porta e virei à esquerda, caminhando sem destino, na esperança de desanuviar a cabeça. Poucos passos adiante, no quarteirão seguinte, notei uma loja de roupas infantis e entrei. Não pretendia comprar nada até avistá-la, mas achei que podia escolher algumas coisas para Madeline, enquanto tentava me distrair. Passei alguns minutos olhando uma arara na frente da loja, escolhendo um macacãozinho rosa com um personagem de desenho em verde, na frente. Quando me dirigi ao caixa, dei de cara com Windy e sua filha.

— Oi — cumprimentei.

— Ah, olá.

— Você não ouviu a história toda na cafeteria — irrompi. Pela primeira vez, eu queria contar a história toda a uma estranha, de cara e sem aviso. Era diferente.

Pelos quinze minutos seguintes, Windy segurou a filha com força, enquanto eu partilhava com ela que a minha aparente família perfeita não era o que ela foi levada a acreditar. Quando acabei, ela secou os olhos e pegou um papel e uma caneta na bolsa. Ela anotou todos os meus dados e prometeu me procurar para que pudéssemos conversar novamente em breve.

Alguns dias depois ela me procurou e contou que fazia parte de um grupo de pais na internet. Ele havia começado como um recurso para mães que amamentavam e acabou evoluindo para algo maior, com discussões sobre tudo, desde o melhor carrinho a comprar até aonde ir para um dia de brincadeiras. Ela disse que o grupo tinha muitos integrantes e que seria bom para mim me juntar a eles. A promessa de ajuda soou ótima. Windy me disse também que estava tentando me levar para o grupo, mas que, embora houvesse muita informação prática que eu poderia usar, haveria também muita conversa sobre vaginas, ciclo menstrual e amamentação.

Dois beijos para Maddy

— Sem problema. Vivi com uma mulher por muito tempo. Posso aguentar.

Na próxima vez que nos vimos, ela me disse que, apesar da grande maioria das integrantes me querer lá, as líderes não estavam de acordo. Elas achavam que não era uma boa ideia ter um homem entre elas, porque havia muita conversa íntima e não queriam que nenhuma mulher se sentisse inibida. Conversa fiada. Minha mulher estava morta e eu não tinha o menor interesse em partes do corpo feminino, nem em seus fluidos ou nenhuma outra conversa pessoal. Tudo o que queria era ter acesso à sua valiosa informação sobre como criar filhos em Los Angeles, como marcar dias de brincadeira e como achar uma boa creche.

— Matt, estou arrasada com isso — disse Windy. — Conheço dois caras homossexuais que adotaram uma criança e eles também não foram admitidos. Então, sabe de uma coisa? Pro inferno com elas. Vamos começar nosso próprio grupo.

Se Liz estivesse aqui, provavelmente não estaria buscando esse tipo de ajuda, mas, sem ela, eu não apenas queria esse tipo de apoio, eu *precisava* dele. Eu sabia que seria super válido, enquanto criasse Madeline sozinho.

E, assim, Windy e eu começamos a nos encontrar na cafeteria para conversar sobre como esse grupo seria formado. Começou pequeno, mas foi crescendo, na maior parte devido aos esforços e à organização dela. Quanto mais planejávamos, mais nos tornávamos amigos e, por fim, Windy me contou que era lésbica. Por mais estranho que possa soar, isso nos deu muito espaço em comum, já que nenhum de nós era o que as pessoas achavam que éramos quando passávamos por elas pela rua com uma criança. O fato de eu ser o pai da criança levava a uma conclusão: eu era preguiçoso. A mulher dele deve estar no trabalho. Ele não faz nada. E quanto a Windy, achariam que era uma mãe que não trabalhava, que seu marido a sustentava, e que ela e sua parceira eram apenas amigas.

Certo dia, enquanto conversávamos na cafeteria, a filha de Windy, de quase dois anos, estava com outras crianças na área de brinquedos. Um cara entrou e a viu recolhendo brinquedos. "Seu pai deve ter orgulho de você!", disse.

Nós nos entreolhamos e caímos na gargalhada. Sentia que tinha mais em comum com uma mãe homossexual do que com qualquer outra pessoa e Windy passou a fazer parte da minha família escolhida. Era uma sensação ótima — não importa quão diferentes parecêssemos, nós tínhamos um vínculo. Sem Liz, eu era agora o responsável por criar uma comunidade para Madeline e para mim. Sem ela, eu estava aprendendo, eu tinha que ser o simpático.

Quando voltei a escrever no blog, a minha comunidade aumentou ainda mais e meus encontros deixaram de se limitar a pessoas que moravam perto de mim. Eu não achei que continuaria a escrever depois da morte de Liz. Em 28 de março, A.J. postou o obituário que sua mulher escrevera sobre Liz, aquele que eu ainda tenho problemas em terminar de ler. Na época, acreditei que tinha sido a postagem final do blog, mas, algumas semanas mais tarde, voltei, na tentativa de fazer algum tipo de descarga emocional. Nos dias que seguiram à morte de Liz, escrever meus pensamentos — como os pensamentos que acabaram sendo incorporados ao folheto de seu funeral — tinha sido de grande ajuda. Com o passar dos dias, continuei a escrever e o blog pareceu o melhor lugar para postar esses escritos.

Eu me senti bem. Primeiro, achei que não teria muito a dizer, mas, com Maddy em casa, algo em mim queria, ou talvez precisasse, registrar tudo. Será que meus posts eram reveladores?

Não. Mas ter um lugar onde eu podia dizer o que quisesse e podia trabalhar minhas constantes variações de humor não tinha preço. Eu soube, assim que escrevi aquele primeiro post, depois que Liz morreu. Tive certeza novamente no dia seguinte, quando escrevi sobre como o melhor dos pais de Madeline tinha morrido. E soube, todos os dias desde então, enquanto divagava sobre a vida com minha filha.

Anos atrás, o blog foi criado para postar as fotos de minhas viagens e, depois, quando Liz foi para o hospital, foi uma maneira conveniente de manter todos os nossos amigos e familiares atualizados sobre o seu estado. Mas, agora, era diferente. Enquanto escrevia, percebi que o blog estava se tornando o livro do bebê de Madeline. Não teria cachinhos, nem impressão digital dos pés, nem das mãos, como minha mãe fez no meu. Em vez disso, seria uma crônica do nosso dia a dia. E, desta forma, eu não teria que confiar na minha memória para tudo. Podia registrar qual foi a sua primeira palavra, quanto ela pesou na consulta pediátrica de três meses, qual sua altura e o diâmetro encefálico. Estas são coisas que você acha que vai se lembrar para sempre, mas, se não as anotar, elas se perdem.

No início eu queria fazer algo tangível que Maddy pudesse olhar algum dia. Era 80% para ela e 20% para os amigos e familiares — mais para minha família, porque meus amigos não leem esse tipo de baboseira. Nas semanas e meses após a morte da Liz, era importante para mim fazer com que todos que eram próximos soubessem que eu estava sobrevivendo e que nosso bebê estava bem. Eu escrevia as coisas que fazíamos para provar a eles e, eventualmente, para Maddy também, que eu não tinha me fechado numa redoma, enquanto minha filha enfiava um garfo numa tomada da sala. Sentia também que era especialmente importante para os pais de Liz. Queria que soubessem mais sobre sua neta do que saberiam de outra forma — mais do que saberiam se Liz fosse viva. Queria que tivessem a certeza de que sempre fariam parte de nossas vidas.

Todos os pais de primeira viagem recebem conselhos — de seus próprios pais, de seus amigos que acabaram de ter filhos, de pessoas aleatórias no mercado que dizem que crianças devem usar meias, mesmo que esteja fazendo trinta e dois graus lá fora (sim, isso aconteceu de verdade). E ainda que alguns beirem o ridículo (porque crianças gostam de brincar com seus dedos do pé), eu precisava de todos os conselhos que pudesse ter. Escrever o meu blog me fez olhar outros blogs e logo descobri que o jornal de minha cidade natal, *Minneapolis Star Tribune*, tinha um site com um excelente blog sobre como criar filhos. Ele era administrado por duas mulheres, que não escreviam apenas sobre mães. Elas também escreviam sobre pais e seus relacionamentos com seus filhos. Eu mandei um e-mail para elas:

> Olá...
> Acabo de descobrir o seu blog...
> Sou um pai novato e orgulhoso (nascido em Minneapolis, mas morando em Los Angeles) que está encarando a mudança de prioridades. Estou fazendo isso sozinho (minha esposa morreu no dia seguinte que nosso bebê nasceu).
> Lerei o seu blog frequentemente (enquanto o bebê dormir).
>   Estou achando o conteúdo de ótima ajuda.
> Estou escrevendo um pouco sobre minha experiência.
>   Às vezes, é melancólico, mas não tenho como evitar.
> Tem sido difícil.
> Matt

Dois beijos para Maddy

Na manhã seguinte, elas responderam perguntando se podiam publicar a minha história no site delas. E terminou ali e nas manchetes do jornal. A reação foi incrível: naquele mesmo dia, meu blog recebeu milhares de novos visitantes e, depois disso, o número de acessos continuou crescendo.

Fiquei agradecido. Agora, eu conseguiria me conectar pela internet a uma comunidade de pessoas que se importavam. Escrever um post rápido e receber montes de respostas com conselhos e confirmações ajudou muito a validar o trabalho que eu estava desenvolvendo como pai. Então fui além. Usei o blog para fazer perguntas, frequentemente começando por "O que faço quando...?" e sempre descrevia os detalhes, caso tivesse que consultá-los mais tarde. Eu conseguia bons conselhos, em minutos, de pessoas que estavam lendo o meu blog, mesmo que fosse três da manhã em Los Angeles. Isso era incrível.

Esta enxurrada de conselhos e bondade era outra demonstração do poder da comunidade e da comunidade como uma família ampliada. Tinha sorte de ter um grande grupo de amigos que fazia o possível para facilitar nossas vidas, mas a maioria estava em Minnesota e era impossível para eles nos ajudarem diariamente. E como eu não pertencia a uma igreja ou grupo de bairro, não havia nenhum esforço organizado para nos ajudar. Assim mesmo, acabei tropeçando nestas pessoas simpáticas e conectadas e aumentei o meu círculo bem além do que teria sido possível antes da era da internet. Recebi e-mails da Indonésia, Tailândia, Europa, América do Sul — do mundo todo. O que começou como algo que eu fazia pela minha filha, pelos meus pais, meus parentes e meus amigos virou um fórum de comunicação com e para pais em toda parte. Eu montara a minha própria rede de suporte. Muitas destas pessoas também queriam ajudar financeiramente. Logo depois da morte de Liz, A.J. criou uma conta para donativos via PayPal e colocou um link no meu blog de forma que o dinheiro fosse direto para o Fundo em Memória dela e tinha gente mandando dinheiro, em paralelo, para ajudar na criação da minha filha. Havia um endereço do banco onde o Fundo tinha sido criado e, de repente, as pessoas estavam mandando coisas para lá.

Toneladas de coisas.

Também começaram a pedir o endereço da minha casa para que pudessem nos mandar coisas diretamente. No início, eu disse não. Eu não queria que houvesse espaço para uma única insinuação de que eu estivesse lucrando com a morte de minha mulher, mesmo que o lucro viesse em forma de fraldas, suplemento alimentar ou roupas para minha filha. Isso era uma coisa que eu não poderia jamais fazer. E, para ser franco, eu ficava um pouco hesitante em dar o meu endereço para pessoas totalmente estranhas. Não que eu não confiasse nelas, ou que eu me preocupasse com a possibilidade de aparecerem na minha casa e tentarem roubar meu bebê. Mas fazer amizades com estranhos era o que Liz fazia.

Tom me corrigiu.

— Matt, você tem que deixar as pessoas ajudarem. Se elas estão pedindo seu endereço, você deve dar.

— Não sei... eu me sinto meio estranho dando o meu endereço para pessoas aleatórias na internet.

— Matt, isso não é só sobre Madeline e você neste momento. É sobre elas e o desejo que elas têm de ajudar outro ser humano que está sofrendo. Deixe que lhe ajudem.

Ele estava certo. Nossa conversa me ajudou a perceber que não havia nada errado em aceitar ajuda. Então, joguei fora os vestígios de possíveis desconfianças e me abri para o carinho e apoio de completos estranhos.

E eles ajudaram. Toda vez que eu entrava pelo pórtico, encontrava caixas me aguardando. Havia sempre coisas chegando, com tal frequência que eu não estava conseguindo dar conta de abrir todas as caixas. Várias pessoas mandavam perecíveis que, infelizmente, eu não abria na velocidade necessária. Uma mulher de Duluth, em Minnesota, me mandou todos os ingredientes para fazer uma canja, quando eu disse que estava doente. Só abri o pacote meses depois e acabei achando alho apodrecido e uma caixa vazando caldo de galinha.

Alguns presentes eram incrivelmente bem intencionados, mas era muito difícil para mim lidar com eles. Uma amiga de escola da Liz montou um livro escrito sob o ponto de vista da Liz com fotos com os dizeres "Te amo", "Pena que não estou aí" e coisas do gênero. Era uma coisa muito gentil e emocionante, mas por muitos meses foi doloroso demais e eu não estava forte o suficiente para descobrir o que tinha ali dentro. Mais de uma pessoa me mandou um travesseiro com a imagem de Liz. Sei que tinham boa intenção, mas para mim era um tanto apavorante. E, no centro desta generosidade exacerbada, havia algo muito básico e muito humano: a boa vontade de cada remetente. Pessoas queriam ajudar e eu permiti isso — Tom me ajudou a entender que elas se sentiam bem em ajudar Madeline e a mim.

Rapidamente se tornou impossível receber estas expressões de generosidade e simpatia sem pensar em como eu poderia ajudar outras pessoas. Algo no apoio recebido me fez sentir pronto para me concentrar nas necessidades alheias. Como podia reconhecer estas demonstrações de bondade? Não tinha o dinheiro para ajudar ninguém, mas eu tinha estas coisas todas — mais do que Maddy ou nós poderíamos usar.

A solução era distribuir. Por meio do blog eu me tornara amigo de uma mulher na cidade de Nova York, cujo namorado a engravidara antes de se mandar. Quando ela decidiu ir para Oregon, porque não podia pagar por seu apartamento, enviei sete ou oito caixas enormes de roupas para ela. Mandei outras tantas para um abrigo feminino ali perto, porque alguém me explicou que ali acolhiam mulheres, e seus filhos, que fugiam de seus parceiros violentos. Elas costumavam chegar ali sem nada, além da roupa do corpo.

Assim como as pessoas queriam ajudar Maddy e a mim, eu queria ajudar outros a minha volta, então passava adiante o que recebia para aqueles que mais precisavam. Isto foi uma parte importante do que o blog trouxe para a minha vida, uma parte importante para minha recuperação após a morte de Liz. Concentrar minha atenção nos outros me fez desviar a atenção de mim mesmo e me sentir menos vítima das horríveis circunstâncias.

Ela parece
tanto com a mãe.
Como uma criança,
sentada no balanço
(mais do que capaz de se balançar
sozinha),
Liz
dizia "alguém me empurra?"
Ela queria atenção
e adorava estar
cercada de gente.
Madeline, claro,
é igual.
Seus gritos dizem
"alguém me carrega?"
e, claro,
eu o faço, quase o dia inteiro.

Capítulo 15

Apesar de ter várias fontes de conselhos, já havia entendido que algumas coisas eu podia descobrir sozinho. Enquanto meus parentes eram seguidores do Dr. Spock, eu adotava a escola de pais "à la MacGyver", que, em vez de ter um arsenal de equipamentos infantis, preferia achar uma solução com o que quer que estivesse à mão. Bem cedo, levei Maddy a um jogo dos Dodgers. Era algo que Liz e eu havíamos sonhado em fazer com nosso bebê, assim que pagamos pelas entradas da temporada — bem antes de Liz sequer estar grávida. E tal como tínhamos sonhado, Maddy estava vestida com um macaquinho listrado de rosa e branco dos Dodgers e embrulhada em um dos cobertores de brinde distribuídos pelo time em uma de suas muitas noites promocionais. É claro que o sonho incluía estarmos ambos aqui com a nossa bebê, mas, como Liz estava morta, eu fui ao estádio com a amiga dela, Diane. Madeline ainda era tão pequena que só tomava mamadeira. Eu me lembrei das fraldas, dos lenços umedecidos, do material para fazer a mamadeira, mas me esqueci da mamadeira propriamente dita.

Que diabos um cara pode fazer por uma criança que não tem uma mamadeira para tomar seu leite? Me senti um idiota. Ela precisava comer e eu não queria sair do jogo, tinha sido vencido pelo meu esquecimento e estragado a primeira experiência da minha filha com o Dodgers. Fiquei ali sentado por alguns minutos, pensando que devia haver uma solução.

Comprei uma garrafa de água, que eu ia precisar de qualquer maneira para misturar a mamadeira, e pedi um dos broches de lapela expostos na vitrine do stand — desses comercializados com o logotipo dos Dodgers. Tirei o broche da embalagem, esterilizei com o isqueiro de um cara atrás de mim na fila, e perfurei a tampa da garrafa. Misturei o leite em pó com a água e esguichei na boca de Maddy, um pouco de cada vez. Me senti vitorioso, como quando vencia Liz no Jogo da Imaginação e tinha que bolar algo de pronto. Funcionou, mas não é o tipo de coisa que você vai encontrar no meu livro de como criar crianças.

Certa vez, em uma de nossas viagens, só descobri no avião que as calças que vestira em Maddy estavam largas demais para a sua cinturinha. Como suas roupas estavam na bolsa que despachara, tinha que pensar em uma maneira de evitar que suas calças ficassem caindo o tempo todo. Depois de considerar — e descartar — a ideia de usar o carregador USB do meu BlackBerry amarrado na cintura dela, decidi que a maneira mais simples e eficiente de resolver o problema era passando o macaquinho por cima das calças. Depois que postei uma foto no blog, alguns de meus leitores questionaram se eu tinha alguma ideia de como vestir uma menininha, mas outros defenderam a minha solução orientada pela funcionalidade e deixaram comentários dizendo que agora estavam vestindo seus bebês da mesma forma. Com aquele gesto simples, Maddy e eu havíamos iniciado uma nova moda. Eu costumava achar graça de Liz quando ela usava saltos altos na chuva ou quando não usava um chapéu no inverno, porque tinha medo que o cabelo ficasse em pé, atormentando-a com o lema "estar na moda é mais importante que tudo." Liz teria orgulho de mim por chegar a uma solução tão prática e, com certeza, teria achado o meu esforço adorável, mas certamente questionaria a estética da solução.

A cada experiência que Maddy e eu tínhamos juntos, meu nível de confiança aumentava. Depois de algum tempo, comecei a achar que daria conta de qualquer desafio lançado a minha paternidade — que enorme diferença alguns meses fizeram. No início, eu achava que podia quebrar ou danificar minha filha. Cada visita bem-sucedida à pediatra trazia mais palavras de encorajamento e, com isso, meu nível de confiança também crescia.

Mesmo prematura em sete semanas, as medidas de Madeline, aos três meses, estavam dentro do padrão no gráfico de crescimento da pediatra, apesar de os médicos da UTI neonatal terem me alertado que isso talvez só acontecesse no final do segundo ano. A pediatra de Madeline, Dra. Jennifer Hartstein, fazia todo o tipo de perguntas para avaliar o desenvolvimento físico e mental de Madeline e, quando a consulta chegava ao fim, ela dizia de forma simples, mas eficiente:

— Matt, você está fazendo um trabalho ótimo. — Levando em conta a confusão em minha vida depois da morte de Liz, era incrível saber que estava sendo bem-sucedido na empreitada mais importante do mundo — um trabalho para o qual não sabia que estava tão preparado ou *sequer* preparado.

Estas experiências cotidianas, os acertos com Madeline e o elogio de especialistas me levaram a uma nova mudança no meu blog. Tinha gente que o lia desde o nascimento de Madeline, muitas dessas pessoas estavam grávidas na época. Agora, algumas já tinham dado à luz, tinham suas próprias crianças em casa e não sabiam o que fazer. Então vinham a mim, um cara que sabiam que tinha passado por isso.

Todo mundo acha — e a sociedade encoraja essa ideia — que toda mulher é uma especialista em ser mãe. O que descobri, no entanto, é que as mulheres estão tão perdidas quanto os homens. Elas só estão mais dispostas a pedir e aceitar ajuda. Aqui tínhamos um homem — eu — que apenas alguns meses atrás não fazia a menor ideia do que tinha que fazer, e que agora dava conselhos a muitas das mulheres que me haviam aconselhado.

Não que eu estivesse dando nenhum conselho de verdade. Eu nunca dizia a ninguém o que devia fazer. Tudo que podia oferecer era a minha perspectiva sobre o assunto. "Foi assim que eu fiz. Pode não funcionar para você, mas esta foi a minha experiência." Pela primeira vez, desde que começara a falar com outras mães e pais, achei que podia opinar em qualquer conversa sobre como criar os filhos. Na verdade, me sentia igual a todos eles, mas achava que ser um pai sozinho me dava algum diferencial. No fim das contas, eu estava fazendo o dobro que faria se Liz estivesse viva, e fazia isso em tempo integral. Se isso não me fizesse especialista, eu não sei o que mais faria.

Muitas perguntas também eram a respeito da morte da minha esposa. Afinal de contas, ser pai de uma recém-nascida era apenas metade da minha história. Pessoas escreviam para perguntar como podiam ajudar logo após a morte de alguém em sua família. Perguntar a alguém que sofreu uma perda o que pode ser feito por ela pode ser bem-intencionado, mas, no fundo, não ajuda em nada. Quando Liz morreu, eu só sabia que a queria de volta, e que isso não era possível. Eu não sabia se precisava varrer o chão. Eu não via que não tinha comida na geladeira. Não tinha ideia de que minhas cartas estavam empilhando e que provavelmente não estava pagando a conta de luz. O meu conselho mais comum para estas pessoas era sobre o que não deviam fazer. "Não mexa em nada na casa. Não jogue nada fora, porque pode estar conectado à outra coisa. Não lave os lençóis, porque talvez a pessoa queira sentir o cheiro da colônia do marido por mais algum tempo." Orientei que as pessoas identificassem quais as pequenas tarefas que precisavam ser feitas e que as fizessem, sem perguntar nada ao sobrevivente.

Também me tornei, sem querer, a voz de uma pequena comunidade de viúvos e viúvas. Eles ouviram sobre o meu blog e começaram a me escrever quase que diariamente, e me tornei um grande amigo da maioria, na medida que partilhávamos experiências por mensagens e telefonemas. Era um pouco como a comunidade de pais da qual eu fazia parte, mas este grupo era bem reduzido e mais íntimo. Uma coisa era se conectar para falar de um nascimento e sobre como criar o filho, mas outra coisa era encontrar um grupo de viúvos e viúvas com menos de oitenta anos, todos ligados pelo pior momento de nossas vidas.

A morte de Liz me tornara um especialista, sem diploma, em morte e em como enfrentá-la, o que era uma bênção e uma maldição. A bênção é que eu podia dar uma opinião abalizada na minha própria experiência, diferente da baboseira oferecida pelos incontáveis livros de autoajuda que se amontoam nas prateleiras das lojas. A maldição? Bem, ser constantemente confrontado com tanta dor e morte acabou pesando emocionalmente. Toda vez que sabia de outra história sobre a perda de um marido, eu era transportado para aqueles segundos seguintes à descoberta de que Liz tinha morrido, e aquela sensação horrível tomava conta de mim como se tudo tivesse acabado de acontecer naquela hora.

Ouvir estas histórias era horrível, mas eu precisava pensar que estava ajudando estas mulheres um pouquinho. E a verdade é que elas estavam me ajudando também. Saber que não estava sozinho na minha tristeza era uma arma importante para vencê-la, porque, ao falar com este grupo, entendi que não havia a possibilidade de superar esta experiência. Mas, com a ajuda uns dos outros, conseguíamos enfrentar isso. Sem o seu companheirismo, suas piadas irônicas e seu sarcasmo, eu não teria conseguido rir tanto.

Pouco depois de trazer Madeline para casa, três de meus melhores amigos de Minnesota se ofereceram para vir a Los Angeles ficar comigo e Madeline. Eles combinaram entre si para que não houvesse superposição, garantindo que eu teria o máximo de ajuda e companhia. A.J. veio primeiro. Quando o peguei no aeroporto, senti que havia algo diferente e ficou claro o que era nas primeiras horas de sua estada. Ele nada disse, mas eu suspeitei. Minha suposição só se confirmaria meses mais tarde, mas as perguntas que fazia e a maneira como agia com Madeline me convenceram de que Sonja estava, sem sombra de dúvidas, grávida. A.J. imediatamente assumiu dar a mamadeira, pôr para arrotar e trocar as fraldas de Maddy — coisas que eu não imaginaria que um homem sem filhos quisesse ou soubesse fazer.

Não era o tipo de ajuda que eu esperava, eu achava que esses caras estavam vindo a Los Angeles para me fazer rir e aprontar — e, principalmente, não me deixar pensar em Liz. Que só iriam cozinhar, fazer outras coisas na casa e ajudar com Madeline, se eu pedisse. Tinha certeza de que nunca haviam trocado uma fralda antes, mas logo ficou claro que eu criara uma falsa expectativa.

Quando Steve chegou, uma semana depois, imediatamente contou que Emily, sua mulher, estava para dar à luz em poucos meses. Minha teoria se provou correta. Aqui estavam os caras com quem eu só falava de bebida, esporte e música, dispostos agora a discutir a melhor maneira de prevenir assaduras.

Quando saímos um dia, sentamos num banco para ficar olhando a vida passar. Duas mulheres passaram perto empurrando seus carrinhos de bebê. Nos entreolhamos e Steve disparou:

— Está vendo aquele carrinho à esquerda?

— Estou.

— É o carrinho que Emily e eu escolhemos.

— Sei. Liz também queria esse carrinho... — Parei no meio da frase. — Jesus! Você já se deu conta de quão velhos nós estamos?

— Como assim? — perguntou Steve.

— Bem, você olhou as duas mulheres empurrando os carrinhos?

— Olhei. Eram gostosas.

— Eu sei. E tudo o que falamos foi sobre os carrinhos que empurravam.

Revirei os olhos e balancei a cabeça em reprovação fingida de como havíamos amadurecido desde a faculdade. Steve deu uma gargalhada e aí fiz uma piada sobre a banana congelada com cobertura de chocolate que ele estava para pôr na boca.

John foi o último a me visitar. No caminho do aeroporto para casa, perguntei:

— Andrea está grávida?

— Espero que não — ele respondeu rindo. — Por quê?

— Estou só testando uma teoria — expliquei, e passamos a falar do seu casamento que se aproxima.

Ensinei três marmanjos a segurar, alimentar e pôr para arrotar um bebê prematuro — habilidades que eles mostraram para suas mulheres, por vídeo, para deixá-las impressionadas e aliviadas. Era uma coisa que estava para acontecer com dois deles, e era bacana poder mostrar-lhes o caminho, ser aquele que já passara por isso.

Eles sabiam que podiam contar com a minha experiência e testar meu conhecimento crescente para usarem com seus próprios filhos no futuro, e estavam decididos a aprender o máximo comigo, antes de voarem de volta à Minnesota. E eu tinha certeza de que a orientação e a experiência prática que estava dando a eles eram verdadeiras. Eu não estava fingindo ser pai, eu estava sendo bem-sucedido. Consegui ser o amigo deles que tinha um bebê, em vez de ser o amigo que perdera a mulher. Era um alívio.

Não importa o quanto estivessem querendo me distrair ou desconcentrar, havia sempre lembranças de Liz. Algumas delas, como os vidros de perfume na cômoda ou seus sapatos no canto, eram constantes e esperadas. Mas outras, como o telefonema que davam para suas mulheres antes de dormir, me deixavam chateado; eu não tinha mais Liz para dar boa noite. Mas eu tinha a minha bebê para pôr para dormir todas as noites e, pode ter certeza, ficava agradecido por isso.

Certa manhã, quando Steve ainda estava na cidade, saí do chuveiro e o ouvi dizer meu nome na sala.

— Está tudo bem? — perguntei.

— Sim. Madeline está ótima. Seu telefone tocou, mas não sabia se era para eu atender. Deixei cair na secretária eletrônica.

— Droga. Você chegou a ouvir quem era?

— United Airlines? Algo sobre uma viagem para o Havaí?

— Tem certeza? Eu não estou indo para o Havaí.

— Tenho certeza de que ouvi a secretária dizer algo sobre uma mudança de itinerário na sua viagem para Oahu.

— Droga. Vou ter que ligar para eles.

— Você não quer escutar a mensagem?

— Não, não posso.

O que eu não podia era dizer a Steve que eu estava me esquivando da secretária eletrônica. Tinha um recado, em algum lugar, do Instituto Médico Legal de Los Angeles, que eu não queria escutar. Havia outro recado que eu estava evitando: de Liz. Ela deixara quando estava no hospital, em repouso absoluto. Eu não cheguei a escutar, mas sabia que estava ali. Não escutara a sua voz desde sua morte e, por mais que achasse que queria ouvi-la, tinha medo de que, se o fizesse, tudo deixaria de ser real, como se ela estivesse em uma longa viagem de negócios ou algo assim. Por isso, evitava a secretária eletrônica.

Liguei para a companhia aérea mais tarde naquele dia.

— Recebi um recado sobre uma mudança de itinerário. Tem os detalhes disso?

— Sim, Sr. Logelin. Parece que seu voo para Oahu em 10 de maio foi antecipado em duas horas.

— Certo. — Pode parecer estranho, mas eu não tinha a menor ideia de que iria para Oahu. — Você pode me dar mais algum detalhe sobre a viagem?

O agente de viagens riu.

— Parece que a reserva do voo foi feita por Elizabeth Logelin e foi originalmente reservada para o ano passado. Elizabeth remarcou a viagem para 10 de maio de 2008.

De repente, me lembrei de tudo. Desliguei o telefone sem agradecer ou me despedir e perdi o controle. Todos os dois metros e cinco da altura de Steve se levantaram do sofá e me abraçaram, fazendo com que me sentisse uma criança de novo, de volta aos braços de meu pai.

Solucei, me lembrando de todos os detalhes desta viagem. Tínhamos feito reservas para o Havaí no ano anterior ao casamento, mas ambos tivemos que viajar a trabalho. Liz remarcou a viagem como férias para nós, usando a data mais distante possível. Isso acontecera meses antes de descobrirmos que Liz estava grávida e, como eu, ela esqueceu totalmente do assunto. A data original do parto de Madeline era 12 de maio e não teria como fazermos esta viagem, mesmo que tudo tivesse dado certo.

Bastou este único telefonema para me arrasar e destruir a minha confiança. Tudo de positivo que vinha construindo se desintegrou, e fiquei imaginando se afinal fizera mesmo algum progresso. Fiquei com o rosto enterrado no peito de Steve pelo que pareceu horas. Quando me recuperei, liguei para o pai de Liz. Antes mesmo que ele pudesse me saudar, fiz a minha proposta.

— Tom, acabo de falar com a United Airlines. Liz e eu tínhamos planejado ir ao Havaí em maio e eu não tenho como fazer isso sozinho. Podemos ir todos? Você, Candee, Deb, Maddy e eu? Talvez pudéssemos ir daqui a alguns meses, para o nosso aniversário de casamento ou algo assim? Não quero estar sozinho e não posso estar em Minnesota, Los Angeles ou Grécia no dia 13 de agosto. — Só respirei quando terminei. Deve ter sido demais para o Tom aguentar, assim, sem nenhum aviso.

— Sim — ele respondeu tranquilo. — Podemos fazer o que você quiser, Matt. Vou falar com Candee hoje à noite e planejamos direito.

Era tudo o que eu precisava escutar. Mais tarde concordamos que viajaríamos juntos no que teria sido o meu terceiro aniversário de casamento. Informei a Tom e a Candee sobre os meus parâmetros autoimpostos para viajar: tinha que ser para fora dos Estados

Unidos e para um lugar que nenhum de nós já conhecesse. Na noite seguinte, tínhamos reservas para um voo e acomodações para uma semana em Banff. Tenho certeza de que Liz teria ficado animada em saber que eu pretendia passar algum tempo com a família dela. Estava aliviado com o fato de que não estaria sozinho no nosso aniversário de casamento, em agosto.

Ela é pequena
demais
para voar.
Mas
não estará
sozinha em seu
berço, com uma
daquelas mamadeiras gigantes.

Capítulo 16

Muitos amigos e familiares não conseguiram vir para o enterro de Liz em Pasadena e, por isso, não tiveram a oportunidade de se despedir. E o que é pior, a minha decisão de cremá-la e guardar seus restos, até que decidisse o que queria fazer com eles, também deixou as pessoas sem um lugar para visitá-la. Todo mundo com quem me relacionava agora em Los Angeles — as amigas de faculdade de Liz e colegas de trabalho, com quem eu mal encontrava antes — estava ainda muito abalado. Todos continuavam muito tristes. Então Tom, Candee e eu achamos que devíamos fazer uma segunda cerimônia para Liz.

Faríamos isso em nossa casa em Minnesota para que aqueles que não tiveram a chance de viajar pudessem se despedir dela. A funerária em Pasadena enviara as cinzas de Liz para a funerária em Milaca, Minnesota, uma cidade onde minha família estava enraizada. Era onde minha mãe nascera e onde a loja de ferragens do meu avô funcionara.

A princípio, achei que fazer uma segunda cerimônia fosse uma maluquice. Entendi que era preciso dar oportunidade a mais pessoas de se despedirem, mas não estava pronto para ficar de pé e fazer outro discurso sobre minha mulher. Da primeira vez que fiz, foi um inferno e nunca ficaria mais fácil, nem se fizesse isso milhares de vezes. Além disso, quem tem duas cerimônias fúnebres? Aí, pensei em Madeline. Embora nada pudesse ajudá-la a encerrar este capítulo — e mesmo que pudesse, ela não teria a menor ideia do que estava acontecendo, eu não conseguia imaginá-la ausente do funeral da mãe.

Liguei para a Dra. Hartstein.

— Estou viajando para Minnesota para fazer uma segunda cerimônia fúnebre para minha mulher. Quero levar Madeline comigo.

— Matt. Não é uma boa ideia.

Eu sabia que esta seria a resposta dela. Maddy não devia nem ter saído ainda do útero da mãe, então a ideia de que ela pudesse entrar num avião era absurda. Mas fiquei pensando em como explicaria a minha filha que ela perdera não um, mas dois funerais da mãe. De todas as pessoas cujas vidas Liz tocou, a que sofreria mais dura e longamente seria a filha que ela nunca segurou.

Também não aceitava a ideia de ir a Minnesota sem Madeline. Seria minha primeira viagem de volta desde o Natal passado, com Liz, e sabia que enfrentaria uma vida de lembranças ao voltar à casa de nossas infâncias. O que eu mais precisava não era de amigos, familiares, música ou birita. Eu precisava do meu cobertorzinho de segurança. Precisava de meu bebê. Mas, confrontado com a possibilidade real de pôr em perigo o bem-estar de minha saudável filha, tive que seguir o conselho da pediatra e deixá-la em Los Angeles. Perguntei a meus amigos Ben e Dana se podiam ficar com Madeline, enquanto eu estivesse fora. O primeiro filho deles também foi prematuro, então eles eram os mais indicados para dar conta das necessidades de Madeline.

Quando chegou a hora de mandar Maddy para casa com Dana, pelos três dias que ficaria em Minnesota, fiz o melhor que pude para evitar chorar. Não tinha mais vergonha de chorar na frente de ninguém, mas começara a perceber como o meu choro afetava as pessoas a minha volta e, por isso, passei a tentar reprimi-lo. Ainda não tinha conseguido atingir os 100%, mas tinha ficado bom em fazer isso. Aceitei como um desafio e, melhor ainda, como uma maneira de esquecer a razão do choro, para começo de conversa.

E, por mais esquisito que seja, comecei a gostar disso. Havia uma sensação estranha que acompanhava o esforço para não chorar, e ficava cada vez mais forte à medida que eu segurava as lágrimas por mais tempo. Enquanto se avolumavam nos olhos, dava um comichão na ponte do nariz, a sensação descia para a ponta do nariz e terminava por deixar minha cabeça entorpecida. Fiquei obcecado em conter as lágrimas o máximo possível, cheguei a pensar em usar um cronômetro para marcar o tempo e ver se estabelecia um recorde, a cada vez que sentia vontade de chorar, mas isso me pareceu muita maluquice e, então, resolvi não fazer.

A voz de Dana me tirou de meu joguinho.

— Não se preocupe, Matt. Vamos tomar conta direitinho dela.

— Sei que vão. Na verdade, tenho certeza de que farão melhor do que eu. — De qualquer forma, vou sentir muita saudade dela, pensei.

Dois beijos para Maddy

Prendi o cinto na cadeirinha de Maddy (agora no carro de Dana), dei-lhe dois beijos e sussurrei "Te amo." Com a mão espalmada contra o vidro do carro, fechei a porta. Fiquei com a mão ali, enquanto ligavam o carro, perpetuando o gesto. Mesmo depois de desaparecerem atrás do morro, continuava com a mão, no gesto congelado, meus pés firmes na grama. A única pessoa no mundo que me importava estava se afastando de mim, e eu não conseguia acreditar que ficaria longe dela pelos próximos três dias.

As lágrimas estavam novamente represadas, mas desta vez eu não queria fazer o jogo. E deixei que corressem. Sabia que seria impossível segurá-las. Me senti afundando no chão molhado na frente da minha casa, a lama e a umidade encharcando minhas meias. Droga, pensei. Onde diabos estão os meus sapatos? Olhei em volta, rezando para que meus vizinhos não estivessem vendo a cena. A última coisa de que precisava é que soubessem que tinha perdido o controle.

Subi as escadas para casa, deixando pegadas molhadas e pensei em como Liz teria ficado furiosa comigo por estragar um par de meias perfeitas. Fiquei de pé na entrada, tirando as meias nojentas, e pensando que não devia piorar as coisas deixando uma trilha de pegadas molhadas dentro de casa. Entrei descalço e fechei a porta da frente, percebendo que era a primeira vez, desde a morte de Liz, que estava sozinho em nossa casa. Embora menor que cento e doze metros quadrados, ela agora possuía um vazio cavernoso que imaginara só ser possível em estruturas palacianas. Me larguei no sofá e fiquei escutando a música que deixara tocando na minha sala. A letra de "Last Tide", do Sun Kil Moon, entrou no meu ouvido alimentando a torrente de lágrimas.

Todo pássaro fica fraco em terra arrasada.
Todo olho inchado de lágrimas fica limpo.

Toda semente de primavera vive até o outono.
Teus filhos todos estarão por aí para vê-las crescer.

Estarás aqui comigo, meu amor?
Quando o sol quente se tornar cinza
E a última maré se for,
Toda a escuridão irá se aproximar.

Fiquei calado para achares que sou forte.
Nunca te mostrei todo o meu amor.
Os meus sonhos, sim, guardei por não ousar
Dividi-los contigo por medo de coisas que ainda vivem em mim.

Estarás aqui do meu lado, meu amor?
Quando a lua fria sumir?
E os últimos gritos não passarem
De sussurros?

Era uma das músicas favoritas de Liz e ecoaria pela capela do Cemitério de Lakewood, em Minneapolis, em menos de vinte e quatro horas.

— Que diabos de tempo é esse? — perguntei nervoso.
 — É Minnesota — A.J. respondeu. — Esqueceu como é?
Ele estava certo. Neve de primavera em fins de abril não era raro, mas parecia loucura e um pouco cruel. Acho que depois de morar seis anos em Los Angeles, eu estava esnobando o clima local — não suportava nada abaixo de vinte e um graus. Tateei com o pé a neve quebradiça, esperando com isso evitar cair de bunda na frente de toda aquela gente na fila do lado de fora da capela.

Lancei tristes olhares de reconhecimento para os casais abraçados, enquanto eles entravam, e tenho certeza de que, depois de me verem, se entreolhariam e se abraçariam um pouco mais. Sabia o que estavam pensando: *Estou feliz por não ser conosco*. Nenhuma pessoa, por mais sem noção que fosse, diria isso na frente de um viúvo triste, mas a maneira como se abraçavam e seus olhares diziam tudo.

Queria tanto estar nesta fila com Liz, esperando para entrar no funeral de alguém. Desejava que ela estivesse me abraçando, seus olhos azuis lacrimejantes olhando para mim, dizendo "Pobres infelizes. Te amo". Queria que não fosse conosco.

Mais do que tudo, era o que desejava.

Mas era.

Uma hora depois, estava de pé na tribuna, microfone abaixo do queixo, encarando um mar de gente. Era uma sensação horrível aguardar para fazer um discurso sobre minha mulher novamente. Antes de entrar, achei que a segunda vez seria mais fácil, mas, enquanto me esforçava para ouvir a trilha sonora, a mesma que tocara em Pasadena, percebi que estava errado. Queria tanto escutar uma música conhecida, não importa qual, qualquer outra coisa que não a que deprimentemente rodava na minha cabeça nesta hora. "If I Need You", de Townes Van Zandt, que tocava sem parar, com o verso "Se eu precisar de você, você virá?", me fazia pensar quanto era impossível ela estar aqui agora, quando precisava tanto dela. Mas o ruído de pessoas se mexendo abafava a música que estava tocando e me deixava escutando só a que tocava na minha cabeça. Quando os bancos ficaram cheios, as pessoas se acomodaram nos corredores laterais e, quando estes lotaram também, as pessoas se sentaram no espaço atrás de mim e na nave central. O lugar estava abarrotado como o concerto do Animal Collective que eu assistira em El Rey.

Imaginei o olhar que Liz me lançaria se eu tivesse sentado no chão, estragando meu único terno. A neve degelando, lamacenta, e o sal que jogaram na entrada agora apareciam na roupa de todo mundo que viera à cerimônia de Liz. Olhei para o meu terno e gravata e pensei: preciso aposentar estas coisas. Depois de usar a mesma combinação em ambos os funerais de minha mulher, tinha certeza de que nunca mais a usaria.

Parado ali, pensei na conversa que tivera com o responsável pelo funeral em Pasadena. Com a voz sem emoção que se espera de um agente funerário.

— Você é a primeira pessoa que usou a palavra *foda* na minha capela. — Não acho que ele estava me repreendendo, mas que estava de alguma forma orgulhoso... Mas posso estar imaginando.

— Bem — respondi —, foi a maneira mais clara de descrever meus sentimentos.

A agitação parou antes que eu pudesse repassar mais daquela conversa, e eu sabia que tinha chegado a hora de discursar. Me sentia da mesma forma que sentira na primeira vez, então comecei da mesma maneira:

— É foda. — E pela hora seguinte, todos nos lembramos de Liz.

Quando a cerimônia chegou ao fim, as pessoas se dirigiram para a casa de Tom e Candee. Peguei uma carona com A.J. — precisava estar com meu melhor amigo nesta hora. Saímos pelos portões do cemitério para a casa dos pais de Liz e, depois do silêncio por algumas quadras, gritei "Vire à direita!", quando estávamos chegando a Lake Street. A.J. virou, sem perguntas ou hesitação, apesar de agora estarmos indo na direção errada.

— Preciso parar na loja de discos. Relançaram alguns álbuns do The Replacements na terça-feira, e eu preciso comprar.

Ele riu.

— Você acha que é uma boa ideia fazer isso agora? — Sabia o que queria dizer. Havia centenas de pessoas indo para a casa de

Tom e Candee para provavelmente falar comigo, ou pelo menos esperariam que eu estivesse presente.

— Liz não ia querer de outra maneira — retruquei.

Na verdade, Liz teria ficado furiosa por parar na loja de discos depois do funeral, mas, neste caso, acho que ela entenderia. É, estava sendo um tanto egoísta, mas ela sabia que um dos grandes prazeres de minha vida era comprar discos, especialmente quando o dia não estava indo muito bem. Este era um dia ruim de proporções épicas. Ela tinha que me permitir esta parada e ficaria feliz de ver que eu não estava perdendo o controle, mesmo que, para isso, eu precisasse manter alguns amigos e familiares esperando.

— Sei exatamente do que preciso. Vamos entrar e sair rapidinho — prometi.

Cinco minutos depois, já estávamos de volta ao carro, indo para casa. A.J. pegou a estrada que seguia pelo lado norte do lago e fiquei decepcionado quando o sinal ficou verde. Logo à frente estava o Calhoun Beach Club — o lugar onde Liz e eu jantáramos antes da formatura e também onde casáramos havia menos de três anos. Conforme A.J. e eu nos aproximávamos do prédio, fiz o que pude para evitar olhar para lá, mas, quanto mais evitava, mais me emocionava e comecei a fungar, antes mesmo de passar por ele. Era novamente como voltar do hospital para casa, passando pela funerária.

A.J. me olhou com os olhos marejados de lágrimas também.

— Matt, me desculpe. Nem pensei nisso.

— Está tudo bem — consegui dizer. Mas não estava, ainda não. Ia ficar bem, ou pelo menos eu achava que sim, até chegar à casa de Tom e Candee.

Essa tentativa malograda de evitar o inevitável me fez entender que, depois de doze anos juntos, seria impossível evitar todos os lugares que traziam lembranças da minha vida com Liz. Seria bom visitar estes lugares, aceitá-los, e me lembrar dos momentos que moldaram nosso relacionamento, não importa o quanto doesse confrontá-los. Enquanto A.J. e eu seguíamos no carro, pensei em todos os lugares significativos pelos quais passáramos no percurso de ida ou de volta do funeral. O posto de gasolina onde nos conhecemos, o restaurante do nosso primeiro encontro, o lugar onde tivemos o jantar de ensaio, e as inúmeras lojas, ruas e restaurantes que serviram de palco a tanto de nossas vidas. E não era apenas em Minnesota, sentira o mesmo em Los Angeles. Eu deixara de ir ao mercado do fazendeiro em Grove, no Oinkster, e no Whole Foods.

A simples ideia de pôr o pé no corredor do mercado já me trazia lembranças do último Ano-Novo que passamos juntos. Naquela noite, Liz, com uma barriga de grávida quase imperceptível, localizou um de seus inúmeros ídolos, Joel McHale, no Whole Foods de Glendale. Como a menina bem-educada de Los Angeles que era, ela não lhe dirigiu a palavra, apenas o seguiu por toda parte. Enquanto esperávamos na fila do caixa, ao lado dele, eu disse:

— Liz, é muito bizarro você seguir ele pela loja toda.
— Mas ele é tão lindo. E bem mais alto do que imaginava.
— Jesus.
— Queria tanto que você se vestisse mais do jeito dele.
— A criança na sua barriga é minha, certo?
— Acho que é.

Sorri me lembrando da cena, pensando em quanto sentia falta daquele humor sarcástico. Queria tanto poder falar com ela de novo.

Se, em vez de fugir, eu fosse a estes lugares e não lutasse contra eles, talvez pudesse resgatar outras lembranças esquecidas que ilustrassem como havia sido incrível o tempo que passamos juntos. Poderia partilhar tais lembranças com nossa filha e, com sorte, criar algumas novas lembranças bem bacanas, em Minnesota, Los Angeles ou no mundo todo.

Começo a me sentir como
um pai separado,
compartilhando a guarda,
organizando horários para pegar e deixar
Liz,
carregando apetrechos de bebê
de uma casa para outra.
Tão estranho.
E nada parecido
com o que
imaginara como paternidade.
Droga.

Capítulo 17

Depois da dificuldade de deixar Maddy para trás, por conta do segundo serviço fúnebre de Liz, em Minnesota, eu estava animado em trazê-la comigo para o casamento do meu primo Josh, em junho. Seria sua primeira viagem para longe de Los Angeles. Ir ao casamento seria bem complicado, mas Josh me pedira para ir à sua festa e, ao comparecer, eu estaria cumprindo uma promessa que fizera a Liz — ou melhor, uma promessa que Liz fizera por mim.

A data original do parto de Madeline caía um pouco antes do casamento, mas Liz tinha sido taxativa ao dizer: "Você irá ao casamento dele." Ela fora irredutível porque sabia quanto a coisa toda era importante para Josh. Madeline mal teria um mês e, por isso, o plano era que minhas garotas ficariam em Los Angeles e eu iria para Minnesota. Então, agora, mesmo que fosse doloroso encarar todos os lembretes da vida que não era mais a minha, estava decidido a estar presente pelo meu primo. Eu não queria que meus dias ruins perturbassem os dias felizes de outra pessoa e, claro, não queria desobedecer às ordens de Liz.

Uma amiga da família assumiu a tarefa de contatar a companhia aérea e avisar que seria o primeiro voo de Madeline. Quando embarcamos, as comissárias nos entregaram um certificado de primeiro voo e um livro onde ela deveria registrar todas as suas viagens. Eu já sabia que esta seria a primeira de muitas que faríamos juntos. É claro que visitaríamos parentes e amigos no Meio-Oeste com frequência, mas uma lista começou a se formar na minha cabeça com os nomes dos outros lugares aos quais queria levá-la. O mundo estava cheio de lugares em que Liz e eu vivêramos juntos e nos amamos, e eu me prometia levar Madeline a conhecer todos.

Graças ao conselho dos leitores do meu blog, eu estava bem preparado para o voo, mas posso ter exagerado um pouco nos preparativos. Algumas pessoas sugeriram que levasse uma muda de roupa extra para Madeline, para o caso de uma fralda vazar; trouxe cinco. Também me disseram que trouxesse algumas fraldas a mais — então levei onze... para um voo de quatro horas de duração. Apesar de estar fisicamente preparado até demais, não estava mentalmente. Não tinha considerado a dificuldade de subir as escadas e o cochichar dos passageiros que achavam que minha bebê ia chorar o tempo todo, garantindo assunto na chegada deles em Minneapolis. Fiz o melhor que pude para ignorá-los e prestar atenção só em Madeline.

Graças a Deus, ela dormiu quase a viagem toda até Minneapolis. Não precisei de nenhuma das mudas extras nem tentar trocar a fralda dela no avião. Mas eu estava um trapo, passara o voo todo na expectativa de que ela caísse no choro ou que a fralda explodisse e, por isso, não consegui curtir o seu comportamento exemplar.

Um dos primeiros programas do fim de semana foi uma rodada de golfe que fazia parte da despedida de solteiro de Josh. Quando me juntei ao grupo de vinte rapazes, muitos dos quais eu conhecia desde o quarto ou quinto ano, poucos me dirigiram a palavra. A maioria me acenou com educação e evitou me olhar nos olhos, sem saber como falar com um cara cuja mulher morrera. Era como se eu fosse um fantasma que não pudessem ver. Era muito estranho ser tratado pelos meus mais antigos amigos de infância como se fosse um proscrito. Eu esperava esta reação de estranhos, mas não deles. Graças a Deus, A.J. e meu bom amigo Nate estavam no campo de golfe e os dois ficavam bastante tranquilos em falar comigo. Eu só queria que as pessoas agissem normalmente, mas ninguém parecia conseguir isso. Pode ser que tivesse alguma relação com a quantidade de birita que tinham tomado ou com o fato de eu estar agindo normalmente (para espanto deles), mas, no fim da noite, toda estranheza tinha desaparecido e eu novamente era apenas um dos caras. Descobri que, com frequência, as pessoas seguiam minha liderança. Se eu gritasse, eles gritariam, se eu risse, eles ririam. Naquela noite se ouviram muitas risadas.

Mas a cerimônia em si foi mais difícil. Lutei para não perder a compostura, tentando ser forte pelo meu primo e evitando desatar a chorar no dia de seu casamento. Senti como se ocupasse uma função embaraçosa: queria ser simpático e falar com o maior número de pessoas possível, mas sem tirar a atenção do noivo e da noiva. Tentei me misturar, mas parecia que, onde estivesse, as pessoas me davam demasiada atenção. É claro que podia estar imaginando coisas, mas era como me sentia: como se um holofote me seguisse por onde quer que fosse, iluminando o fato de que eu era o cara que já havia experimentado a dureza da frase dos votos matrimoniais "até que a morte nos separe". Estava ainda mais preocupado que Madeline roubasse a atenção de Josh e sua mulher, mas estava feliz que minha família pudesse vê-la.

A noite acabou terminando melhor do que eu esperava. Madeline atraía muita atenção, mas Tom e Candee a levaram para casa, antes que a recepção ficasse muito animada, e o resto da noite foi exatamente do jeito que Josh planejara. Liz teria adorado o casamento e, se soubesse que sobrevivi ao evento, teria ficado orgulhosa.

Além de conhecer parentes mais distantes, esta viagem foi uma ótima oportunidade de ficarmos mais tempo com os avós — mais do que se Liz estivesse aqui. Quando vínhamos para casa, família nem sempre era nossa prioridade. Ambos tínhamos ainda vários amigos morando na cidade e, muitas vezes, saíamos do aeroporto direto para a casa de alguém para um jantar arranjado só por causa de nossa visita. Mas esta viagem era diferente. Com Madeline a reboque, eu tinha que dar mais atenção às nossas famílias, porque elas queriam (e talvez precisassem) passar com ela tanto tempo quanto eu. E, por isso, durante esta viagem começamos uma nova tradição: meus dois grupos de pais se encontrariam na casa de Tom e Candee, na noite em que chegássemos, para jantarmos e ficarmos com Maddy. Graças a Deus todos sempre se deram bem e estavam dispostos a passar mais tempo juntos.

Durante esta primeira viagem de volta, todo mundo queria ficar com Maddy e levá-la para casa — acho que a presença de Madeline avivava a casa deles como a presença de Liz fazia. Mas não eram apenas os avós que queriam passar um tempo com ela, cada lado fez questão de garantir que seus familiares e amigos também tivessem a mesma oportunidade. Apesar de estar feliz em emprestar a minha garotinha, achava esquisito o fato de que ela estava tendo experiências com outras pessoas, as quais eu não estava presente para ver.

    Mas, enquanto cada um tinha sua cota de Madeline, consegui ir à uma pescaria com três dos meus cinco irmãos. Era algo que queria fazer para tentar recuperar o espírito de camaradagem há muito perdido, então fomos para a cabana da família, onde eu não ia desde do final da década de 1990. Fomos para o meio do lago num barco, bebemos cervejas, contamos piadas e pescamos alguma coisa. Por um breve instante, foi como quando vivíamos juntos no mesmo estado e podíamos nos reunir com mais frequência. Foi ótimo estar com meus irmãos de novo — não havia cobrança. Não precisávamos nos preocupar com silêncios embaraçosos ou em dizer algo errado.

    Voltar para casa, dessa vez com minha filha, era exatamente do que eu precisava para lembrar que a vida seguia em frente, mesmo que eu não acreditasse. A viagem à Minnesota foi um refresco e uma fuga necessária, me dando a oportunidade de passar algum tempo com a minha família e amigos, que me faziam não pensar na morte de Liz. Eram estas as pessoas que estariam me apoiando para que um dia eu pudesse ser feliz outra vez. E, com a ajuda deles, eu ia conseguir construir novas lembranças com Madeline neste antigo lugar.

Quando chegamos de volta em Los Angeles, fui arrastado para o presente. Uma das amigas de Liz havia arrumado uma diarista para dar uma boa faxina na casa, enquanto estávamos em Minnesota, já que eu não tinha feito isso desde que Liz morrera. Quando apoiei a nossa bagagem no chão da sala, vi uma passagem aberta entre pilhas de pacotes que tinham sido mandados pelos leitores do blog. A generosidade destas pessoas era surreal — e as caixas agora estavam empilhadas por ordem, o que era um progresso e tanto.

Com Madeline nos braços, andei pela casa como se fosse a primeira vez. A cozinha estava imaculada: a pia sem pratos, mamadeiras dentro dos armários fechados, bancadas limpas e sem nada, a não ser pequenos utensílios. Fui até o corredor. A porta da cozinha fechou atrás de mim e um elástico de rabo de cavalo da Liz na maçaneta me chamou a atenção, me fazendo parar. Ela deixava um em cada maçaneta da casa, para que estivessem à mão quando precisasse e não tivesse que ir ao banheiro caçar um na gaveta. Eles sempre estiveram ali, mas ver o elástico agora, sem estar distraído pela bagunça, era como ser apunhalado no coração novamente. Como quando vi o carro dela estacionado e, por um breve instante, achei que ela ainda estivesse aqui. Como se ela estivesse em outro cômodo por um instante e fosse voltar logo para prender o cabelo num rabo de cavalo. Eu sentia tanta saudade dela, que aquelas coisinhas pretas eram uma lembrança grande o suficiente para fazer meu coração disparar.

Queria fugir, mas com uma bebê adormecida nos braços, para onde eu iria? Exausto, abri a porta do meu quarto. Quando entrei, fiquei estupefato. Parecia *o nosso* quarto de novo. Desde a morte de Liz, apenas a cor das paredes mudara. Quando compramos a casa, elas eram de um amarelo texturizado, meio esponjoso, parecendo que alguém havia feito xixi nelas. Parecia mesmo cor de urina — era a interpretação de Liz. Eu jurei que, quando estivesse mais disposto, pintaria o quarto, porque era o que Liz queria e eu devo ter sido o primeiro homem a chegar no Home Depot com uma fronha para comprar uma lata de tinta da mesma cor. Mas, fora a cor das paredes, a faxineira tinha deixado o quarto exatamente do mesmo jeito que ficara no dia em que Liz foi para o hospital. Os livros na mesinha de cabeceira estavam alinhados com perfeição. O relógio que costumava piscar 12:00 estava acertado e ligado. As pilhas de roupas limpas estavam apoiadas na cômoda e as camisas penduradas nas maçanetas tinham desaparecido. Não sei onde ela havia guardado tudo, mas tinha certeza de não queria abrir as portas para descobrir.

Mas, mais do que estes pequenos detalhes, ver a cama feita me deixou mal. Desde que Liz morrera, eu não fazia a cama. Sim, eu lavava os lençóis e conseguia colocá-los de volta e jogar um edredom por cima, fazendo um serviço bem porco, nunca da maneira certa — nunca do jeito que Liz faria. Agora, havia na cama três almofadas grandes e quadradas que combinavam com o edredom, as que ela nunca me deixava usar, porque, como explicava, eram apenas decorativas. Elas estavam no chão desde que Madeline viera do hospital para casa. Ali, na cômoda de Liz, estava a bandeja de prata, com pavões nas alças, e seus sete vidros de perfume. Do lado, estava o porta-joias de veludo preto que ela comprara no centro da cidade, dispondo seus colares e pulseiras. Olhei para todas estas coisas até que meus olhos começaram a queimar, aí os fechei, bem apertados, e tentei me lembrar do cheiro de Liz em cada ocasião em que usou cada uma destas joias pela última vez. Me esforcei, mas não consegui me lembrar de nada.

De repente, o quarto que servira de consolo tornou-se algo sufocante. Ver tudo arrumado e organizado como Liz fazia me fez cair no choro. Não podia ficar ali e, com certeza, não ia dormir ali esta noite. Pus Madeline no berço e deitei no sofá, a um braço de distância. E esse foi o nosso novo arranjo pelos vários meses seguintes.

Não me lembro do que
fizemos no nosso
aniversário de casamento,
ano passado.
A única outra pessoa
que saberia
não está mais aqui
para desafiar minha memória.
Então, como é que eu
vou descobrir?

Capítulo 18

O meio de agosto chegou e, com ele, a minha viagem ao Canadá com a família dela. O nosso aniversário de casamento fora há alguns dias. Naquela manhã, levamos Madeline a Sulphur Mountain, onde ela andou de teleférico pela primeira vez. Seu olhar apreensivo me fez pensar que ela herdara o meu medo de altura e, por isso, gostou da aventura tanto quanto eu (nem um pouco). Antes de Liz morrer, eu nunca teria entrado voluntariamente em uma caixa para ser suspenso por um par de cabos acima do chão, mas, quando olhei para as montanhas naquele dia, ouvi a voz de Liz dizendo: *Não seja tão fresco*. O que poderia ser traduzido grosseiramente como: *Não estou mais por aí, você terá que fazer com Madeline as coisas que eu teria feito.*

Dois beijos para Maddy

Então escalei a montanha com minha bebê e fiquei bem orgulhoso quando chegamos ao topo — até eu perceber como era frio naquela altitude. E, graças a mim, Madeline estava mal agasalhada: tinha um chapéu para proteger suas orelhas e meias para cobrir os pés, mas eu não trouxera luvas de criança — nem as tinha. Comecei a me preocupar que os dedinhos de minha filha ficassem frios demais e que os pais bem preparados das redondezas nos julgassem e, por isso, calcei suas mãozinhas com um par de meias extras que achei na sua bolsa. Maddy começou a gesticular feliz, e eu imediatamente me senti melhor. Pode não ter sido uma solução muito bonita, mas pelo menos minha filha estava quentinha. E eu havia vencido um de meus maiores medos graças a ela e à lembrança do desejo de sua mãe.

Mais tarde, naquela noite, estava à mesa para jantar em Banff, cercado por Tom, Candee, e Deb, incapaz de articular uma palavra. Apenas sentei ali, com Madeline nos braços, imaginando como Liz e eu teríamos comemorado esta data se ela ainda estivesse viva, tentando não pensar no nosso casamento. Foi aí que eu me toquei que não tinha a menor lembrança do que fizera no nosso segundo aniversário. O último juntos. Mergulhei nas profundezas de minha mente, tentando achar uma pista que me ajudasse a lembrar o que fizéramos no ano anterior. Será que estávamos na praia? Saímos para jantar? Viajáramos? Não me recordava de nada.

Concentrei-me em evitar que Madeline puxasse tudo da mesa, e acabei comendo apenas alguns pedaços do meu bife. Estava calado e olhando fixamente para a mesa, enquanto a conversa fluía ao meu redor. Brindamos às conquistas de Deb na Escola de Direito, mas ninguém mencionou Liz nenhuma vez ou o fato de que era o nosso aniversário. Nos poucos dias que passamos juntos em Banff, fui o único a mencionar seu nome e, todas as vezes, a palavra se perdeu sem que ninguém desse sinal de tê-la escutado.

Uma das maneiras de lidar com a morte é evitar falar dela — e é bem comum. Mas esta reação da família dela me surpreendeu e me fez sentir ainda mais só e isolado. O pior é que conhecia estas pessoas quase que a metade da minha vida — Tom e Candee eram tão próximos quanto meus próprios pais. Eles não tiveram que trocar minhas fraldas ou pagar minha escola, mas estiveram presentes em muitos dos meus desafios e conquistas. Não fiquei com raiva, nem chateado com o silêncio deles: apenas percebi como pode diferir o luto de cada um. Mas isso não quer dizer que não tenha ficado triste. O meu maior consolo desde a morte de Liz era falar dela — tinha medo de que, se o seu nome não fosse mencionado ou as histórias contadas, as nossas lembranças dela pudessem desaparecer para sempre, levando-a junto. E eu sentia que isso já estava acontecendo quando tive tanta dificuldade em lembrar o que fizéramos no nosso segundo aniversário de casamento.

Terminado o prato principal, eu só queria ficar sozinho com a minha bebê. Eu gostava muito da família de Liz e sabia que eles gostavam de mim, mas ainda não tínhamos chegado a uma solução conjunta para nosso luto, e eu precisava disso para ficar bem. Especialmente hoje. Quando a sobremesa foi servida, peguei Madeline, supostamente para uma troca de fraldas, e saí para dar uma volta pelo hotel onde ficava o restaurante. Sentei num cadeirão de couro no meio do saguão e desisti de manter tudo sobre controle. Que cena: um homem barbado sozinho com um bebê, chorando como um condenado, no saguão de um dos hotéis mais finos do Canadá. Fiquei sentado ali por dez minutos e então voltei para a mesa, sem dar uma palavra.

Depois do jantar, voltamos juntos para nosso condomínio. Eu ainda me sentia agitado. Enquanto estávamos parados num sinal no centro da cidade, eu falei para ninguém em particular:

Dois beijos para Maddy

— Vocês podem tomar conta de Madeline um pouquinho? Eles foram pegos de surpresa e, sem anúncio ou hesitação, agradeci e saltei do carro, em direção aos bares nos quais pensara a noite toda.

O lugar em que entrei tinha uma música ao vivo horrorosa, mas eu precisava beber um pouco para ficar entorpecido, mais do que precisava ser um crítico musical. Sentei a uma mesa perto da janela, longe das poucas pessoas que estavam lá dentro. Em alguns minutos, uma garçonete se aproximou, recitando um monte de marcas de cerveja canadense. A última que mencionou me chamou a atenção: Kokanee. Liz e eu bebemos aquela droga quando fomos a Whistler, por conta da primeira empresa em que ela trabalhou. Pedi uma, acompanhada de uma dose de uísque.

A garçonete voltou com as minhas bebidas e as colocou diante de mim em silêncio. Eu virei o uísque e tomei a cerveja em cima. Levantei a mão como se fosse um garotinho do terceiro ano doido para dar a resposta para o problema de matemática no quadro. Ela voltou e pedi: "A mesma coisa de novo." Logo tinha novamente um copo em cada mão, e rapidamente os esvaziei. Levantei a mão de novo. Novos drinques. Foram mais quatro rodadas assim.

Enquanto bebia, fiquei sentado julgando o guitarrista com a péssima voz e os homens de negócios babacas que tentavam, com muita dificuldade, ganhar as mulheres sentadas no bar. Todos pareciam tão despreocupados e felizes. Danem-se eles, pensei. Estava sentindo dor, dor de verdade. O tipo de dor que ninguém deseja para ninguém. Naquela noite, sentado sozinho naquela mesa e me embebedando mais e mais, eu queria que cada uma das pessoas no bar soubesse como doía meu coração.

Um pouco depois, a garçonete se aproximou para saber se eu precisava de alguma coisa. Minha fala enrolada a fez insistir, quando tentei dispensá-la.

— Você está sozinho? — perguntou.
Bem, eis uma pergunta complexa, pensei.
— Estou na cidade com meus sogros e minha bebê.
— E sua mulher?
— Minha mulher morreu.

Após meses respondendo a mesma pergunta, descobrira que as pessoas reagiam de forma diferente, dependendo de como eu dava a resposta. Quando eu dizia "Ela faleceu", eu recebia uma reação de profunda simpatia, e a pessoa com quem falava normalmente fazia perguntas sobre a minha vida. Quando eu dizia "Ela morreu", a conversa acabava ali, sempre. A garçonete não me incomodou mais. Fiquei sentado ali, com meus pensamentos, absorvendo a música ruim e olhando o ambiente até a hora de o bar fechar.

Quando finalmente saí, andei o que me pareceram horas, chegando finalmente ao condomínio. Entrei e fui direto para o meu quarto, onde achei Candee na minha cama, abraçada com Madeline adormecida no seu pijama rosa de bolinhas brancas. Sem dizer uma palavra, Candee me deu um abraço e subiu as escadas. Sentei na ponta da cama e olhei para a minha menina linda. Não era assim que nossa vida devia ser, mas também não era a maneira certa de estar lidando com isso.

Não bebera tanto desde minha última viagem a Vegas, para uma despedida de solteiro, e sabia que não podia e não iria acontecer de novo. Engatinhei na cama e dei dois beijos na bochecha de Madeline: um pelo que era, outro pelo que podia ter sido.

Já familiarizado com voos, poucos dias depois de voltarmos a Los Angeles, Maddy e eu voamos para Nova York para visitar uma amiga minha.

Tínhamos reservas para o Waldorf Astoria, o mesmo hotel em que Liz e eu ficamos quando estávamos a caminho da Grécia, para comemorar o início de nosso casamento. Era apenas outra parada na lista de lugares que queria visitar — ou revisitar — com Madeline. As portas ainda eram decoradas e o saguão continuava grandioso, mas, apenas três anos depois, ela havia partido e eu estava aqui sozinho com a nossa filha. Madeline estava aninhada contra o meu peito num porta-bebê e eu segurava a mão dela quando um mensageiro abriu a porta para nós e nos levou escada acima.

As lembranças voltaram com tal força que, se eu não estivesse segurando os dedinhos de Maddy, talvez tivesse sucumbido. Segurei a mão da mãe dela quando subimos a mesma escadaria, na primeira noite de nossa lua de mel. No entanto, não estávamos animados — e, sim, bem estressados. Ficaríamos na cidade por menos de doze horas, antes do nosso próximo voo, e a companhia aérea extraviara a bagagem. Como Liz era uma passageira de negócios bem frequente, fomos instalados, por cortesia, em um dos melhores hotéis, mas, como nossas malas estavam extraviadas, não nos divertimos muito na imensa suíte de três quartos. Liz estava chorosa, preocupada com a possibilidade de chegar à Grécia sem as roupas que comprara especificamente para nossa lua de mel. Passei a noite me alternando entre consolar minha esposa e falar com o serviço de atendimento ao cliente na esperança de achar algum tipo de solução para o caso.

Depois de algumas horas, Liz foi dormir, mas continuei ao telefone até conseguir um ouvinte simpático no outro lado da linha. Em vez de nos indenizar com o valor padrão para os casos de bagagem extraviada, ele nos orientou a sair no dia seguinte pela manhã e fazer compras por conta da companhia aérea. Ofereceu a cada um a verba de mil dólares e disse que, desde que lhe enviássemos os recibos, ele mesmo cuidaria do reembolso.

E foi exatamente o que fizemos. Tínhamos menos de uma hora para nossas compras, antes de ir para o aeroporto pegar o voo para Atenas, então fomos à Macy's, onde cada um de nós comprou uma mala, e apressadamente as enchemos com a maior quantidade de itens possível.

Antes de fazer o check-in para nosso voo no JFK, paramos no balcão de bagagem extraviada só para ver se nossas malas tinham aparecido. E lá estavam elas em um canto: nossas duas malas. Enquanto esperávamos para embarcar, liguei para o meu contato na companhia aérea para informar que tínhamos achado nossa bagagem.

— Isso é ótimo!

— Vamos devolver tudo que acabamos de comprar, tão logo voltemos da Grécia.

— Não, fiquem com tudo. Vocês merecem depois do que passaram. Considerem como um presente de casamento da companhia aérea.

Quando contei a história para Liz, ela sorriu.

— Não é uma maneira ruim de começar nossa lua de mel, é? — eu disse, sorrindo de volta para ela.

— Tão perfeita quanto eu podia sonhar.

Mas, desta vez, no Waldorf, as coisas estavam bem menos perfeitas. Depois que levamos tudo para nosso quarto, eu coloquei Madeline no carrinho e fomos para o restaurante, no térreo, para um jantar tardio depois de nosso longo voo. Todos os olhos no bar se fixaram em mim, quando entrei com o carrinho e o estacionei perto da parede. Sentei numa cadeira perto dele e puxei um livro para me fazer companhia.

A garçonete veio até a mesa pouco depois.

— O que vai querer? — perguntou a mulher grisalha, em seus cinquenta e tantos. Enquanto eu analisava o cardápio, ela disse: — Que gracinha. Onde está a mãe dela?

Ah, não. Era a quinta vez no dia em que alguém perguntava pela mãe dela. Será que era tão estranho assim um homem sair pelo mundo sozinho com um bebê de quatro meses e meio? Talvez. Tentei me lembrar da última vez que notara um pai viajando sozinho com uma criança tão pequena quanto Madeline, e acho que jamais tinha visto isso. E aí me coloquei no lugar da garçonete e pensei que a cena era um tanto fora do comum — um pai desmazelado e sua bebê, juntos, num bar em Nova York, bem depois de meia-noite, numa sexta-feira. Mas, mesmo assim, não consegui me forçar a ser educado.

— Morreu no dia seguinte ao nascimento de nossa filha.
— Jesus! Que pena! O que vai beber? É por conta da casa.
— Aceito um copo d'água.

A garçonete voltou dali a pouco com a água e um uísque, apesar de eu não ter pedido por ele. Bebi a água e pedi umas batatas fritas.

Madeline ainda dormia quando a empurrei pelo saguão até o elevador. Quando chegamos ao quarto, eu a peguei com cuidado e a coloquei no berço que o hotel havia providenciado. Ela se mexeu um pouco, e aí se aquietou. Peguei meu livro e continuei a ler, mas li apenas algumas páginas antes de Madeline me interromper. Ela estava desperta e não voltaria a dormir a menos que soubesse que eu estava por perto. Tirei-a do berço e a trouxe para a cama king size no meio do quarto. Eu a deitei de barriga para cima e sentei a seu lado, afagando sua barriga até ela adormecer.

Pouco depois, sentado novamente na poltrona, eu a ouvi fazer um barulho e levantei os olhos do livro. Madeline tinha se virado de barriga para baixo, seu rosto enfiado no edredom. Imediatamente pulei da poltrona e a virei de barriga para cima. Estava cansado, mas tinha certeza de que não a pusera de bruços. Estava igualmente certo de que ela não se virara sozinha.

Não tinha como, pensei. Sentei de novo na poltrona, com os olhos fixos na minha filha. Em menos de um minuto, ela tinha virado de novo, soltando o mesmo gritinho abafado. Estava confirmado: minha filha se virara sozinha.

Subi na cama e a desvirei outra vez. Sentei do seu lado, sorrindo entre as lágrimas que se acumulavam nos meus olhos. Isso era fantástico. Meu coração se partiu ao pensar que Liz perdera isso. Ela nunca veria sua filha andar, ir para escola no seu primeiro dia ou ao baile de formatura. Mas, ao mesmo tempo, eu tinha que ficar feliz: nossa bebê tinha dado o primeiro passo no seu desenvolvimento. Ela ganhou alguma liberdade — e eu perdi um bocado da minha. Ela não ia mais poder ficar sozinha no sofá, enquanto eu corria para a cozinha para fazer sua mamadeira. Não ia poder deixá-la no trocador, enquanto corria para lavar a sujeira dela das minhas mãos.

Logo ela estaria engatinhando, andando, correndo, namorando e tendo filhos. Era lindo. Estava arrasado de Liz não estar aqui para ver isso, mas estava superorgulhoso de quão longe nós dois tínhamos chegado. Contra todas as probabilidades, Madeline estava desabrochando e eu, bem, eu estava quase lá. E finalmente acreditei em mim mesmo ao dizer que íamos ficar bem.

Parte III

Não podia deixar de pensar
que estava feliz
com o que tínhamos,
mas
que estávamos absolutamente
incompletos sem
Liz.
Queria que isso não estivesse
acontecendo.

Capítulo 19

Passaram o primeiro dia, a primeira semana, o primeiro mês, o primeiro aniversário de casamento sem ela. Quando estas datas se aproximavam, eu me via andando na ponta dos pés em direção a elas, apavorado com a ideia de que, ao chegar o temido dia, eu me desintegrasse completamente.

A próxima data seria o aniversário de Liz. O primeiro sem ela.

Eu queria poder dizer que era a primeira vez que não celebraria o aniversário dela ao seu lado, mas isso seria uma mentira. No seu último aniversário neste mundo, eu estava na Índia, a trabalho, em vez de estar em casa com a minha mulher grávida. Quando descobri que a viagem era necessária, vital, urgente e todas essas palavras que fazem a gente largar as coisas pessoais pelas de negócios, na mesma hora contei para Liz. Pedi desculpas e ela ficou desapontada. Mas ela me apoiou, como sempre.

— Não se preocupe — disse ela —, teremos muitas outras oportunidades.

Na época, é claro, achei que estava certa e que eu também estava. Mas estávamos os dois enganados. No ano passado, enquanto eu estava na Índia, Liz passou seu aniversário com Anya. Este ano eu estaria com Anya, e ela, morta.

Acordei no dia 17 de setembro e o mundo não se acabou, nem eu fiquei destruído. Peguei minha filha, alimentei-a e brinquei com ela, pensando em sua mãe um pouco mais do que de costume. O dia passou devagar e, quando chegou a noite, fomos encontrar Anya num restaurante que eu sugerira. Talvez porque ela tivesse sido a última pessoa a passar o aniversário com minha mulher, queria que Anya estivesse ali conosco esta noite.

Escolhi um dos restaurantes favoritos de Liz, uma churrascaria japonesa perto das Árvores dos Desejos, uma instalação artística em Pasadena. Parecia um dia bom como outro qualquer para fazer um pedido, mesmo que eu não acreditasse que ele fosse acontecer nem que pudesse ser retroativo. O jardim estava cheio destas árvores, cada uma com centenas de fitas brancas amarradas aos galhos — pedidos individuais. Sentamos e escrevi um pedido para Madeline e um para mim e os amarrei cuidadosamente a um galho. Enquanto via nossos pedidos girarem e esvoaçarem na brisa, olhei para a joalheria do outro lado da rua onde eu comprara o presente de noivado de Liz, um lindo colar de safira azul, a gema emoldurada por diamantes. Quando vi aquela joia pela primeira vez, só conseguia pensar nos olhos azuis brilhantes de Liz e soube que tinha que ser dela.

Agora estava pensando em como tinha ficado grato por ela o estar usando na noite em que nossa casa foi assaltada. Decidira ali mesmo que cumpriria a promessa de repor as joias roubadas da Liz. Atravessamos a rua para a Tiffany e compramos um colar para Madeline. Era um cordão de prata com um pingente no formato de um feijão — a joia favorita de Liz — e, com a sacola azul pendurada na mão e minha filha amarrada ao peito, andamos até o restaurante e nos sentamos à mesa.

Jogamos conversa fora enquanto esperávamos pela comida, contando as novidades desde a última vez que nos vimos. Então me ocorreu uma coisa. "Anya, onde é que vocês foram no ano passado? O que fizeram?" Como acontecera com o nosso aniversário de casamento, não conseguia lembrar onde ela e Liz tinham ido comemorar, enquanto eu estava na Índia. Minha mente era um vazio em movimento, e eu queria repovoá-la com os detalhes perdidos.

Ela olhou para mim. "Aqui. Estivemos aqui."

A comida chegou, pratos bem servidos cobertos de molho missô, e eu olhei para as fatias finas de carne, para as paredes, para minha bebê — para qualquer direção, menos para Anya. Estava arfando e fazendo o possível para desacelerar meu coração. Senti ânsia e engoli em seco para evitar o vômito. Como diabos eu vim parar justamente no lugar onde Liz passou seu último aniversário? Que bom que eu não acreditava nestas coisas, porque, se acreditasse, estaria assustado.

— Você está bem? — Anya quis saber.

— Acho que sim. Preciso dar comida para Maddy.

Nossos pratos ficaram intactos, enquanto dávamos atenção a Madeline. Anya me passou a mamadeira e eu aconcheguei Madeline no braço, segurando a mamadeira para ela beber.

Olhei para Anya e disse:

— Coma. Vai esfriar.

Ela pegou o garfo e disse:

— Coma você.

— Quando ela terminar.

Alguns minutos depois, Maddy segurou a mamadeira. Eu a soltei devagar, esperando para ver o que ia acontecer. Ela vinha tentando isso havia semanas, mas agora a mamadeira não caiu. Minha filha estava comendo sozinha. Pensei na liberdade que eu teria, todas as coisas incríveis que poderia fazer enquanto ela almoçava, como escovar meus dentes. Ou lavar os pratos. Ou dobrar a roupa seca.

— Ih! — disse Anya. — Liz teria adorado isso.

Concordei com a cabeça e brindamos:

— Feliz aniversário, Liz!

— Feliz aniversário, Liz!

Dias depois do aniversário de Liz, haveria uma Marcha de 5 Quilômetros em Minnesota. Na verdade, aconteceria em vários lugares no mundo. Eu queria homenageá-la em grande escala, então, pelo blog, pedi às pessoas que caminhassem ou corressem à uma da tarde, em seus respectivos fusos horários, no dia 20 de setembro. A ideia é que juntos estaríamos marchando por vinte e quatro horas.

O evento foi organizado junto com o Creeps, um grupo de mulheres que seguia meu blog desde o início — minhas fãs antigas. Elas costumavam deixar comentários úteis, e algumas iam além disso. Estas mulheres se preocupavam comigo e me protegiam. Sempre que um estranho comentava algo que achavam ofensivo, elas caíam em cima do intrometido, vingativas, rápidas e sem piedade. Uma vez um destes disse que o interesse delas era mórbido e foi tudo de que precisaram para formar um grupo coeso e leal, ainda que bem diverso — mães, solteiras, divorciadas, pessoas com filhos, outras sem.

Quando visitei Minnesota em junho, passei algum tempo com Rachel, uma leitora que se tornara uma amiga querida. Depois disso, ela e os outros membros do Creeps decidiram que iam levantar dinheiro para dar alguma segurança financeira a mim e a Maddy. Pediram a todos que doassem sete dólares para a Marcha, porque esse era o número favorito de Liz.

Esta viagem de volta seria o meu sexto voo com Maddy e eu estava ficando cada vez melhor nisso. Admito que tive muita ajuda — tem alguma coisa sobre viajar como pai desacompanhado que faz com que as pessoas simpatizem de cara com você. Uma mulher pode estar ali de pé, com duas criancinhas, quatro malas, um bebê de colo e um gato, e as pessoas não estão nem aí. Mas ponha um cara no aeroporto com um bebê e uma mochila, e os comissários e passantes farão fila para ajudar. Porém, mesmo sem ajuda dos outros, já tínhamos nossa coreografia: sentávamos abraçadinhos no assento da janela durante a decolagem e tentávamos dormir até a hora da aterrissagem. (Normalmente, quando Madeline estava agitada, eu pedia desculpas ao passageiro do lado e tentava lhe pagar uma bebida.) Chegamos a Minneapolis sem incidentes e, depois de comprar uma limonada no French Meadow, no saguão F perto do Portão 3, fomos direto para a casa de Candee e Tom encontrar todos os avós.

Alguns dias mais tarde, estava de pé no gramado molhado, um pouco ansioso. Correr não é minha atividade favorita, porém mais do que o medo de enfartar, era o local da Marcha que estava me incomodando. Lago Calhoun era obviamente o lugar ideal para todo mundo. Os moradores de Minneapolis frequentemente se reúnem ali no verão, tornando o estacionamento quase inviável, mas sempre reconhecendo que a dificuldade é válida, e a estrada pavimentada em torno do lago tinha exatos cinco quilômetros. A casa onde Liz crescera ficava ali.

O dia da Marcha estava lindo. Achei que todo mundo tinha comparecido — caras que eu conhecia desde a quinta série, amigos do ensino médio, até a cabelereira da mamãe. Nos reunimos perto das quadras de vôlei e, quando achamos que todos tinham chegado, fiquei na frente da galera para agradecer sua presença. Minutos depois, pessoas começaram a se locomover em grupos em torno do lago.

Tinha A.J. ao meu lado e Maddy bem presa em seu novo carrinho de correr e, na companhia do meu melhor amigo e da minha garota, comecei a correr. O céu estava azul, sem sinal de nuvens. O sol brilhava na superfície do lago. Consegui correr quatrocentos metros, antes que a Marcha se tornasse comicamente impossível para mim. Meus joelhos doíam, meu coração parecia que ia sair pela boca, mas continuei, tentando fazer pelo menos a metade do percurso, antes de passar a andar. Podia ter sido piegas, mas não foi — foi perfeito. Um dia perfeito para lembrar de Liz.

O Calhoun Beach Club estava agora bem diante de mim, o prédio de tijolinhos que guardava tantas das minhas lembranças mais queridas. O lugar que me emocionara a ponto de me fazer chorar, quando estive em Minnesota por ocasião do segundo funeral de Liz. Tudo que pude lembrar era que ela não conseguira chegar ao seu trigésimo primeiro aniversário. Eu sabia que veria estas construções hoje, mas ainda não estava pronto para não me emocionar. Estava tentando combater as emoções e gerenciar a dor física a que estava submetendo o meu corpo. Tentei me concentrar em respirar, mas a dor no meu peito fez isso ser quase impossível. Tentei me concentrar na dor em ambos os joelhos, quando absorviam o impacto dos meus pés no asfalto. Tentei me concentrar em qualquer coisa que não fosse a onda de emoções que estava prestes a me engolir, torcendo para que a dor física não me deixasse pensar em Liz. Fechei a mão com mais força na alça do carrinho e, finalmente, reduzi a velocidade e comecei a andar.

Que droga, pensei. Cumprimentei e sorri para os meus colegas de Marcha de modo a tranquilizá-los de que não ia cair morto.

Mas não conseguia enxergá-los. Não via nada além do clube de praia. Quando contornamos a curva do lago a noroeste, passamos por aquele lugar onde Liz e eu nos olháramos nos olhos, ignorando o fotógrafo que fazia mais um close nosso. Senti como se estivesse vendo a cena de três anos atrás por uma janela. Vi Liz e a mim mesmo. Vi como estávamos felizes e apaixonados. Vi como tínhamos esperança no nosso futuro.

Comecei então a correr de novo, voltando ao presente, onde Liz não se encontrava. Mas todas estas pessoas estavam aqui correndo comigo, porque gostavam da minha mulher, da minha filha e de mim. Com este pensamento, me equilibrei e consegui completar a volta ao redor do lago.

Depois da Marcha, ficamos por ali algum tempo. Algumas pessoas, entre amigos e desconhecidos, partilharam suas próprias histórias comigo. Uma mulher da Flórida me contou que viera ver seu filho, Bob, que vivia no centro de Minnesota. A mulher dele morrera no parto.

— Ele se fechou totalmente. Não sei o que fazer — ela confidenciou. — Ele perdeu o emprego. Não sai de casa. Não quer falar com ninguém. — Ela pegou no meu braço e perguntou: — Você falaria com ele?

Nos últimos meses recebera muitos pedidos para falar com pessoas de luto. Eu não me importava em dar a elas meu número de telefone ou endereço de e-mail, mas não ia bater na porta de ninguém e forçá-lo a ouvir meu ponto de vista. Sou um cara, não um guru.

— Claro. Claro. Te dou meus dados de contato e você pode entregar a ele. Diga que pode me ligar a qualquer hora.

Estava curioso sobre esse homem e me identificava com ele. Não encontrava tantos viúvos — havia bem mais mulheres entrando em contato e se envolvendo, e muitas delas em situação bem pior do que a minha. Enfrentar meu passado durante esta Marcha me deixou triste e, agora, escutando as histórias de outros que encararam situações igualmente adversas, senti a tristeza deles também.

As pessoas começaram a se dirigir para seus carros e olhei para trás, em direção ao clube. Podia ainda ver vestígios desbotados de Liz e eu vestidos para a festa dos sonhos dela. Posso ter perdido o aniversário dela no ano passado e nunca esquecerei disso, mas tinha dado a ela a festa de casamento com que sonhara, e aquilo tinha sido importante.

Madeline e eu estávamos de volta a Los Angeles havia algumas semanas, nos divertindo com as nossas saídas, quando recebemos um telefonema de Rachel.

— Está pronto para escutar quanto conseguimos juntar?

— Sim, estou.

— Quatro mil quatrocentos e dez dólares. Para vocês usarem como quiserem.

Assim que Rachel disse o montante, pensei em Bob. E pensei em Jackie, cujo marido morrera no mesmo dia que Liz, e da mesma coisa. Pensei em Kim, cujo marido morrera deixando-a com duas crianças pequenas. Pensei em Jen, cuja casa foi destruída num incêndio poucos meses depois da morte do marido, deixando-a sem teto e mãe solitária. E aqui estava eu com o dinheiro do seguro de Liz depositado no banco, para emergências, um emprego no Yahoo! a retomar em breve, um pagamento mensal de uma pensão para ajudar a criar Madeline e, no pior dos casos, familiares generosos e dispostos a ajudar. Podia pagar pela comida e por tudo de que Maddy precisava. Podia comprar discos e cerveja.

Muitas pessoas que conhecera não tinham o que eu tinha — alguns não tinham sequer o essencial.

Quando começamos a organizar a Marcha dos 5 Quilômetros — quando pedimos as pessoas para doarem sete dólares —, eu não pensara que sete dólares vezes centenas de pessoas se tornaria uma quantia significativa que poderia ser trocada por mercadorias, serviços ou o que mais fosse necessário. Nem parei para pensar que ia ganhar um cheque no final do evento. O meu objetivo com a Marcha era homenagear Liz em seu aniversário. Agora que havia um montante significativo disponível, eu estava sem chão e, para ser franco, sem jeito.

— Rachel, não posso aceitar o dinheiro. Quero doá-lo.
— Para quem?

Já tinha uma ou duas pessoas em mente, disse. Pensei então em quantas outras poderiam se servir daquela ajuda — a ajuda de uma comunidade tão caridosa quanto a que surgira ao meu redor.

— Talvez devêssemos começar uma ONG. — Fiquei surpreso com a velocidade com que as palavras saíram da minha boca. Não tinha ainda pensado nisso. Na verdade, estava brincando quando disse isso.

E aí Rachel disse:
— Sabe, eu estava pensando na mesma coisa...

Droga, pensei. Acho que vamos fazer isso sim.

Não tem ninguém
para beijar meu rosto,
enquanto me deseja
um bom dia
no trabalho.
Ninguém para quem ligar
no caminho do escritório
para compartilhar informações
sobre o trânsito.
Ninguém para me mandar
entregar o almoço
que esqueci
na bancada.
Putz!
Isso tudo
está me agoniando e
ainda nem saí
de casa...
hoje vai ser
complicado!

Capítulo 20

Estava na hora de retomar a minha vida. Perceber que estava pronto para redirecionar toda a ajuda e apoio recebidos para outros, por intermédio de algum tipo de organização, era o empurrão de que eu precisava. Bem, isso e o RH do Yahoo! começando a sondar quando eu estaria de volta.

Eu poderia ter ficado mais tempo de licença, com um atestado médico declarando que não estava preparado para o ambiente de trabalho; a médica que consultei me receitou uns antidepressivos e, quer os tomasse ou não, o diagnóstico ficaria na minha ficha. Diagnóstico? O que havia para diagnosticar além de "mulher morta"? Não há nada de errado com qualquer tipo de ajuda, mas não achei que ia ser bom para mim. Mesmo que tomasse qualquer antidepressivo, tinha certeza de que continuaria sentindo saudades da mesma forma quando deixasse de tomar os remédios. Pretendia fazer terapia com Madeline, quando chegasse a hora certa para ela, mas, para mim, neste momento, a melhor maneira de lidar com a situação era mergulhar nela. Precisava sentir sua totalidade.

Por isso, admito que não estava despreparado mentalmente para trabalhar num escritório. E, para falar a verdade, sentia curiosidade sobre como seria esta vida como membro funcional da sociedade. Depois de passar sete meses com a minha filha colada em mim como um apêndice, passando dias sentada no seu balancinho rosa do lado da minha mesa, enquanto eu escrevia e escutava música em casa, ou amarrada ao meu peito, enquanto saíamos explorando a cidade, estava pronto para assumir responsabilidades além de alimentá-la e colocá-la para dormir. Estava na hora de voltar ao mundo que eu não pensara nunca em deixar, hora de colocar em prática a promessa de fazer com que Madeline tivesse a vida que Liz e eu imagináramos para ela.

Mas, antes de deixar a bolha que se tornara o nosso mundo, percebi que não podia mais adiar a lista de tarefas que vinha crescendo. Teria que cumpri-las. Teria que ser um pai responsável. A morte de Liz não apenas tinha mudado completamente a minha vida — me fez perceber que a vida pode ser muito fugaz. Antes, eu arriscaria dirigir por aí sem cinto de segurança ou me enfiar no meio de uma manifestação de protesto para conseguir uma foto perfeita (Bangalore, 2006). Mas agora eu hesitava até mesmo em sair correndo do chuveiro, com medo de escorregar e abrir a cabeça, deixando meus miolos no piso molhado. Passei muito tempo pensando em todas as maneiras como podia morrer e deixar Maddy totalmente órfã: um infarto por conta de toda a comida pouco saudável que comi durante anos; soterrado por uma pilha de discos; tropeçando e morrendo afogado no laguinho do quintal.

Liz tinha um seguro de vida por conta de seu emprego na Disney, mas nós não tínhamos nenhuma outra apólice, pois não pensávamos em morte prematura. Achávamos que morreríamos depois de criar nossa filha e envelhecer juntos. E, apesar de termos decidido que A.J. e Sonja seriam os tutores de Madeline caso algo desse errado, eles também iriam precisar de alguma ajuda financeira. Não importa o quanto você ame uma criança, ela não pode viver só de abraços e palavras de encorajamento.

E por isso estávamos ali. Tom me colocara em contato com um amigo dele que vendia apólices de seguro em Minneapolis, e o cara mandou alguém para coletar algumas amostras minhas, — no meu quintal.

Meu quintal estava lindo. Mesmo. Verde e deslumbrante, com um eucalipto gigante no canto mais afastado e um laguinho de carpas cheio de peixes gordos e alaranjados, que passavam o dia nadando em círculos. Foi uma das razões para que Liz e eu quiséssemos a casa. Para que nossos filhos pudessem correr neste quintal e pudéssemos oferecer jantares para todos os nossos amigos e familiares. Jamais imaginei receber ali uma mulher para coletar meu sangue e urina. (Claro que não colhi ali, mas foi onde entreguei o pote de mijo quente.) E aí a senhora foi embora na sua unidade móvel com meus fluidos corporais que, com sorte, provariam que eu valia mais morto do que vivo. Pelo menos, se eu morresse, seria de forma responsável.

A minha volta ao mundo real também significava que teria que achar um lugar onde Madeline pudesse passar o dia, enquanto eu estivesse no escritório. Me parecia uma loucura que as pessoas pudessem deixar seus filhos em algum lugar o dia inteiro, mas não havia alternativa. Imaginara exatamente como ele deveria ser — mas não era tão fácil achar esse lugar de sonhos. A creche mais dedicada, segura, saudável e amorosa de todo o planeta.

Liz tinha sido inflexível sobre voltar a trabalhar depois de ter o bebê. "Não posso ser uma destas mães que ficam em casa" era seu bordão e não me surpreendia, já que ela sempre trabalhou muito, focada e disposta a fazer tudo direito para ser promovida continuamente. Nunca duvidei que pudesse se tornar vice-presidente antes dos trinta e dois e enquanto criava nossa filha. Por isso, quando comecei a pensar em como seria deixar Maddy na creche, me ajudou saber que Liz teria sido a favor.

Mas achar a creche certa, sem ajuda da minha mulher, significou bater muita perna e fazer muita pesquisa. Por sorte, uma das melhores amigas de Liz me ajudou na busca. Ela tinha sido uma de suas colegas no primeiro emprego depois de formada e, depois disso, elas trabalharam juntas novamente na Disney. Quando Liz morreu, Elizabeth generosamente nos incorporou à sua vida, trazendo suas três filhas pequenas para brincar com Maddy. Quer dizer, olhar e cutucar o bebê.

Também comentei no blog sobre a pesquisa. Uma leitora mandou uma mensagem que dizia: "Acabo de me mudar para Portland e uma das coisas de que mais sinto falta é esta creche." Minha primeira reação foi achar o e-mail muito estranho. Quer dizer, se eu deixasse Los Angeles, provavelmente listaria, entre as coisas que sentiria falta, o Tiki Ti e Amoeba Records, mas, com certeza, não o lugar em que deixava minha filha sozinha o dia inteiro. Depois percebi que era a recomendação mais sincera que já ouvira de uma creche.

E, após visitarmos entre quinze e vinte estabelecimentos, acabei escolhendo exatamente aquele. Minha decisão foi fruto de um misto de pesquisa, recomendação e intuição. Em geral, quando ia com Elizabeth conhecer uma creche, algo sempre me fazia desistir logo, como, por exemplo, a maneira de a equipe falar com voz infantilizada com as crianças ou o excesso de livros sobre Jesus para bebês. Mas essa creche me encantou. Era uma casa com atmosfera calma, amigável e conectada à natureza, que imediatamente nos cativou, apesar de eu ser a última pessoa que você acharia no estacionamento de um show dos Phish. Havia brinquedos por toda parte, a rotina pareceu menos rígida do que nos demais lugares, e sua filosofia incluía falar com as crianças como se fossem adultos. Eu nunca fui um pai do tipo tatibitate — preferia simplesmente explicar a minha filha de seis meses que os Silver Jews nunca foram um projeto paralelo do Pavement. Vi que seria um lugar ótimo para Maddy ao conhecer o quintal onde as crianças maiores plantavam verduras e flores.

Na manhã do primeiro dia de creche de Madeline, gastei uns vinte minutos imaginando como Liz a vestiria para a ocasião e nem um minuto sequer em como eu me apresentaria. Ela estava num macaquinho novo rosa, com mangas compridas e flores, e eu vestido como de costume: camisa quadriculada de botões de pressão de madrepérola, jeans e tênis vintage da Nike. Estava na moda em algumas partes de Los Angeles, mas, perto dos pais das outras crianças, provavelmente pareceria um estudante.

Quando chegamos, passei uns quinze minutos alternando entre soluçar e pensar em levá-la para casa. Droga. Será que podia raptar minha própria filha? Pela primeira vez, em muito tempo, as lágrimas não eram por saudade de Liz. Eram diferentes. Pareciam mais normais e corriqueiras, apenas a tristeza natural de pais que têm que abandonar seus filhos. Que era exatamente o que sentia que estava fazendo.

Quando entreguei Madeline, ela foi com sua professora sem resistir, o que tornou a separação ainda mais difícil. Tínhamos desenvolvido um relacionamento muito próximo e eu tinha medo de que deixar minha filha com uma desconhecida fosse afetar isso. Finalmente entendi o medo que Liz expressara de que ela não seria a pessoa mais próxima de Madeline, por ter sido eu o primeiro a alimentá-la e a trocar sua fralda. Tentei me convencer de que estava sendo ridículo e que essa creche seria o melhor lugar para ela ficar enquanto eu trabalhava — o único lugar para ela —, mas deixá-la, naquele primeiro dia, foi quase impossível. Saí e fechei a porta atrás de mim, chorando como um babacão.

Passar pelas portas conhecidas de meu escritório também me deixou ansioso. Quando cheguei lá, pouco depois, minha cabeça latejava e o coração batia tão forte que o médico teria conseguido aferir o meu pulso na menor das minhas artérias. Havia imaginado o escritório como algo que não mudaria na minha ausência; estava esperando voltar àquele local movimentado, com colegas fazendo piadas, que agiam de forma informal, mas que davam conta do seu trabalho com profissionalismo, equilibrando jeans e tênis com uma ética profissional impressionante. Minha vida pessoal podia ter implodido, mas, na minha cabeça, as mesas do Yahoo! ainda estariam distribuídas da mesma forma, com os mesmos rostos sorridentes em cada uma. Achei que passaria por uma série de tapinhas nas costas e alguns abraços e, talvez, alguns acenos de cabeça. Três *Sinto muito*, dois *Bem-vindo de volta*, um ou dois *Oi, Matt*.

Não podia estar mais errado. Percebi de imediato que as coisas no Yahoo! continuaram acontecendo sem mim — tudo aqui era sobre negócios, como sempre. Era como se eu tivesse sido transportado para alguns dias antes de Madeline nascer e Liz morrer, quando a única coisa desconhecida era o que comeria no almoço daquele dia.

Algumas coisas sobre meu trabalho permaneceram iguais: meu salário, o prédio em que ficaria, meu ramal. Mas todo o resto havia mudado. Minhas tarefas tinham sido repassadas para outra pessoa, que eu conhecia, já que alguém teria que gerenciar os terceirizados enquanto eu estava em casa. Houve uma série de demissões, que transformaram o que havia sido um espaço de intensa convivência em um departamento dizimado, com fileiras de baias vazias. Minha mesa fora relegada a um canto desolado, onde me sentei sozinho.

A cada dia, depois de entregar minha filha, sentava no canto da sala e esperava que alguém me desse alguma coisa para fazer. Meus colegas tinham sido fantásticos e compreensivos durante a minha licença, mas, com o meu retorno, alguns deles não estavam tão seguros assim de como lidar com a estranheza da minha situação. Eles me mandaram e-mails gentis enquanto estava em casa e agora pareciam estar me ignorando. Não acredito que o fizeram por maldade; queriam apenas ser ainda mais gentis.

Nunca fui o mais animado nas festas, mas também nunca fui um pária social. Era como se a minha identidade tivesse sido dada a outro. Em vez de ser O-Cara-Que-Adora-Música ou O--Cara-Que-Trabalhou-na-Índia-Todos-Aqueles-Meses, era outra pessoa, alguém desconhecido e estranho. Não tivera nem a chance de me tornar O-Cara-do-Bebê. Era apenas O-Cara-Que-Perdeu--A-Mulher. Senti que a maneira de me tratar como morto era contagiosa. E não podia culpá-los — eu provavelmente teria reagido da mesma forma.

Até o silêncio do telefone estava me deixando irritado. Passei o dia vendo a luzinha dele apagada. Liz era a única que ligava para este ramal — sendo uma empresa de internet, usamos exclusivamente e-mails e aplicativos de mensagens para nos comunicar. Eu costumava voltar do almoço e ver a luz da secretária eletrônica acesa, e ficava ansioso para ouvir o recado de Liz, não importava o que dissesse. Agora temia que nunca mais a luzinha se acenderia, ou pior, o recado não seria dela.

Passei os primeiros dias limpando a caixa de entrada. Movi todas as mensagens recebidas durante a licença para uma pasta chamada ANTES. Mas, primeiro, organizei por remetente e separei todas as que tinham sido enviadas pela minha mulher. Estas eu movi para uma pasta chamada Liz. Eram milhares, mas eu ainda não estava pronto para olhar cada uma delas. Queria guardá-las, para que as pudesse revisitar, se quisesse.

Li duas delas, sem querer. Estavam classificadas por data, a mais recente no topo da lista. Ali estava: seu último e-mail.

> De: Liz
> Para: Matt
> Dom 23/03/2008 às 17:48
> Assunto: Ganhei peso
> Provavelmente por comer biscoitos e outras porcarias, mas quando fico de pé me sinto maior... mal posso esperar para te mostrar!

Eu me lembro bem daquele dia. Foi um dia antes de Madeline nascer. Fui buscar o nosso jantar e, enquanto ela esperava a minha volta, uma das enfermeiras a visitou e lhe disse que finalmente ganhara peso — algo pelo que lutou durante toda a gravidez. Era o sinal de que o repouso forçado estava fazendo efeito.

Ver aquele e-mail me fez lembrar de como estávamos nos sentindo incríveis naquele dia, 23 de março. Não tínhamos a menor ideia de que Madeline faria sua aparição no dia seguinte e que, vinte sete horas depois, Liz estaria morta.

Vi outro e-mail do mesmo dia, que me fez correr e ficar em uma sala de reunião por mais tempo do que eu desejaria admitir.

> De: Liz
> Para: Matt
> Dom 21/03/2008 às 13:13
> Assunto: Te amo
> Estou super animada em ter um bebê que se pareça com você :)

Cacete!
E a minha resposta:

> De: Matt
> Para: Liz
> Dom 21/03/2008 às 13:22
> Assunto: re: Te amo
> Vamos esperar que ela se pareça mais com você...

Cacete duas vezes!
Quando finalmente parei de chorar, voltei a minha mesa. As paredes cinza e vazias do meu cubículo eram apenas um lembrete de como a minha vida tinha ficado vazia. Tudo que decorava o meu antigo cubículo, inclusive o porta-retratos com a foto de Liz, ainda estava nas caixas embaixo da mesa e eu não estava pronto para enfrentar nada daquilo.

Gastei a hora seguinte imprimindo fotos de Madeline suficientes para cobrir todas as divisórias do meu cubículo.

Por mais impossível
que parecesse,
eu adorava fazer compras
com Madeline.
Tentava comprar
roupas que
Liz
escolheria,
mas, de vez
em quando, eu comprava
algo que
a faria
revirar os olhos,
só para que Madeline
conhecesse os dois lados da coisa.

Capítulo 21

Antes de Madeline nascer, Liz e eu conversamos muitas vezes sobre como seriam as nossas vidas com ela. É claro que nunca incluímos a possibilidade de um de nós não estar presente. Achávamos que nossos maiores desafios seriam determinar se ela precisaria de aparelho para os dentes, se gostaríamos de seus namorados ou onde ela estudaria. Mas concordávamos que ela não deveria nos consumir totalmente.

— Este bebê não vai mudar as nossas vidas — ela dizia.

— Este bebê não vai mudar as nossas vidas — eu concordava.

Sabíamos que viriam mudanças positivas, mas, mesmo com as mamadas noturnas, sobre as quais falavam nossos amigos, e as noites de insônia, era nossa intenção permanecer os mesmos individualmente e como casal. Liz ainda decoraria a casa, se preocupando com cortinas e velas votivas, e continuaria a bater perna nas butiques de Los Angeles, gastando fortunas em bolsas e sapatos. Eu não deixaria de ir a shows, sempre que uma banda decente se apresentasse na cidade, e continuaria a levantar cedo aos sábados para vagar pelas ruas de Los Angeles, tirando fotos com Ben. O mais importante para ambos, concordávamos, era manter nossas saídas para namorar. Liz sabia que, se fôssemos felizes, nossa filha também seria, e nenhum de nós queria ser escravo de um bebê.

    Liz sempre planejara trabalhar e, embora eu brincasse, dizendo que ia largar o trabalho para me tornar um homem-do-lar, era uma coisa que jamais conseguiria fazer. É claro que eu me enganara um pouco — hoje em dia, eu trocaria as horas gastas no meu trabalho por mais tempo em casa com Madeline. Mas minha filha e eu nos acostumamos às mudanças em nossas rotinas, seguindo um cronograma, em vez de ir fazendo as coisas à medida que tivéssemos vontade. Meio que tivemos que encontrar um novo ritmo.

    Eu saía cedo do trabalho, o que não era difícil, já que não tinha quase nada para fazer e, mesmo que pudesse deixar Maddy na creche até as seis para fazer alguma coisa pessoal, eu a pegava imediatamente. Considerando todo o tempo que ficávamos separados, se tornou mais importante passar o máximo de tempo juntos. Queria fazer as coisas que sabia que faria se Liz ainda estivesse viva, mas não queria ficar mais tempo longe de minha filha. Levar Madeline comigo nas minhas aventuras era exatamente o que Liz e eu imagináramos quando dissemos que não queríamos mudar nada por causa do bebê. Nós queríamos incorporá-la às atividades de que ambos gostávamos tanto, cada um a influenciando do seu próprio jeito. Mas agora eu tinha uma responsabilidade maior do que manter nosso bebê feliz — eu tinha que preservar e cultivar os interesses de nós dois, de modo que Madeline pudesse sentir a influência de ambos equilibradamente. Tinha certeza de que Liz teria amado isso.

Mesmo quando Madeline não passava de um borrão na ultrassonografia, Liz já falava em levar a nossa bebê para um spa e sobre como ia vesti-la. Eu não dava a menor importância a isso, porque tudo que queria era ensiná-la a apreciar música. Podia imaginá-la nos meus ombros, uma mini-Liz balbuciando animadamente, me ajudando a escolher discos, enquanto andava pelas seções da Amoeba, minha loja de discos favorita.

Terças eram sempre o melhor dia da semana — o dia em que os novos lançamentos chegavam à loja. Mas, desde a morte de Liz, as terças-feiras se tornaram um dia para eu me torturar com pensamentos sobre quantas semanas haviam passado desde de que ela se fora. E eu continuava vivendo de terça a terça. Sentia que contar as terças era uma maneira de ancorar a passagem acelerada do tempo e, de alguma maneira, amarrar Liz a mim, me conectando sempre à última vez em que a vi respirando.

As visitas semanais à Amoeba me ajudavam a escapar da sensação ruim de completar mais uma semana sem ela. Eu sabia que não importava se o dia tivesse começado mal; eu conseguiria sair dele com, pelo menos, uma sacola de discos novos. Como toda semana, na trigésima terça depois da morte de Liz, saí cedo do trabalho e peguei Madeline na creche. Estacionei atrás da loja, onde as paredes estão grossas por conta de anos de pichação, e entrei na loja carregando minha bebê no seu bebê conforto. Você precisava ver a cara dos hipsters, quando me apertei pelos corredores dos vinis, procurando os discos do Ariel Pink — *Haunted Graffiti* e *Swearing At Motorists*. Eles achavam o mesmo que eu achava antes de Liz ficar grávida: que as pessoas perdem o pique quando viram pais. E se tem uma coisa que não perdi foi o pique e, por isso, sonhava em ser desafiado e tudo acabar com um convite para conhecer minha coleção de discos e tomar umas cervejas. Enquanto andávamos sem rumo pela loja, eu expliquei a Maddy cuidadosamente as minhas escolhas, apesar de saber que ela não tinha idade suficiente para entender a diferença entre Bon Iver e Bon Jovi.

Fui até o balcão para pagar, com uma reedição de *Brighten the Corners*, do Pavement, e *The Finally*, do Mark Kozelek, mas, antes de sair da Amoeba, havia uma última coisa a fazer — uma foto que idealizara. Perto da entrada havia um elevador que ninguém usava, já que eram menos de vinte degraus entre a loja e o estacionamento, e eu nunca entrara nele até ter que enfrentar as escadas com um carrinho de bebê. Sentia como se tivesse descoberto uma galeria secreta. O elevador era coberto por pichações. Literalmente, do chão ao teto. Cresci em Minnesota. Não ia a lojas de discos com meus pais. Não íamos juntos a parte alguma onde houvesse pichações. Fiquei emocionado de poder partilhar as coisas de que gostava com Madeline e ser capaz de dar a ela uma infância diferente da minha, mas não necessariamente melhor. O elevador era tão incrível que achei que daria uma ótima foto. Só um bebezinho num espaço cheio de rabiscos de milhares de desconhecidos. Tirei Madeline do carrinho, coloquei-a no chão, no canto oposto, e fiz alguns cliques. As fotos ficaram demais. Parecia que Madeline estava completamente sozinha num lugar onde não devia ter criança nenhuma. Sabia que ela ia adorar ver isso algum dia.

Em vez de irmos direto para casa, parei em Los Feliz para levar Madeline para fazer o tipo de compras que sua mãe teria feito — iniciativa da qual eu estaria totalmente excluído, caso Liz estivesse por aqui. Não podia deixar de temer que, apenas sob minha influência paternal, Madeline estaria perdendo todas as coisas que sua mãe adorava e planejara fazer com ela, então tentava manter isso em mente o tempo todo. Eu não pensava "como devo vestir Madeline?". Acabaria tendo uma criança com camisas de flanela horríveis transformadas em macacões. Em vez disso, me perguntava: "Se Liz estivesse aqui, como vestiria Madeline?"

Havia uma lojinha fantástica com roupas lindas para meninas. Os preços eram astronômicos, mas eu não me importava. Mas, se Liz tivesse comprado um vestido caro para Madeline, eu possivelmente daria um ataque. Crianças crescem rápido e a cada movimento se desarrumam, então, gastar mais do que cinco dólares numa roupa teria me parecido uma loucura. Mas isso, sem dúvida, teria feito minha esposa realmente feliz — não porque estaria gastando muito dinheiro com nossa filha, mas porque a estaria mimando.

Adorava o fato de ter descoberto esta lojinha sozinho, sem a recomendação de alguma amiga, uma leitora do meu blog ou mesmo de Liz. Muito provavelmente não teria nem reparado numa loja para crianças se Liz fosse viva, mas agora vinha sempre aqui fazer compras. Neste dia, em particular, vi um vestido lindo na loja. Era cáqui, com botões que pareciam joias e tinha um desenho circular que subia e descia na bainha, na gola e nas pontas das mangas. Era lindo. Sei que Liz teria adorado e acabaria comprando de qualquer jeito. Então ali estava eu, um homem barbado com cara de quem deveria estar comprando entradas para o Campeonato Nacional, em pé, numa lojinha de roupas chiques para crianças, comprando vestidos com uma querubim lourinha de olhos azuis.

— Isto é muito bonito — disse à mulher atrás do balcão.

— É Chloe — ela informou.

Eu quase retruquei "Sou Matt e esta é Madeline", mas percebi que ela apontava para a marca na etiqueta.

— É claro — confirmei, como se já soubesse. Na minha cabeça, o sarcasmo era violento. Quem se importa se isto é um vestido Chloe? E quem diabos é Chloe? Estou usando uma camisa de seis dólares da Sears que comprei há oito anos num brechó em Chicago.

Mas sabia que Liz ligaria para isso. E, para ser franco, agora eu também ligo. Queria fazer por Madeline o que a mãe dela não poderia fazer, mas eu também achava que, se conseguisse vestir a minha filha bem e mostrar às pessoas em volta que conseguia combinar as roupas, os laços, as meias e os sapatos, eles saberiam que eu estava dedicando tempo a ela, prestando atenção nas coisas dela e que ela estava bem. Então, como um bom pai, entreguei meu cartão de crédito — achei que era bom ir praticando para quando minha filha viesse pedir roupas de grife no seu primeiro dia de ensino médio. E perguntei, então, quanto custava.

— Duzentos dólares.

Por um instante considerei sair correndo, mas vi o olhar de desdém no rosto da vendedora, enquanto eu tentava compreender como uma roupa de bebê podia custar mais que meu guarda-roupas inteiro... Então, notei a renda nele. Olhei para Maddy dormindo no carrinho e comprei o vestido.

Por duzentos dólares!

Com o meu cartão de crédito ainda se ressentindo da compra, acomodei Maddy e a compra no carro. Quando éramos apenas Liz e eu, sabia o que aconteceria. Eu a teria seguido no começo e, à medida que fosse me tornando mais confiante, assumiria um papel maior na educação de nossa filha, inclusive me preocupando com as combinações das roupas. Mas tive que aprender como lidar com todas as coisas de menina, às quais não estava acostumado, sem a ajuda de Liz. Tinha que fechar os olhos e imaginar como ela teria feito, porque poucas coisas me importavam tanto quanto canalizar a influência de Liz na vida de Madeline.

* * *

Dois beijos para Maddy

Antes de Madeline nascer, eu havia conversado com Liz sobre comprar um tapete para a nossa sala. Não que eu quisesse redecorar a casa ou algo do gênero — isso competia a ela —, mas eu achava que o chão de tábuas machucaria os joelhos de nossa filha, quando ela engatinhasse.

— O quê? Ela não vai se incomodar com o chão de tábuas.

— Liz, ela vai machucar os joelhos, se começar a engatinhar neste chão.

— Ela vai ficar bem.

Fui inflexível.

— O que vai acontecer quando ela cair de cara no chão? Ela vai quebrar o nariz, e tenho certeza que nenhum médico vai fazer uma plástica num bebê.

— De verdade, Matt. Ela vai ficar bem.

— Já engatinhou alguma vez no assoalho de madeira quando estava bêbada? Eu já e dói muito.

Ela inclinou a cabeça, seus cílios longos batendo para mim como que para me mandar para longe.

— Nossa filha vai demorar mais a engatinhar se não fizermos isso — eu disse.

Ela riu.

— Está bem. Vamos comprar um tapete. Mas só se você calar a boca.

Agora eu observava Madeline usando seus bracinhos para levantar o corpo todo — um sinal inequívoco de que começaria em breve a engatinhar. Lembrei-me dessa conversa com Liz. Eu precisava comprar um tapete. E logo.

Naquela mesma tarde fotografei a sala e fui para Pottery Barn, em Beverly Hills. Entrei e, como de costume, não me senti nada à vontade. Esperei pacientemente, enquanto os vendedores foram de um casal yuppie para outro, ignorando o homem enorme com um bebê amarrado ao peito. Concluí que conseguiria um melhor atendimento se estivesse de barba feita e com um suéter amarrado ao pescoço. E que certamente me dariam mais atenção se estivesse acompanhado de uma mulher.

Não ia me barbear para estes babacas e suéter não era uma opção. E minha mulher estava morta. Como será que Liz reagiria se fosse ignorada quando queria dar à loja um monte de dinheiro? Ela, com certeza, não estaria de pé quietinha no fundo da loja, aguardando que alguém a atendesse, como eu. Decidi dar um jeito na situação. Me aproximei de uma das vendedoras e do casal engomadinho e disse que precisava da ajuda dela. Balbuciei que ela viesse na direção do bebê quando terminasse de falar com o pessoal que estava atendendo. Não usei o tom que Liz teria usado, mas encarnei o sorriso aborrecido que ela teria exibido.

Quando a vendedora finalmente me procurou, tirei a máquina fotográfica da bolsa do bebê e mostrei a tela. "Então, qual tapete combina com esta sala?"

Em poucos minutos, ela achou o tapete perfeito. Sabia que era perfeito porque foi o que ela disse. Honestamente, não estava nem um pouco preocupado com o aspecto do tapete. Só queria uma superfície macia para minha filha engatinhar. Mas Liz teria levado semanas procurando o tapete perfeito, que combinasse com a sala. Não sabia fazer isso, mas tinha certeza de que ela teria ficado orgulhosa — e aliviada — por eu ter pensado em trazer fotos, de modo que alguém com um gosto melhor que o meu pudesse me ajudar.

Sinto saudades de
muitas coisas da
mulher que amo,
mas é da
sua voz que
sinto mais falta.
Sei que ainda posso
escutá-la
se quiser,
mas ainda não estou
pronto para isso.

Capítulo 22

Tenho um vídeo de Liz no hospital de quando ela estava sendo levada para a sala de parto. Já estávamos em outubro e eu ainda não assistira. Ainda era muito cedo para me sentar ali e ouvir a sua voz, ver seu sorriso, ouvi-la falando e rindo. Não estava pronto e não sabia se um dia estaria. Mas tinha que guardá-lo para Madeline, porque tenho certeza de que algum dia ela vai querer saber como era a voz da mãe dela. Sentia tanta falta daquela voz, mas ainda a evitava a todo custo. Não apagara as mensagens na nossa secretária eletrônica e, certa vez, sem querer, apertei a tecla rápida para ligar para o seu celular. Quando percebi que a voz fraca e feminina na sala estava vindo do meu telefone, levei ao ouvido, entendi o que tinha acontecido e imediatamente desliguei.

Algumas de suas amigas tinham o hábito de ligar para o celular dela e ficar escutando sua mensagem. Mas eu não. Eu não aguentava escutar a modulação de sua voz, como começava e terminava as suas frases ou a maneira como sussurrava as vogais. Tinha medo que escutá-la fizesse parecer que estava viva de novo. E eu perderia a cabeça.

Uma tarde, seu celular tocou quando eu estava pondo roupa para lavar. Corri para desligar, tentando evitar que o toque acordasse Madeline. Era um número privado, e respirei fundo antes de atender à pessoa que ainda não sabia o que acontecera.

Eu ficava tenso toda vez que o celular tocava. Inúmeras vezes tive que confirmar o que alguma amiga distante achava que era um boato ou contar para algum contato profissional que não sabia nada a respeito da trágica realidade. Todas as vezes que precisava contar a alguém era como se entrasse numa máquina do tempo e voltasse ao exato momento em que percebera que ela tinha morrido.

— Alô?

— Aqui é o Detetive Berryman, da Polícia de Los Angeles. Você perdeu um BlackBerry?

— Acho que não.

— Bem, esse número para o qual acabo de ligar foi usado em algum momento pelo celular na minha mão.

Eu disse que estava a caminho e desliguei sem nem me despedir. Quando nossa casa foi assaltada, havia tanta bagunça — e tantas coisas importantes foram levadas — que não percebemos que o velho BlackBerry de Liz havia sido roubado. O detetive ligou falando de um celular, mas eu tinha esperança de que houvesse mais alguma coisa. Eu gostaria de cavar uma pilha de itens não reclamados e achar as joias roubadas de Liz.

Fui à delegacia que ficava perto da minha casa. Quando cheguei, comecei imediatamente a chorar, devastado com a ideia de que Liz não veria as joias que estava a ponto de recuperar. Eu não era o que a sala cheia de homens engravatados e com suspensórios precisava ou esperava ver, enquanto estavam ocupados fazendo seu trabalho numa das piores áreas de Los Angeles.

— Recebi um telefonema sobre um BlackBerry roubado. — Falei entre soluços. Um homem uniformizado, atrás de uma escrivaninha, me olhou confuso e, em silêncio, levantou e me guiou pela delegacia. Pensei que ele diria, baixinho, alguma coisa desagradável a meu respeito, mas acho que, por hora, ele estava atônito demais em seu silêncio.

Consegui me acalmar concentrando na minha respiração. No fundo da sala, na mesma mesa de evidências diante da qual estivera com Liz em janeiro, reconheci imediatamente o detetive que nos atendera na época. Ele me entregou o celular e agradeci a ele. Perguntei, ainda, sobre as joias que tinham sido roubadas. Já tinham se passado meses do assalto e talvez elas tivessem sido encontradas. Sabia que Liz iria querê-las de volta comigo. Com Madeline.

— Achamos isso. E nada mais. — Minha testa se enrugou e comecei a chorar mais forte do que Maddy quando estava com a fralda molhada. O detetive apenas me olhou confuso. Deu para notar que ele estava se perguntando como a perda de algumas bugigangas podia arrasar um homem adulto desta forma.

— Minha mulher, que esteve aqui comigo da última vez, morreu.

Ele olhou chocado. Peguei o celular e fui para casa. Sem as joias de Liz. E sem ela.

Por um longo tempo pareceu certo manter o celular de Liz ligado, pagar a conta todo mês, apenas para manter ativo o número que sabia de cor. Era um vínculo real com ela, mas, depois disso, eu quis cancelar a linha — parecia a hora certa para isso. Mas me preocupava que, ao fazer isso, estaria perdendo outro pedacinho dela, que estaria apagando mais da minha memória pelo fato de tirar isso da minha vida e perderia a oportunidade de escutar sua voz quando quisesse.

Mas não era o número que me mantinha ligado a ela. Eu pensava nela e falava dela o tempo todo. Escrevia sobre ela diariamente e continuava vivendo na casa que compramos juntos. Ela ainda era parte de quase todos as coisas que fazia. Aquelas eram coisas que importavam. Além do mais, ela certamente me chamaria de idiota por pagar sessenta e cinco dólares por mês pelo privilégio de guardar uma saudação que eu nunca sequer escutava.

Desligar seu celular me ajudou a entender que estava na hora de enfrentar essa bagunça de outras formas tangíveis. Tinha *tanto* a fazer. As roupas de Liz continuavam penduradas no armário e havia ainda duas cestas cheias de roupas, uma com roupa suja e outra com roupa para a tinturaria. Suas joias e perfumes permaneciam em cima da cômoda, que ainda estava cheia de roupa dela dobrada. Seu aparelho de gilete continuava no chuveiro, do lado dos vidros do seu xampu. Estas coisas eram tão insignificantes e estava tão acostumado a elas que as ignorava, como se fizessem parte do cenário ou algo do gênero.

Mas seu carro estava estacionado ali na frente e era difícil ignorar um pedaço tão grande de metal salmão. Eu não o usava e, às vezes, meus pais, Tom ou Candee o usavam quando estavam na cidade, mas ele me chamava a atenção todas as vezes que eu olhava pela vidraça da nossa sala e me assustava todas as vezes que eu entrava na garagem. Odiava vê-lo. Antes de ela morrer, o carro era o sinal inequívoco de que estava em casa, mas agora, quando o via, sempre achava que estava vivendo um pesadelo. Eu não estava fazendo mudanças nem dentro nem fora da casa, não estava pronto para isso. Mas a ideia de deixar que o carro de Liz fosse retirado veio de um completo estranho.

Durante uma das visitas da família de Liz, reparei pela janela da sala num homem que estava na rua. Estávamos todos juntos quando vi esse cara caricato olhando para o carro de Liz ali na frente. Ele estava dando voltas nele, tentando abrir as portas e chutando os pneus.

Fui lá fora e perguntei: "Posso lhe ajudar com alguma coisa?" Palavras gentis num tom agressivo.

O homem sorriu de volta, totalmente inofensivo, e disse: "O carro está à venda?"

Fiquei confuso. Não esperava que dissesse isso. E certamente não tinha uma resposta pronta. Me senti meio babaca — tinha me aproximado dele como se estivesse prestes a ter o carro roubado, e ele não podia ter sido mais gentil.

Finalmente consegui dizer alguma coisa. "Não tenho certeza", respondi, tentando esconder minha confusão. "Acho que não, quero dizer, talvez." Nada articulado e palavras contraditórias.

— Te dou dois mil dólares. Em dinheiro.

Ouvi sua proposta e voltei para dentro. Ainda confuso. Não havia pensado em vender o carro de Liz, nunca, mas tinha pensado em me livrar do meu. Na verdade, havia estado na loja de usados com Tom esta manhã mesmo. Me dobrar para colocar Madeline no meu pequeno Honda Accord estava me dando dor nas costas — estava na hora de comprar um "carro de pai". Me sentia tão velho.

Quando contei para Candee e Tom que alguém estava querendo comprar o carro, falei como se fosse uma péssima ideia, como se eu jamais fosse vender — ou tivesse razão para fazê-lo.

— É mesmo? O que mais pretende fazer com ele? Vai usá-lo?

— Não.

— Não ajudaria a pagar o seu novo carro? — perguntou Candee. — O de que precisa para Maddy?

— Ajudaria, sim. — Mas não sabia se conseguiria. Cacete, pensei. Talvez devesse guardá-lo para Madeline ou algo do gênero, para que ela possa dirigir o carro da mãe quando tiver idade para tirar a carteira de motorista. Quando falei isso em voz alta, a reação foi uma risada irreverente.

Bem, então está bem. Por mais que eu quisesse guardar esta relíquia de Liz, o carro só servia para compor o cenário e ficar no caminho na frente da casa. Só o usara em julho, quando o meu estava na oficina.

E foi horrível.

Maddy e eu estávamos voltando de um grupo de brincadeiras, dirigindo pela autoestrada, quando alguém bateu no nosso carro e nos fez rodopiar. Acabamos de frente para o trânsito e, por sorte, os carros que vinham nessa direção não nos atingiram. O outro motorista fugiu. Meu carro ficou arrebentado, mas nós estávamos bem e eu chamei a polícia para lavrar um boletim de ocorrência para a seguradora.

Quando chegaram, um deles disse: "Por que não seguiu a mulher que bateu no seu carro?"

— Como?

A policial repetiu a pergunta e eu continuei sem acreditar no que dizia. Com um bebê no banco de trás? Quem ela acha que sou, Steve McQueen? Admito que há alguns anos teria feito exatamente isso — pisado fundo e perseguido o filho da mãe. Mas, agora, a segurança de minha filha era mais importante do que bancar o vigilante.

Alguns dias se passaram e, depois de deixar o meu sedan amassado no conserto, resolvi voltar a pé com Maddy para casa. Era perto e não havia ninguém por ali para nos dar uma carona.

Não achei que valia a pena alugar um carro, já que eu não precisava sair de casa para nada. E o carro de Liz estava ali na frente da casa, caso precisasse.

Na primeira vez que o dirigi, fui até a Casita del Campo para um jantar e uns drinques com os amigos. Madeline ia passar a noite com Anya. Consegui ignorar a sensação familiar de sentar no carro até deixar Maddy, mas, ao me afastar, eu pirei. Era muito esquisito estar sozinho no carro de Liz. Ela e eu tínhamos criado tantas lembranças nesta lata velha horrorosa. Elas passaram pela minha mente, trazendo o coração à boca, uma de cada vez.

Este era o carro que o tio de Liz mandara de Minneapolis para Los Angeles quando ela terminou a faculdade. Nós íamos nele até Runyon Canyon quase todos os fins de semana para fazer uma caminhada. Tinha nos levado àquela festa em Hermosa Beach onde ela conheceu o meu amigo mais antigo, Alex, e ela me arrastara nele para aquele aterrorizante show da Jessica Simpson no anfiteatro da Universal. Ela foi nele até o consultório da Dra. Nelson para fazer o ultrassom que confirmou que estava grávida. Ela dirigira essa lata velha por sete anos. E até o batizara de "Pequeno Zíper". Que nome mais estúpido.

Dirigi-lo agora me deixava atordoado. Era a primeira vez que sentava no lado do motorista desde antes de Liz morrer e havia lembretes físicos de sua presença por todo lado. Seu cabelo louro e liso ainda estava preso no tecido do banco e suas estações de rádio favoritas ainda estavam programadas. Me abalou que ela tivesse sentado neste banco, usado este cinto, olhado por estes espelhos, usado este câmbio e pressionado seu pequeno pé contra este freio e este acelerador. Em casa, eu finalmente tinha conseguido me acostumar com as coisas e não pensava mais "Ela usou este cortador de maçã", quando queria cortar um pedaço de fruta. Mas, aqui, era impossível ignorar, porque estava em tudo a minha volta. Eu estava literalmente imerso.

Quando estava ajustando a cadeirinha de Maddy, vi uma lata aberta de Diet Coke no porta-copos do banco de trás. Liz adorava Diet Coke. Era sua bebida predileta — não café, apenas o estalo da maldita latinha o tempo todo. (Ela era tipicamente do Meio-Oeste.) Ver a coisa prateada e vermelha ali me abalou — Liz bebera desta lata. Ela a havia segurado e encostado a boca nela. Escrevi sobre isso no blog, como isso acabara comigo.

Depois disso, Tom me telefonou para dizer que tinha deixado uma lata de refrigerante no carro. Ele esperou a minha reação e, quando comecei a rir, ele fez coro.

Numa viagem até o mercado, o odômetro chamou minha atenção. Olhei para a luz vermelha sem nenhuma razão em particular, mas não pude deixar de reparar: marcava 77.777 quilômetros rodados. O número favorito de Liz, numa sequência de cinco deles de uma vez. Aquilo me balançou. Se tivesse olhado pouco depois, o número não teria sido tão mágico. Não achei que este momento fosse em nada especial, mas fiquei imaginando como outra pessoa interpretaria isso. Muitos diriam ser um sinal de Liz, de que ela ainda estava comigo depois de morta. Eu achava esse tipo de coisa uma besteira. Sabia que era uma mera coincidência e que minha mente estava tentando atribuir um significado para isso. Mas sinal ou não, foi sinistro.

Estava na hora. Tinha que me desfazer do carro de Liz — era a decisão correta. Liguei para o cara e disse que dois mil dólares era um preço justo e que ele precisava vir buscar o carro imediatamente. Ele veio no dia seguinte para deixar o cheque e pegar as chaves, mas disse que só levaria o carro em alguns dias.

— Estou indo para Nova York em três dias — disse para ele. — Preciso que o carro não esteja mais aqui quando eu voltar.

Dois beijos para Maddy

A alma solitária que não queria se desfazer do carro agora queria vê-lo desaparecer o mais rápido possível. Tinha decidido vendê-lo, e queria que fosse levado embora antes que achasse alguma razão para mudar de ideia.

Sabia que a manhã em que partiríamos para Nova York seria a última vez que veria o carro de Liz. Antes de sairmos para o aeroporto, às cinco, fiquei na rua vazia, calado, com Maddy adormecida nos braços. Apenas olhando para ele. Se algum de meus vizinhos tivesse me visto, provavelmente pensaria que eu tinha ficado maluco. Já era bem ruim ter deixado essa coisa feia na frente da minha casa por sete meses, ocupando uma vaga. Acenei para o carro e fui para o aeroporto. Não estava triste. Estava chateado comigo mesmo por ter agido como um idiota e acenado em despedida para um objeto inanimado.

Quando voltamos de Nova York, alguns dias depois, passava da meia-noite e a rua estava tão silenciosa quanto quando saímos. O carro tinha desaparecido. Olhei para a tatuagem no pulso — parecia que Liz havia feito rabiscos em mim com um marcador permanente esta manhã. Eu tinha decidido tatuar as duas datas mais importantes da minha vida na parte interna do pulso havia alguns meses: 24 no esquerdo e 25 no direito. Nem pensara muito antes. A ideia foi aleatória, mas parecia fazer tanto sentido que resolvi fazer a tatuagem quase que imediatamente. Quando saí de casa e vi o carro de Liz estacionado atrás do meu, naquele dia, a ideia se cristalizou na minha cabeça e decidi que os números deviam ser escritos na caligrafia de Liz.

Achei uma folha de papel na gaveta da sua mesinha de cabeceira com umas equações que rabiscara ao tentar calcular quanto conseguiria esticar sua licença maternidade. Olhei com atenção e achei exemplos de 2, 4 e 5, na sua letra elegante e cheia de volteios. Eram as duas datas mais importantes da minha vida e de fato os primeiros símbolos que significavam o suficiente para que os gravasse no meu corpo.

Embora estivesse começando a me desapegar dos objetos, eu sabia que jamais perderia minha ligação com Liz. Algumas vezes precisava usar lógica para vencer a emoção — não fazia o menor sentido guardar uma gilete enferrujada ou uma camisa que ela me dera e que não cabia mais em mim. Mas eu tinha lembranças, e tinha Madeline. E, graças às duas tatuagens, eu tinha um lembrete permanente da minha mulher.

Estávamos doidos para
mostrar o pequeno
calombo que ela tinha
e visitar
os amigos e a família.
Falamos em como
seria divertido
voltar a Minneapolis
para as férias
com nosso bebê.
E aqui estava eu,
um ano mais tarde,
com aquela criança
que estávamos doidos
para mostrar por aí,
mas éramos
apenas dois,
e não três,
a embarcar no avião.

Capítulo 23

O tempo estava passando bem mais rápido do que imaginara. Era impossível deixar de lembrar a todo instante o que Liz e eu estávamos fazendo há um ano. Por mais que eu gostasse de pensar nas viagens que fizéramos juntos e em quanto nos divertimos no nosso tempo a dois, doía muito mais lembrar que tinha sido apenas no ano passado: nossas *últimas* férias, aniversário, sei lá o quê, juntos, e sem a menor ideia de que seria o fim. Era muito ruim lembrar como estávamos felizes e cheios de esperança. Agora a época das festas se aproximava e eu sabia que estava prestes a entrar num campo minado de lembranças.

Minnesota, durante as festas de fim de ano, sempre foi um saco. Liz e eu tínhamos que ir da casa do meu pai para a casa da minha mãe e depois para a dos pais dela — era exaustivo. Mas neste ano, o primeiro sem a Liz, nossas festas se tornariam um encontro de família, de verdade. Estaríamos todos juntos: meu pai e sua esposa, minha mãe e meu padrasto — todos eles viriam para a casa de Tom e Candee para misturar as famílias. Isso tornaria a minha vida muito mais simples, já que não teria que ficar correndo de um lado para o outro com um bebê de oito meses. Todos os doidos para ver — e mimar — Madeline estariam num mesmo lugar. Todos menos Liz.

Fiquei pensando em como tudo era perfeito quando tínhamos dezoito anos, mas eu não sabia disso. Claro que tivemos que enfrentar vários desafios, mas eles eram como um filme do Brat Pack: onde estudar, o que usar na formatura e como lidar com os idiotas da escola preparatória de Liz, que não gostavam do garoto da caminhonete amassada que vinha buscar a princesa deles e levar para o outro lado da linha do trem todos os dias. Na verdade, a gente acabava ficando na casa dela.

Depois da escola, a gente saltava da caminhonete, passava pela cozinha para pegar alguma coisa para comer e beber e ia para a sala, para fazer nada de especial. Me recordo de Liz pedindo para ajudá-la a pendurar no seu quarto a gigantesca colagem que fizéramos para sua festa de formatura. Depois de martelar alguns pregos na parede de gesso, a prancha estava pendurada e ficamos ali admirando. Era como um testamento de sua vida até então, com fotos dela com as amigas e fotos nossas, todas presas com tachinhas na cortiça. Havia uma foto de dois de seus colegas de escola se agarrando no trampolim do quintal de alguém e outra de Josh e eu na fazenda do primo dele, perto do curral das emas. E a minha favorita, a pequena Liz com um enorme sorriso, segurando uma espingarda e um certificado de vencedora — no final das contas, a menina certinha dos subúrbios era uma atiradora de primeira.

Dois beijos para Maddy

Esses tempos pareciam tão distantes agora. Desde que éramos apenas adolescentes sentados na borda da piscina no quintal dos pais dela, eu experimentara muito do mundo. Enquanto eu crescia, as pessoas a minha volta eram todas de Minnesota, e por lá pretendiam permanecer. Liz me encorajou a lançar o olhar para o outro lado do país — e dos oceanos. Ela me incentivou a tornar o meu mundo maior, e me acompanhou. Eu imaginava agora como seria voltar para a nossa cidade natal para as festas de fim de ano com as nossas famílias, mas sem ela.

Quando chegamos à casa dos Goodman, fiquei superconsciente de que Liz estava morta. Tínhamos passado juntos muitos destes feriados durante os nossos doze anos, e ela estava ao meu lado em cada um deles. Sentia como se fosse afundar sem ela.

Queria que a lembrança dela estivesse presente mesmo que ela não estivesse. Não de um jeito sinistro — não deixamos um lugar na mesa para ela, nem mesmo um prato —, mas fiz questão de falar dela e fazer com que nossas famílias entendessem que eu queria que se sentissem à vontade para falar dela. Claro que era para a minha própria sanidade, para o bem de Maddy, e era algo que eu fazia o tempo todo. Quando passávamos diante do Blush Salon, eu contava à nossa bebê que era o favorito da mãe dela. Eu a vestia de azul e dizia que sua mãe teria ficado linda naquela cor. Apontava para as fotos na parede e contava histórias para Madeline sobre o que Liz estava fazendo em cada uma delas. Não acredito que ela compreendesse a esta altura, mas logo compreenderia. E eu queria que suas memórias de infância incluíssem histórias de sua mãe; eu queria que ela se sentisse próxima da Liz mesmo que jamais tivessem se encontrado.

Tom pegou nossa bagagem no carro e nos apressou para dentro de casa. "Arrumamos o antigo quarto de Liz para você e para a Maddy", disse. Liz e eu sempre ficávamos ali nas nossas visitas.

Entramos para largar a bagagem, e o meu coração ficou tão pesado que desceu até os pés. Estava tudo diferente. As paredes ainda eram bege, mas toda a mobília — menos um sofá-cama — havia sido tirada para dar lugar a um berço. A colagem que Liz e eu penduramos tinha desaparecido. A porta do armário estava aberta, mas não estavam ali as roupas velhas de Liz e, sim, as roupas novas da nossa bebê. As estantes que algum dia guardaram o arranjo floral seco e as fotos esquisitas da formatura agora estavam cheias de fraldas, lenços umedecidos e brinquedos.

Dando meia-volta, entreguei Maddy para Tom e fui ver Candee na cozinha.

— O quarto — disse para ela. E já estava chorando e esperando que ela fizesse o que sempre fazia: fosse firme, me dissesse que tudo ia ficar bem e me abraçasse. Mas, em vez disso, seu rosto se transformou numa careta também e ela começou a soluçar. Já havia visto Candee chorar antes, mas eu achava que, na casa deles, Tom era o coração mole. Ele estava com os olhos sempre lacrimejando por suas filhas, especialmente quando estava feliz ou orgulhoso delas. Até ter a minha própria filha, eu não entendia isso. Mas Candee — ela era a fortaleza. Ela era a que dava força para todos os outros e mantinha as costas retas, mesmo quando queria desmoronar. A única vez que a vira descontrolada foi logo depois da morte de Liz e durante as cerimônias fúnebres.

Em Banff, seu silêncio e compostura me confundiram. Eu não tinha entendido que a falta de emoção era a tampa da panela de pressão, a placa de aço fina que mantinha as emoções sob controle. Agora sua angústia transparecia e eu pude ver, de relance, a mãe que perdera a filha.

Candee e eu ficamos ali abraçados por muito tempo, chorando abertamente — finalmente. Chorando juntos. E desta vez fui eu que disse: "Tudo vai ficar bem."

Dois beijos para Maddy

Essa experiência me emocionou como poucas outras o fizeram. Em vez de sentir que eu era o único a ter saudades de Liz, eu agora tinha certeza de que alguém mais estava nesse luto comigo, alguém que sentia sua falta tanto quanto eu. Sabia que todos estavam sofrendo, mas, às vezes, precisava ver o outro perder totalmente o controle para sentir isso. Por mais doido que pareça, ver Candee assim me encheu de esperança. Agora podia ver um futuro comum — para todos nós —, partilhando nossas histórias e emoções com Madeline, mantendo viva a memória de Liz. E me ajudou a acreditar que eu conseguiria sobreviver a estes feriados, sem me perder completamente.

Quinta à tarde, a família toda — quase cem pessoas — se reuniu para comer um peru de nove quilos, as batatas assadas com casca de tia Penny, o molho de Nana, as batatas doces com marshmallow e açúcar da tia Pam, e um milhão de outros pratos. Minha mãe ajudou a colocar Madeline numa cadeira alta e meu pai lhe trouxe um pequeno prato de comida. Ela comeu alguns dos legumes da jardineira da tia Mary e tomou um copo de leite. Sempre pensando na oportunidade perfeita para uma foto incrível, agarrei uma coxa do peru num prato, entreguei a ela e comecei a fotografar. O resto da família foi para a cozinha e todos riram juntos quando Madeline deu com a coxa na cara algumas vezes ao tentar abocanhá-la. Olhei para Candee e pisquei para ela. Ontem mesmo tínhamos estado naquele lugar, chorando pelo que faltava em nossas vidas. E hoje... bem, hoje estávamos gratos pelo que tínhamos.

No fim de semana depois do feriado, planejava encontrar Rachel para que pudéssemos fazer outra doação do dinheiro que levantamos para Madeline e eu, na Marcha dos 5 Quilômetros. Eu já mandara um cheque de dois mil dólares para Jackie e tinha dado mil dólares em dinheiro para a recepcionista do consultório da Dra. Nelson, cujo namorado falecera quando ela estava grávida de poucos meses. Doar o dinheiro me enchia de orgulho e me convencia de que podíamos fazer muito mais para ajudar pessoas em condições parecidas com a minha — ou piores. Liz teria ficado feliz e orgulhosa pelo que estava sendo feito em sua memória naquele fim de semana, mas, para falar a verdade, ela não acreditaria que eu estava por trás disso tudo. Ela ficaria bem surpresa de ver que eu não só estava dando conta de criar nossa filha, como estava conseguindo ajudar a outros também.

Peguei Rachel na manhã de sábado e fomos para o campo, em Minnesota, com Maddy dormindo no banco de trás. Estávamos aproveitando um raro momento de silêncio, apesar de ter a certeza de que, assim que abrisse os seus olhos, seríamos brindados pelos contínuos balbucios infantis. Eu estava animado. Estávamos a caminho de ver Bob, cuja mãe tinha me procurado ao final da Marcha dos 5 Quilômetros alguns meses atrás. Queríamos cumprir a promessa que eu fizera a ela: que ajudaria com o que fosse possível.

Viajando para a casa dele, na pequena cidade de Albertville, em Minnesota, eu não tinha a menor ideia de como ele iria reagir à nossa visita ou ao fato de estarmos levando um cheque de mil dólares, isento de qualquer compromisso. Sabia que ele usaria o dinheiro, mas, ainda assim, eu não sabia se receberia bem o par de estranhos que apareceriam à sua porta. Podia ser muito esquisito para todos nós, mas estava confiante de que o bem que estávamos tentando fazer seria reconhecido e bem-vindo.

Quando chegamos, a sogra de Bob abriu a porta, e ele estava atrás dela. Assim que Rachel e eu nos apresentamos, a raiva da mulher se tornou aparente — não apenas devido à morte da filha dela, mas por tudo. Ela falou muito sobre o hospital e os médicos que "mataram" sua filha, dizendo que "não havia nada de bom no mundo" agora que estava morta. Eu queria lembrá-la que ela tinha um neto, o que era prova de que existiam coisas boas no mundo, mas não seria eu a dar lições a ninguém de como sentir sua dor. Sua situação era diferente da minha e, como eu não sabia de todos os detalhes, apenas concordei e tentei falar com Bob. Além disso, eu havia aprendido, desde a morte de Liz, que cada um vive o seu luto de forma diferente.

Quando consegui afastar Bob da sogra, sua postura mudou totalmente. Ele saiu da mudez e distanciamento e começou a falar com eloquência da mulher que amava e que morreu pouco depois de dar à luz o filho deles. Nossos filhos brincavam juntos na sala e ele me levou para conhecer a casa, mostrando fotos da mulher, contando histórias doces e amargas do tempo em que viveram juntos, e falando apaixonadamente sobre o filho. Ele era muito diferente do que imaginara, depois de ter falado com a mãe dele em setembro. Achei que estaria com raiva e mal-humorado, mas, apesar das circunstâncias, ele parecia bem feliz. E estava grato, além da conta, pelo dinheiro que lhe trouxemos. Ele nos agradeceu e, ao nos levar até a porta, se ofereceu para ajudar no que pudesse para fazer a fundação sair do papel.

Me senti muito bem ao ir embora. "Esse é o legado da sua mãe", eu poderia dizer à Maddy mais tarde. "É assim que nós vamos homenageá-la."

Madeline estava dormindo, quando chegamos em casa. Depois de uma viagem emocionante de Ação de Graças e uma chegada tarde da noite, estava contente de estar, afinal, de volta a Los Angeles. Baixei a cadeirinha com cuidado do lado do sofá e fiz a vistoria de costume. Fui em cada quarto, verificando a arrumação que nossa amiga Elizabeth tinha feito, enquanto estávamos fora. Entrei no quarto de Madeline e vi três enormes sacos plásticos cheios de roupas que não cabiam mais nela. Mais doações, pensei. Não podia acreditar como minha filha estava crescendo. Houve um tempo em que achei que ela nunca ficaria maior que as roupas — nunca ficaria do tamanho delas —, mas ali estava a prova, lembrando que a vida continua, quer a gente queira ou não.

Fiquei na porta do quarto dela, olhando as fotos de Liz penduradas no corredor a minha direita. Olhei para a esquerda. A parede estava vazia, eu estava esperando pintar para, então, cobrir com mais memórias. A porta do meu quarto estava fechada havia cinco meses e meio. Conseguira evitar entrar nele desde a volta de nossa viagem à Minnesota, em junho. Olhei para os pássaros de papel pendurados por um fio na maçaneta, desde o dia do funeral da Liz, e decidi que seria esta noite. Eu ia deixar o sofá e voltar a dormir na minha cama.

Segurando a respiração e fechando os olhos, abri a porta. Respirei o ar do quarto pela primeira vez em meses, sentindo o cheiro da mistura de perfumes de Liz. Os aromas de Beautiful, de Estée Lauder, Glamorous, de Ralph Lauren, e daquele perfume do Marc Jacobs que não tinha nome. Abri meus olhos, e o quarto estava exatamente do mesmo jeito que eu deixara cinco meses atrás. O armário estava entreaberto, mas evitei olhar para dentro, não querendo ver a pilha de roupas sujas ou as bolsas de roupa que tinham voltado da lavanderia esperando por ela.

Olhei para a parede do meu lado da cama. Ali estava pendurada uma foto de nosso tempo de colégio, que Deb nos dera como presente de casamento em 2005. Estávamos sentados no cais da cabana dos Goodman e eu estava mostrando a Liz como colocar a minhoca no anzol pendurado na ponta da linha. Eu estava rindo. Ela fazia caretas. Era uma representação perfeita de nossa vida juntos.

Dois beijos para Maddy

Olhei em volta para a mobília, um monte de tralha velha que ganhamos de uma colega de Liz. Nenhum dos dois gostava daquilo e juramos trocar tudo assim que tivéssemos dinheiro e tempo para fazê-lo. Seria o meu próximo projeto de decoração.

Podia ver um bilhete na sua cômoda, aquele que eu escrevera prometendo um colar da Tiffany no Dia dos Namorados. Tinha estado tão ocupado com o trabalho e com os cuidados com ela que não fora capaz de ir buscar um a tempo. Liz entendera e estava agradecida de me ter por perto para ajudá-la durante o seu período de repouso. Mas ela com certeza teria cobrado isso, assim que nossa vida voltasse ao normal.

Tudo no quarto era tão conhecido, mas eu sentia como se tivesse achado umas ruínas antigas depois de atravessar uma floresta densa.

Olhei para a cama. Droga, aquilo parecia confortável, especialmente depois de tantos meses no sofá. Tínhamos ficado tão contentes quando finalmente compramos uma cama king size, após anos dormindo numa cama padrão que eu comprara nos tempos de faculdade. Costumava imaginar nós três assistindo a desenho animado nas manhãs de sábado nesta cama, mas não *Pokémon* e toda aquela porcaria moderna de anime, não. Queria que Madeline assistisse aos mesmos desenhos que eu assistira quando menino: *Os Jetsons*, *Os Smurfs*, *Pica-Pau* e, é claro, a violência à moda antiga de *Tom e Jerry*. Sentei na beira da cama e deixei o torpor tomar conta de mim. Não estava triste e não estava chorando. Me senti aliviado por ter finalmente entrado no quarto outra vez.

Peguei o bercinho de Madeline na sala e o coloquei próximo do meu lado da cama. O meu lado da cama agora era o que tinha sido o lado da cama de Liz. Sem acordar Maddy, eu a tirei da cadeirinha e a pus no bercinho, cobrindo-a com o cobertor que minha mãe lhe dera. O ventilador de teto girava rápido suficiente para me distrair do silêncio, de modo que fiquei deitado ali, me esforçando para contar as voltas das pás.

    Não pude deixar de me sentir orgulhoso. Durante a semana que passou, consegui sobreviver à inundação de memórias que vieram com o Dia de Ação de Graças e uma nova viagem à Minnesota. Eu dera um bolão de dinheiro para ajudar outra pessoa. Viajara outra vez sozinho com a minha filha. E agora eu finalmente voltava para a nossa cama. Ao cair no sono, meu celular tocou, me assustando. Olhei para o relógio, antes de atender. Era uma e meia da madrugada — ninguém nunca me ligou tão tarde. Mas era A.J., para contar que Sonja tinha dado à luz uma menininha linda chamada Emilia. Dei os parabéns e disse que ligaria de volta pela manhã. Desliguei sorrindo, sabendo da felicidade que acabara de entrar em suas vidas.

Mas estes dois dias
talvez sejam os piores.
Por quê?
Não tenho ideia.
Droga...
Estou tentando,
me desculpe,
mas não parece
Natal sem
ela.

Capítulo 24

Uma de minhas fotos favoritas de Liz é de um pouco antes do nosso último Natal juntos. A barriga dela começava a aparecer e ela estava incrivelmente linda, miúda, loura e apenas ligeiramente grávida, de pé na escada da frente da casa de meu amigo Nate, sorrindo para mim, lá do alto. Logo depois que tirei a foto, ela acenou e me deixou lá para que me divertisse com meus velhos amigos, enquanto ela ia para a casa dos pais dormir um pouco. Ela veio me buscar na manhã seguinte, quando eu ainda estava de ressaca da minha véspera de Natal.

Liz achava que o Natal era surpreendente.

— Matt. — Eu podia quase ouvir sua voz, uma mistura de lamento e ordem. Era a mesma coisa todo ano. — Vamos pendurar as luzes de Natal.

— Nem pensar — eu responderia, usando o tipo de tática de persuasão que nunca funcionava, acrescida de um rugido convincente e um revirar de olhos.

O Natal em Los Angeles era um tanto falso, especialmente para alguém nascido no Meio-Oeste e acostumado com a neve que começa a cair em novembro e vai até a primavera. Com flores sempre desabrochando e o céu sempre azul, o Sul da Califórnia não parecia o lugar certo para se ver agulhas de pinheiro no chão. Era esquisito ir de bermudas comprar uma árvore de Natal. Além disso, nós íamos sempre para Minnesota nesta época — e nem estaríamos por aqui nos dias em que a árvore seria necessária. Este era o meu melhor argumento.

— Matt — ela diria novamente, ela adorava dizer meu nome antes de impor seu ponto de vista. — Matt, vamos pendurar as luzes de Natal. Vamos ter uma árvore. É Natal. Não quero saber se vamos para Minneapolis. Quero uma árvore.

E assim íamos todos os anos ao estacionamento da Target para comprar uma árvore que (1) dava um trabalhão para carregar para casa, (2) encheria a casa toda de agulhas de pinheiro, (3) e, com certeza, não seria vista no Natal. Mas, isso era apenas outro exemplo de nosso jeito de ser. Sim, Liz podia ser bem cínica, mas, no que se refere aos feriados do final do ano, ela era 100% autêntica. Ficava doida com a coisa toda e usava sua própria dose de alegria para neutralizar meu jeito um tanto Grinch de ser.

— Podemos contratar alguém para colocar as luzes — ela propusera há um ano.

— E teremos que contratar alguém para tirá-las depois — argumentei. — Liz! A gente não precisa das luzes! — Eu a imitei, usando o nome dela antes de expor minha opinião.

Agora aqui estava eu, um ano mais tarde, olhando nosso telhado nu e pensando que não dava para acreditar que eu tinha sido tão babaca a ponto de não colocar as luzinhas que a minha mulher grávida tanto queria no Natal passado. Droga, pensei. Qual era o meu problema? Qual teria sido o mal de deixar alguém decorar a nossa casa? Eu não precisaria ter nenhum trabalho e Liz teria pago por isso. Por que me opus tanto?

Neste mesmo período, no ano anterior, eu estivera em Bangalore e Liz voara para ficar comigo. Era o nosso primeiro Natal longe da família e eu queria que ela se sentisse feliz como costumava se sentir nos feriados. Decidi surpreendê-la, porque me sentia mal por nos levar para tão longe na época que ela mais gostava no ano. Fui até a cidade e comprei um montão de decorações natalinas. Consegui uma árvore de Natal de uns trinta centímetros e ramos espaçados — era horrível, com uma base de madeira pintada de amarelo, vermelho e verde, como se fosse uma versão da árvore de Natal de um Charlie Brown rastafári —, e tinha umas estrelas de papel cartão dobrado com furos para que a luz brilhasse através delas. Elas decoravam a cidade toda nesta época do ano. Meu apartamento diminuto, naquela rua barulhenta de Bangalore, era o mais longe que podíamos estar dos subúrbios nevados de Minnesota.

Fui buscar Liz no aeroporto e a trouxe pelo meio do lamento das buzinas, da fumaça densa de diesel, para um lugar totalmente desconhecido, numa época do ano em que costumávamos viajar para a casa dos nossos pais. Quando ela abriu a porta e viu o quarto totalmente decorado, começou a chorar, largou a bolsa no chão e pulou nos meus braços. A única coisa que podia tê-la surpreendido ainda mais seria encontrar a família toda esperando no quarto.

Agora, apenas dois anos mais tarde, eu estava em Los Angeles num quarteirão com casas no estilo espanhol e palmeiras, olhando para um telhado nu. Queria poder voltar no tempo e cobrir o telhado com tantas camadas de lampadinhas que ela pudesse ver desde o avião até Minneapolis. Queria não ter sido tão idiota nesta questão.

Uma semana antes do Natal, vesti Maddy com um macaquinho vermelho com listras brancas e a trouxe para o estacionamento da Target em Eagle Rock para comprar uma árvore. Mesmo que fosse uma dor de cabeça arrastá-la para casa — especialmente com um bebê a tiracolo —, apesar de saber que haveria agulhas de pinheiro pelo chão todo, que eu teria que limpar e que não estaríamos ali no dia de Natal, eu queria que o primeiro Natal de Madeline fosse o mais próximo possível do que seria se Liz estivesse por perto. Minha filha parecia com uma maldita bengala doce, mas eu sabia que sua mãe teria adorado.

Estava tão feliz quanto possível por Maddy, mas a viagem para comprar a árvore foi terrível. Havia pais e mães e crianças por toda parte, apontando, correndo e rindo, e o meu coração estava simplesmente... partido. Aniquilado. Reduzido apenas a um belo passado. Seus natais seriam perfeitos. Suas famílias intactas. Eles talvez não apreciassem isso tudo, e eu sonhei em dizer a eles que aproveitassem. Queria esquecer os feriados, dizer apenas um palavrão e ir para casa. Maddy não se lembraria deste Natal de qualquer jeito e, ainda por cima, estaríamos em Minnesota em alguns dias.

Mas resisti. Escolhi a árvore e a arrastei até o carro, porque nada disso era para mim. Tudo que podia pensar era em como eu sempre implicava com Liz por ela adorar o Natal. Por que diabos não pude deixar que ela curtisse a época? Quero dizer, eu ainda odiava a coisa toda — eu não ia sair por aí cantando músicas de Natal para os meus vizinhos. Isto era por Madeline. Era o que Liz teria feito.

Enquanto lutava para conseguir colocar aquela coisa enorme dentro da minha sala, as agulhas espalhadas por todo lado, podia ouvi-la: "Matt, é claro que vamos comprar uma árvore. É para Madeline! Ela precisa saber sobre o Papai Noel."

Dois beijos para Maddy

E por isso comprei a maldita árvore e contei à Madeline sobre o alegre São Nicolau. E, alguns dias mais tarde, estávamos a caminho do aeroporto.

Todo Natal, quando voltávamos para Minneapolis, os pais de Liz nos buscavam no aeroporto, parávamos para um lanche rápido e íamos para a casa do Nate em seguida. Ir para a casa dele era uma parte importante das nossas tradições de fim de ano e, quando cheguei na escada da sua porta da frente este ano, congelei. Visualizei Liz em pé, no topo da escada, olhando para mim como quando tirei aquela foto com a Polaroid que ela me deu quando fiz trinta anos. Corada, radiante, feliz. Foi um daqueles momentos de viagem através do tempo em que tudo estava errado e eu não podia fazer nada a respeito. Tudo na casa de Nate estava da mesma maneira, mas sem Liz. E as ações mais básicas, coisas que fizera centenas de vezes, como subir os degraus da entrada — pareciam impossíveis de serem feitas.

Esperava que as coisas com a família fossem ser difíceis. Que eu não fosse conseguir sentar na sala da minha mãe e trocar presentes, imaginando Liz sentada no sofá, enquanto todos os outros se curvavam sobre nossa filha e a enchiam de presentes para os próximos dez Natais. O que eu não tinha imaginado era ficar de coração partido por subir os degraus de entrada da casa do Nate na noite de Natal.

O que podia fazer? Entrei. Tomei umas cervejas. Contei algumas piadas. Fiz o que fazia todo ano. Precisava que meus amigos falassem comigo como se tudo estivesse bem. Não queria solidariedade. Só queria rir.

Quando foi a minha vez de buscar mais cerveja, fui até a geladeira e, na porta, vi uma foto de Liz sorrindo e apontando para sua barriga de gravidez no nosso quintal. Abaixo da foto, duas datas separadas por um hífen. Era o folheto da cerimônia fúnebre e a última coisa que precisava ver naquela hora. Peguei as cervejas e voltei para a sala, o som vintage de Paul Westerberg saindo das caixas de som ruins da estante de Nate, com muita estática. Fiz tintim nas garrafas dos amigos e sentei sem dizer uma palavra.

Essa reunião era, sem sombra de dúvida, a minha parte favorita do Natal — nada de decoração, nem de alegria demasiada. Apenas uma boa conversa e bebida, na companhia de amigos. Enquanto estava lá, não me sentia diferente. Claro que as coisas não eram mais as mesmas, mas eu, de alguma forma, não mudara. Na noite anterior, aterrissara no seio do turbilhão familiar, minha filha estava segura com os avós e eu estava seguro entre os meus amigos.

Lembro como Liz revirava os olhos quando ficava aqui conosco, ouvindo as mesmas histórias milhares de vezes. Eu adorava isso. Ela ficava cansada logo e queria ir para casa, enquanto o resto de nós voltava a ser colegiais. E eu ficava só dizendo "Mais um pouquinho. Só mais um pouquinho", até que ela desistisse e me deixasse dormir no sofá, me chamando no dia seguinte com um telefonema ou uma mensagem de texto às oito da manhã, pronta para me arrastar para as festividades do dia de Natal.

Como no ano passado, acordei no sofá. Exatamente como no ano anterior, fui acordado por um telefonema um pouco cedo demais para o meu gosto. E, apesar de saber que era a minha mãe me ligando e não Liz, estava pronto para me juntar a minha família e passar o primeiro Natal da minha filha com o espírito que minha mulher gostaria que eu tivesse.

Ela
estava aqui.
Ela
esteve aqui.

Capítulo 25

Acompanho a família Goodman em sua viagem anual de férias para o México desde meus dezenove anos. Para mim, naquela época, eles eram uma revelação. Minha família não viajava assim. A gente tinha ido, com a minha mãe, para o norte, algumas vezes, para ficar na cabana de pesca do meu avô, no lago Mille Lacs, ou praticar canoagem nas águas fronteiriças com meu pai, mas não saíamos em grupo para o México. Não explorávamos as ruínas de civilizações antigas, nem nadávamos no Golfo. Tínhamos nossas próprias aventuras, como atirar em latas com pistolas automáticas, ou pescar lagostim, mas viajar para fora do país não estava entre as nossas opções.

A viagem anual era uma tradição importante para a família de Liz. A família de Candee estava quase toda em Minnesota, então era fácil para eles se reunirem em feriados e comemorações, mas a de Tom estava espalhada pelo país no Leste, Oeste e ao Norte. A viagem anual a Akumal era como eles se mantinham próximos e em contato. Assim que ficou claro que Liz e eu estávamos apaixonados, me tornei parte da família — e, portanto, parte da viagem familiar. Todo ano, trinta de nós voávamos para o Sul, para ficar juntos na praia, relaxando.

Estávamos aqui agora, mas Liz não. Eu passara muito tempo com os pais dela e com sua irmã nestes anos todos, mas esta seria a primeira vez que estaria com a família do Tom desde o funeral, e isso me abalou. Saber que veria essas pessoas conhecidas, sem a companhia de Liz, era difícil de aceitar. Estar no México já era uma coisa importante. Eu aprendera como lidar com Minnesota e Los Angeles, mas esta viagem foi a minha primeira tentativa de rever lugares que partilhamos fora do país. Se eu conseguisse enfrentar isso, sabia que daria conta de qualquer coisa.

Muito havia mudado desde a morte de Liz. Era uma loucura, na verdade. Agora, durante esta viagem, duas coisas estavam acontecendo simultaneamente e eu estava fazendo as duas em memória dela. A primeira era estar aqui com Maddy, partilhando mais coisas e lugares que sua mãe tinha curtido. A segunda é que estávamos prontos para anunciar oficialmente a Fundação Liz Logelin. Depois que Rachel e eu decidimos montar a ONG, organizamos um quadro de diretores para tirá-la do papel e colocá-la em funcionamento: Rachel, eu, os pais de Liz, Anya, Elizabeth, Jackie, A.J. e alguns leitores do blog. E, mesmo com um quarto da diretoria no México, o negócio tinha que ser feito.

Se Maddy era a minha prioridade número um, a fundação era sem dúvida a segunda. Isso significava que nem o azul faiscante das águas, nem a tentação do Pacífico gelado na praia me afastariam do telefone quando fosse preciso trabalhar. Maddy brincava no sol com Deb, enquanto eu me enfiei num canto para discutir detalhes do website com A.J.

— Está no ar — disse A.J.

— Não posso visualizar — informei.

— Porra, você já devia poder vê-lo. — A viagem estava quase terminando e A.J. ficara nos Estados Unidos ocupado em garantir que o site entrasse no ar a tempo. Ele estivera trabalhando diligentemente nas últimas horas, enquanto eu estava na praia olhando a minha filha decidir se gostava ou não do sabor da areia.

— Não posso ver porque não tenho acesso à internet. Não se esqueça de que estou no México, mané.

— Engraçadinho!

— Muito obrigado, A.J. — Minha voz estava séria agora. Nunca colocaríamos o site no ar se não fosse por ele. E, se não entrasse no ar nesta semana, teríamos perdido uma tonelada de atenção importante da mídia que ajudaria a divulgar a causa na qual estávamos tão empenhados.

— E agora?

— Agora sentamos e esperamos — disse. Estava doido para ver quantos visitantes teríamos e se as pessoas iriam apoiar a nossa ONG. Mas não havia nada que eu pudesse fazer de uma praia no México, por isso estava disposto a fazer do resto das férias, férias de verdade.

Juntamos a família, passamos o cinto na cadeirinha de Maddy e lhe demos uma mamadeira de água, nos dirigindo para o Sul de Tulum. Paramos no caminho, posando para fotos ridículas no acostamento, como aquela em que Maddy está empoleirada diante de um outdoor imenso com uma mulher de biquíni amarelo e um macaco com boné de beisebol segurando garrafas de cerveja.

Estávamos levando Madeline a outro ponto turístico do mapa imaginário da minha vida com Liz. E exatamente como em todo lugar, em Tulum a vida seguira em frente. A cidade explodira. Havia barracas para turistas numa quantidade muito maior do que me lembrava, e um monte de restaurantes dos mais variados gêneros.

Esta parte da viagem não era destinada a mim. Viemos até aqui para que pudesse mostrar a Maddy as incríveis ruínas antigas cheias de histórias sangrentas e incontáveis lendas que sua mãe e eu exploramos juntos. Antes de serem cercadas, podíamos subir as escadas do templo principal e entrar no grande palácio — e, para uma criança do Meio-Oeste, isso era fantástico. Eu era um adolescente, estava apaixonado e descobrindo como gostava de viajar e conhecer novas culturas, o que, até conhecer Liz, nem me passara pela cabeça fazer. Quando fiz dezenove, o quebra-cabeça que era o meu mundo estava começando a ser montado. Aos trinta, estava aos pedaços e eu tentava remontá-lo com cuidado.

Soltei o cinto da cadeirinha e carreguei minha filha para um restaurante ao ar livre, pedindo à recepcionista um lugar na sombra. Maddy brincava com um brinquedo novo que Tom e Candee haviam dado a ela, um martelo que dizia "ai", quando batia em alguma coisa. Ela o segurava e batia suavemente com ele no meu ombro, enquanto a garçonete lhe trazia uma cadeirinha alta.

Uma vez acomodados, pedimos guacamole com nachos, enquanto o martelo de Maddy virava os olhos para mim e dizia "ai, ai" sem parar. Maddy ria e eu ria com ela. Imaginei como Liz teria adorado estar aqui conosco, adorado rir comigo dos turistas com suas pochetes e mochilas engraçadas, e rir mais ainda de sermos turistas julgando outras pessoas por serem turistas.

Os nachos chegaram e comemos, enquanto Maddy comia a banana amassada que eu trouxera para ela. Podia sentir Liz em Tulum, mas eu estava firme neste momento, partilhando com a minha filha este lugar que nós dois havíamos adorado.

Dois beijos para Maddy

Sentado ali, me vi lançado ao passado. Me lembrava de estar quente, quente demais para dar as mãos, mas não conseguia identificar do que estava me lembrando. Podia me lembrar vagamente de que as nossas mãos estavam úmidas demais para se segurarem, mas eu estava confundindo a latitude e a longitude. Não conseguia determinar uma data ou sequer identificar se era alguma viagem que fizéramos para cá anteriormente.

Sabia que tinha estado aqui com ela, mas não sabia quando. Lembrar quando fora isso foi se tornando mais importante, enquanto aguardávamos nosso almoço e, apesar de estar conversando, fazendo e respondendo perguntas, dando comida a Maddy, minha mente não parava de fazer essa pergunta: Quando?

Sorria, mas estava triste e com raiva. Que diabos ia dizer quando Maddy me fizesse perguntas sobre a sua mãe? Não conseguia localizar aquele momento. O que mais iria esquecer? O que mais já teria esquecido? Um monte de lembranças perdidas no tempo e enterradas por outras nas quais ela não estava. Era como se meu cérebro estivesse com uma limitação em sua capacidade de lembrar das coisas.

Quando Liz era viva, minha memória era ilimitada.

Ou apenas parecia assim. Naquela época eu não sentia a necessidade de me lembrar de pequenos detalhes de cada momento, porque ficaríamos sempre juntos em uma vida inteira pela frente. Mas agora, precisava lembrar de tudo para ser o guardião do passado para nossa filha. Queria ter gravado tudo para que as histórias que eu não tive o cuidado de preservar estivessem ali esperando por mim, esperando por Madeline. Estava apavorado que elas tivessem sido esquecidas.

Tentei dizer a mim mesmo que era por isso que estava aqui sentado com Maddy, porque um lugar e a companhia podem ajudar a preservar uma lembrança. Mas sentia que estava perdendo Liz a cada respiração que me afastava mais do seu último suspiro.

Estávamos comendo nachos e uma variedade de molhos verdes e vermelhos, rindo de Maddy quando ela batia seu martelo azul contra a mesa. O sol brilhava no céu azul, minha filha martelava no ritmo de um staccato, mas eu estava absorto no que estava faltando, nessa vaga lembrança de que *estava quente demais para dar as mãos*. Minhas mãos estavam suadas agora.

Se Liz estivesse aqui, eu a faria segurar a minha mão, mesmo que o suor escorresse dela como se estivéssemos saindo do mar.

Alguns dias depois estávamos a caminho da lagoa, e a voz de Liz soou na minha cabeça dizendo: *Deixa de ser tão frouxo*. E completei: *Deixa de ser malvada*.

Liz adorava esta lagoa, especialmente para mergulhar. A água salgada do mar, misturada à água fresca proveniente da selva próxima, reunia uma coleção de criaturas que podíamos ficar observando até nossos olhos ficarem esbugalhados atrás das máscaras ou as nossas costas ficarem vermelhas e em carne viva devido ao sol forte — o que acontecesse primeiro.

Carregava Maddy nos braços enquanto nos aproximávamos, espalhando um pouco do protetor solar que não fora absorvido por seus ombros brancos. Normalmente nessas viagens Liz tomava conta de mim, se certificando de que eu não esquecera o filtro solar fator 15. Agora eu tinha que ter certeza de que não ficaria queimado demais e tinha que garantir que Maddy ficasse o mais protegida possível. Estava usando protetor solar fator 65 só por precaução.

No caminho para a água, me sentia desanimado sem a alegria de Liz, sua gargalhada espontânea, enquanto pulava na minha frente. Havia mais mudanças a toda volta, inesperadas, como as esculturas cafonas colocadas aqui e ali entre as plantas, fazendo a coisa toda parecer mais um cenário de selva para um shopping do que um lugar onde a natureza era genuinamente bela.

Candee achou um lugar para largarmos as bolsas e esticou os braços para pegar Maddy. Entreguei minha filha e fiquei ali no sol, em silêncio, pensando em como era difícil estar ali sem Liz. Em que Tom estaria pensando? Em que Candee estaria pensando, enquanto nossa bebê se remexia e tagarelava em seus braços? Em que estaria pensando Deb, enquanto nos preparávamos para entrar na água? Como podíamos estar aqui sem ela? Como é que isso tudo podia existir sem ela? Por que não estamos todos chorando o tempo todo?

Eu sabia como estas perguntas eram vãs, porque sabia as respostas para elas. Viajávamos juntos, comíamos em restaurantes que adorávamos, nadávamos na lagoa, ríamos com Maddy, achávamos maneiras de sorrir, quando tudo o que queríamos era sentar e nos lamentar. Sabia que estes não eram mecanismos de adaptação, mas técnicas de sobrevivência. Sem elas, eu talvez não tivesse chegado até aqui. Teria ficado em casa, como tantos outros viúvos que conhecia, emagrecendo até me tornar mais um esqueleto do que um ser humano, me lamentando pelos cantos até ser apenas um fiapo da pessoa que era antes de Liz morrer.

Desci com cuidado os degraus, que não estavam lá dois anos atrás, e minhas pernas ficaram arrepiadas ao entrar na água fria. Pus os pés de pato, apoiando-me em um pé de maneira desajeitada e, depois, no outro, e peguei a máscara e o tubo, colocando-os com facilidade e segurança.

Tudo parecia simples e natural, exatamente o oposto do que senti quando mergulhara com Liz, ali, pela primeira vez, há muitos anos. Ela era experiente no esporte, enquanto eu era apenas um cara mais acostumado a pescar em lagos congelados do que a se vestir feito um ET para ficar olhando os peixes por baixo da superfície da água. Eu me lembrava de estar na lagoa com ela e, enquanto ela boiava, calma e firme, eu me enrolava todo, ansioso, descoordenado e incapaz de respirar pelo tubo. A água entrou pelos meus óculos e nos pulmões, me fazendo subir diversas vezes engasgado com seu sabor salgado.

Liz levantou a cabeça. Boiando sobre as ondas, ela tirou a máscara e o tubo e me olhou com seus grandes olhos azuis.

— Caramba! — Ela ria e eu tentava respirar. — Você não sabe mergulhar!?

— Não tenho a menor ideia do que estou fazendo. Acho que tem alguma coisa errada no meu equipamento.

Ela o pegou e examinou. "Não tem nada de errado. Deixa de ser mole!" Era típico dela dizer algo assim, e ainda acrescentou: "Faço isso desde criancinha."

Assim que disse isso, imaginei a sereiazinha loura nadando de um lado para o outro afugentando os peixes. Revirei meus olhos para ela e ela retribuiu da mesma forma o gesto, devolvendo-me o bizarro equipamento e recolocando sua máscara.

Agora, eu colocava minha própria máscara no rosto, em parte porque queria pular e também para que a família de Liz não visse meu rosto se contraindo como se eu fosse começar a chorar, embora chorar dentro d'água fizesse todo o sentido, já que eu queria guardar meus sentimentos só para mim.

Liz sempre me incentivava a aprender a fazer coisas e a lidar com as coisas de maneiras diferentes. Ela era a minha guia em um mundo totalmente novo para mim, fosse em lugares ou em atividades que eu nem sabia que existiam antes de conhecê-la. Ao pensar nela, esfreguei o dedo na cicatriz no dedo anelar esquerdo. Era uma lembrança pálida de que ela nunca hesitava em se arriscar a fazer coisas novas se as considerasse seguras.

Era exatamente o tipo de lembrança que eu queria guardar para sempre e sabia que, mesmo que acabasse como um velho idiota num asilo, com todos os meus neurônios comprimidos e inativos, a cicatriz me faria lembrar do quanto nos divertimos juntos e do quanto cresci durante os anos que ela partilhou e moldou a minha vida.

Alguns anos antes de casarmos, estávamos nadando e brincando com uma bola no mar, em uma destas viagens anuais ao México.

Ela jogara a bola para mim e ela voou, iluminada pelo sol, contra o céu azul de Akumal. Eu me preparei para pular e agarrar como um zagueiro no último lance do jogo, mas caí de costas num banco de corais. A bola passou por mim, minhas mãos foram para trás e eu fiz um corte profundo e dolorido no dedo. Quero dizer, aquele corte doía muito mesmo. A água salgada passou por ele aterrorizando as minhas terminações nervosas recém-feridas. Era um corte limpo e sangrava desesperadamente.

— Merda! — Gritei segurando o dedo como se fosse se separar da mão. — Merda!

Eu pulava como se estivesse em chamas. Liz não se impressionou com a minha performance. "Deixa de ser frouxo!", ela mandou na lata. Tinha sido um daqueles momentos. Não é que não se importasse com o meu machucado — ninguém se importava mais comigo do que ela —, mas ela era uma mulher esperta. E sabia que não era grave. Ela sabia que podia ter sido bem pior. Na hora, eu achei que era a pior coisa que já me havia acontecido, como Maddy fazia agora quando estava cansada, molhada ou com fome.

Olhei para baixo novamente. A cicatriz tinha uns dois centímetros e meio, começava no meio do dedo e acabava bem em cima do anel de platina que me conectava a minha mulher.

— Deixa de ser mole — ela dissera para mim.

Pensei nas palavras dela e aí mergulhei e nadei para o meio da lagoa.

Podia ouvir a família dela entrando na água, mas não queria esperar por eles. Sabia que Madeline estaria bem com Candee.

Ainda em águas rasas, cuspi na máscara e passei o dedo espalhando saliva nas lentes, um truque aprendido com Liz para evitar que a máscara ficasse embaçada. Lavei a máscara e coloquei no rosto, ajustando as tiras até senti-las afundar nos lados da cabeça, e saí em direção ao oceano.

Nadei e nadei, lembrando das corridas que apostávamos aqui. Elas tinham uma largada silenciosa: Liz me ultrapassaria atiçando o pouco de competividade que eu tinha em mim. Jesus, ela era tão melhor do que eu nisso. Ela tinha sido nadadora no colegial e na faculdade, enquanto eu estava fora de forma desde 1996. Eu deslizava pelas águas, agora, batendo os pés de pato e aqui, neste lugar, com tantas lembranças, com as águas calmas e transparentes envolvendo meu corpo, e a música "In The Aeroplane Over The Sea" tocando na minha cabeça, senti uma paz incrível — uma paz que não sentia desde março.

Nos minutos seguintes, aprendi que não importa quão súbita seja a calma interior, e não importa quanto tenha cuspido na sua máscara, é impossível ver alguma coisa quando se chora ao mergulhar.

Subi e tirei a máscara, e usei as mãos molhadas e salgadas para secar os olhos. Nadei então até onde Madeline estava brincando com a água na companhia de Tom e Deb. Candee estava sentada numa toalha na praia, brilhando por trás de seus imensos óculos de sol.

Nadei até a Deb e estiquei os braços para Maddy. "Óooooo", ela falou e se esticou na minha direção.

Ela veio até mim, se contorcendo e escorregando, minha sereiazinha loura.

Aquele nascer
e pôr do sol
simbolizavam tão bem
essa confusão toda.
Tristeza pela
escuridão, a perda da luz,
e felicidade
pela volta
da luz...
aí o sol
se põe
novamente e ficamos
na escuridão que
nos invade
todas as noites.
E aí vem a a luz do sol,
aquela luz do sol,
tão,
tão bonita.

Capítulo 26

Tinha decidido que o dia 24 de março seria um dia de festa. Poucas coisas eram tão importantes para mim quanto garantir que o aniversário de Madeline e a data de morte de Liz estivessem separadas na minha cabeça e na de todos que se relacionavam com ela. Eu sabia que isso ia ficar mais importante à medida que minha filha fosse ficando mais velha. Nenhuma criança devia ser privada de algo tão especial quanto seu aniversário, especialmente depois de ser privada da própria mãe.

Assim como soubera que precisava me ausentar no nosso terceiro aniversário de casamento, sabia que teria que me ausentar nesta ocasião também. Desde o dia em que Liz morrera, eu tinha sido tranquilo em dividir Madeline com a família e os amigos, garantindo que ela estivesse presente para ajudá-los em seus processos de luto. Mas, no primeiro aniversário de nascimento de Madeline e no aniversário de um ano de falecimento da Liz, eu precisava estar sozinho. Queria ser a pessoa responsável por tornar o seu aniversário o mais surpreendente possível, queria ser o único responsável pelas decisões sobre como iríamos festejar.

Bem, meio que sozinho. Perguntei a A.J. se ele, Sonja e Emilia gostariam de se juntar a nós nessa viagem. Liz e eu falamos muito, durante anos, sobre uma viagem assim, mas acabamos nunca fazendo. Havia sempre o ano que vem, breve ou algum dia, mas agora todos sabíamos que o futuro não estava garantido. Então, em vez da viagem costumeira para esquiar com a família de A.J., viajamos todos para onde Maddy e eu estivéramos apenas alguns meses antes. De volta a Akumal.

A verdade é que podíamos ter ido a qualquer lugar no mundo comemorar o aniversário da minha filha — podíamos ter ido ao Egito ver as pirâmides, a Moscou para conhecer a Praça Vermelha. A.J. estava no recesso de primavera em seu trabalho como coordenador tecnológico em uma escola em Minneapolis, Sonja podia tirar uns dias em seu trabalho como pediatra, eu ganhara algum dinheiro pondo anunciantes no meu blog, e Maddy e Emilia eram apenas bebês sem compromissos. Nada impedia que fizéssemos uma trilha no Himalaia, passeássemos numa feira no Camboja ou uma enorme variedade de coisas prazerosas que se pode fazer quando se tem tempo, a alegria da companhia de amigos e dinheiro disponível.

Mas, depois de um ano voltando aos lugares frequentados por Liz em Minnesota, Los Angeles e, recentemente, a costa do México, descobri que, onde passamos as férias com a família dela, sua presença era mais forte e mais pura. E, por isso, voltamos ao México. Maddy ainda não tinha um ano, mas era a sua segunda viagem internacional em poucos meses. Em sua curta vida ela já acumulara quase dez mil milhas voadas, o que significava que já viajara mais do que eu em vinte anos.

Estava quente e úmido quando chegamos, e, ao sair do aeroporto, ficamos por um minuto sob o sol, piscando os olhos, nós, um grupo desorganizado com dois meninos disfarçados de adultos, dois bebês e uma linda mulher. "Coitada" pensaria um passante, imaginando que ela passaria as férias tomando conta de todos nós.

Mas eu não ia ser mimado e servido como em cada viagem ao México com a família de Liz. Quando você viaja com um grupo como esse, as coisas acontecem num passe de mágica — porque alguém cuida de todas as providências e lida com todos os problemas. Nessa viagem eu não queria fazer apenas um passeio, como um simples passageiro. Assumi o papel de motorista, de agente de viagens, contador e, eventualmente, o de babá.

— Quem quer água? — perguntei, querendo ser útil desde o instante em que chegamos. Pus o passaporte de Maddy e o meu no lugar mais seguro da minha mochila e acomodei meus amigos na sombra.

— Vou buscar o carro — avisei. Não ia deixar que sofressem no transporte até a locadora. Peguei Maddy e a acomodei em segurança no meu braço direito. Podia levar apenas sua cadeirinha, decidi enquanto o avião taxiava, e voltaria dirigindo com ela para buscar os outros.

— Deixe ela conosco — disse Sonja, na sua melhor voz "vamos-ser-práticos". — Ela não precisa ir na van.

— Ela vai ficar maluca quando eu me afastar. E vocês têm seu próprio bebê para tomar conta. — Apesar de saber que Sonja estava certa, não era assim que a rotina do superpai devia rolar. Se eu tivesse como levar os dois assentos de bebê sem parecer doido, teria insistido que Emilia viesse comigo e liberaria Sonja e A.J.

para tomarem uma marguerita e nos encontrar no condomínio mais tarde.

Mas o plano de Sonja prevaleceu e os quatro esperaram por mim no aeroporto, enquanto eu discutia na locadora que parecia a milhares de quilômetros do aeroporto. Demorou duas horas para pegar o carro, uma hora e meia até o condomínio em Akumal, e mais uma hora para acomodar as crianças, trocar nossa roupa de viagem suada e desfazer as malas.

Eu me lembrara de quase tudo que íamos precisar para Madeline ter um ótimo aniversário: o filtro solar, seus maiôzinhos fofos, as saídas de praia e até seu chapéu com a aba larga e mole. Mas esquecera de trazer um bolo de caixinha para fazer seu bolo de aniversário em Akumal, um lapso que contrariou minha vontade de ser o pai perfeito para a minha filha que fazia um ano. Desapontado por ter esquecido esse detalhe importante, desisti de desfazer as malas.

Nos acomodamos o mais rápido que pudemos e nos dirigimos às espreguiçadeiras brancas na praia, para olhar o mar, com pelo menos metade do dia pela frente. Naquela noite, enquanto nossas bebês adormeciam em nossos braços, e o sol começava a se pôr, olhei em volta para os meus amigos... e me senti bem. Me senti adulto. Como se estivesse no comando das coisas. Capaz de reconhecer quando precisava de ajuda e sendo capaz de pedir por ela. Capaz de convidar para irem comigo em vez de aceitar sempre o convite para ir com os outros. Por me lembrar sozinho de trazer o bloqueador solar 65. Agora eu sentia como se estivesse seguindo a liderança de Liz por não seguir a liderança de ninguém.

Sonja continuou tentando arrumar tempo para que eu ficasse sozinho com A.J., mas eu não precisava ser consolado pelo meu melhor amigo. Precisava me sentir capaz de fazer as coisas — de estar no comando. Passara o ano todo sendo alvo da preocupação e do zelo dos outros, agora queria passar algum tempo me preocupando com outra pessoa.

— Vamos lá, pessoal — ela dizia pela manhã, enquanto demorávamos a tomar o café com leite e comer a manga recém-cortada. — Vão passear na vila. Vão dar uma volta. Deixem as meninas comigo.

— Não — retrucava eu. — Vão vocês. Eu fico com elas. Quero escrever um pouco.

Em 24 de março, Sonja assou um bolo para o aniversário de Maddy. Tinha uma cobertura branca, uns confeitos coloridos e uma velinha do Ursinho Pooh no formato de um número um. Ela trouxera todos os ingredientes com ela de Minnesota — e eu nem sabia que planejara isso. É como se ela soubesse que eu ia esquecer disso. Olhei para a vela. Minha bebê não tinha mais cinco, sete ou onze meses, pensei. Ela tinha um ano. Um ano inteiro. Não parecia possível. Ela não era mais a criatura frágil que me preocupava, o bebezinho atrás da janela de vidro com tubos e eletrodos saindo do corpo. Ela era saudável e feliz. Pensei no ano que terminava e não conseguia sequer entender como chegáramos aqui. Quero dizer, a maioria dos detalhes era clara, mas pela primeira vez me perguntei como tínhamos conseguido. Chegamos juntos, mas eu sentia como se Madeline tivesse feito todo o trabalho duro. Ela teve que comer, crescer e construir novas sinapses — teve que ser tudo para mim no ano mais difícil da minha vida.

Sorri, entre lágrimas, enquanto cantamos "Parabéns pra você!", e não pude evitar — minha mente vagou até Liz. Continuava achando que Maddy devia ouvir a mãe cantar esta música para ela. Afastei estes pensamentos e a ajudei a soprar a velinha. Aí dei espaço e deixei que avançasse no bolo — o que eu esquecera, e que Sonja lembrara. No meio da confusão, ela acabou sentando nele. Sacudi a cabeça em desaprovação fingida, mas não pude dar uma bronca porque minha filha estava experimentando um bolo pela primeira vez na vida e exibia o maior sorriso que já vira nela até então. Olhando para ela naquele instante, me lembrei do que minha mãe costumava dizer a mim e a Liz quando tentava nos convencer a lhe dar uma neta: "Vocês nunca sentirão um amor como o que se tem pelo seu próprio filho."

Depois que Madeline apagou de vez e todo mundo deu boa noite e se recolheu, saí pelo pátio para ver o mar e olhei para o céu, procurando algo que fosse familiar. Esfreguei o anelar, passando o dedo por cima da cicatriz que sabia estar lá, embora estivesse escuro demais para vê-la. E aí fui me deitar pensando em Liz, pensando no que perdera, e no que ganhara.

Quando acordei no dia seguinte, já era, é claro, 25 de março. Cinquenta e duas semanas desde a morte de Liz. Trezentos e sessenta e cinco dias desde que meu mundo implodiu. Não sei como devia me sentir ali deitado na cama, olhando para o ventilador de teto que fazia a tapeçaria colorida bater contra a parede. Estava novamente entorpecido. Estranho como a contagem dos dias e das semanas podia somar um ano desde que minha linda mulher morreu, um ano desde que minha linda filha nasceu. Madeline ainda dormia, mas eu a peguei no colo assim mesmo. Ela não acordou e eu a abracei e aninhei contra o peito ao me deitar novamente. Eu precisava dela.

Acordei com seu choro faminto. Não sei quanto tempo fiquei adormecido, mas pareceram anos. Levantei e fui para a cozinha ferver leite para Madeline. A.J. e Sonja estavam tomando café no sofá com Emilia e o aroma de ovos com cebolas estava no ar.

Nós cinco nos sentamos no pátio para degustar o café que eles tinham feito. Era esquisito pensar que éramos um grupo com número ímpar de membros. Enquanto montava outra tortilha com ovos, não conseguia parar de pensar que devíamos ser seis à mesa. Permanecemos em silêncio deixando o barulho das ondas quebrando na praia e o dos talheres no prato fazerem toda a conversa. Parecia que cada um estava esperando que outra pessoa falasse primeiro. Não pensara no que faríamos neste dia, mas sentado ali, com Madeline se balançando nos meus joelhos, sabia que tínhamos que ir para a lagoa.

Levamos nossas filhas para onde passáramos a tarde anterior, achando um lugar para deixar nossas coisas. Nos alternamos nos cuidados com Maddy e Emilia de maneira que todos tivéssemos bastante tempo para nadar nas paradisíacas águas claras. Era igualmente prazeroso sentar à sombra das árvores e ver as meninas imitando os pássaros sobre suas cabeças ou mesmo fazê-las participar da conversa, apesar de apenas balbuciarem.

Enquanto Emilia dormia numa toalha na sombra, eu segurei Maddy no colo, falando sobre a mãe dela, apesar de saber que ela não fazia ideia do que eu dizia. Contei a ela como Liz andara entre aquelas árvores e que seus pés tocaram a poeira na qual sentávamos agora. Contei também sobre a vez em que nadamos pela fenda de uma enorme pedra e descobrimos um lugar deserto na lagoa. Tínhamos uma conexão física muito forte com aquele lugar; agora, a cada respiração, eu sentia Liz mais perto de mim, não mais longe.

Naquela noite tivemos um bom jantar juntos, falando a maior parte do tempo sobre Liz. Estava feliz de estar aqui com meu melhor amigo e sua família. Quando voltamos ao condomínio, Sonja sugeriu que A.J. e eu seguíssemos até o bar mais adiante na rua. Ela tomaria conta das meninas adormecidas para que pudéssemos tomar um ou dois drinques. Acatei a sugestão apenas porque estávamos no dia vinte e cinco e ia me fazer bem caminhar.

Seguimos e nos sentamos a uma mesa de madeira comprida na praia, sonhando com uma noite calma e algumas cervejas. Em vez disso, fomos recebidos pelo barulho alto dos adolescentes de férias cantando num karaokê de músicas horríveis como "Don't Stop Believin" e "Livin' on a Prayer". Mas acabou sendo ótimo. Tínhamos passado o dia quase todo calados e ambos precisávamos de uma distração.

Pedi uma cerveja e A.J. uma marguerita e rimos, observando os garotos de dezoito anos tentando beber escondido dos pais. Conforme o álcool fluía, eles cantavam mais alto, e nós ríamos mais. Karaokê costuma ser ruim, mas isto era tosco. Eu não tinha paciência para música ruim, por isso depois de uma hora de tortura sonora, estava pronto para ir embora.

Quando nos levantamos, A.J. disse: "Ei, lembra daquele fim de ano que fizemos a 'Revolução do Karaokê'?"

— Liz adorou essa brincadeira.

— Ela até conseguiu fazer você cantar — ele disse com um olhar maroto e um sorriso irônico.

Vi aonde ele queria chegar. "Bem, eu bebi muito mais naquela noite. Você sabe muito bem que jamais me verá cantando outra vez."

— Eu vou subir no palco. Com ou sem você.

— Sozinho. Espera. Você não está nem um pouquinho alto?

— Não tenho vergonha.

Ele foi até a frente do lugar e começou com a sua música habitual: "Bust a Move". Este era o bar que Liz mais gostava no mundo. Ela adorava sentar na rede com uma Corona Light na mão, os pés descalços mal tocando a areia embaixo dela. Nunca a vi beber mais de uma, minha linda mulher com a boca suja de um caminhoneiro. Falávamos de vir aqui com as crianças que nem tínhamos e, se tudo desse certo, nos aposentaríamos e moraríamos aqui. Droga, pensei, estes sonhos foram por água abaixo um ano atrás. A.J. terminou a versão mais horrivelmente maravilhosa da música de Young MC e estava na hora de irmos embora.

Acomodei nossa bagagem empilhada na mala do carro alugado, prendi o cinto na cadeirinha de Maddy e sentei no banco do motorista para esperar pelos meus amigos. Estava na hora de voltar para nossas vidas de verdade. O México tinha sido o destino certo para esta viagem. Aqui, Liz e eu aprendemos que nosso relacionamento não estava apenas arraigado em Minneapolis, nem preso aos nossos anos de ensino médio, nem limitado às nossas paixões locais.

Nas últimas semanas, com a proximidade desta data, havia percebido uma mudança de tom nas vozes das pessoas com quem falava todo dia. Como se tivéssemos chegado ao final da corrida, ou que, de agora em diante, tudo seria melhor. Bem, eu podia assegurar que tudo seguia como antes do 25 de março. Eu nunca deixaria de sentir falta de Liz, mas, durante a viagem, percebi que havia uma maneira de guardar e deixar de lado ao mesmo tempo. Que eu podia reter tudo de positivo do meu amor por Liz sem me apegar com tanta força à sua memória, a ponto de não permitir que o oxigênio circulasse por outras partes do meu corpo.

Nos cinco minutos que A.J. e Sonja procuravam a chupeta perdida de Emilia, percebi que sentiria uma saudade eterna de Liz. Descobri que ficaria mais fácil lidar com isso. Percebi que a eterna angústia que sentia ia se tornando menos intolerável. Que essa lembrança que trazia comigo se tornaria menos incômoda. Ela penetraria no meu sangue, nas minhas células e no meu DNA. Meu coração a bombearia e meu sangue a carregaria, para sempre, eternamente.

Na minha cabeça, eu pedia desculpas a Liz por ter esquecido o bolo de Maddy e prometia nunca mais deixar isso acontecer.

Aí prometi que nunca deixaria de ter saudades. E ali, no carro alugado, na entrada do condomínio, eu tirei minha aliança de casamento da mão esquerda e a coloquei na direita, onde ficará até eu morrer, e prometi que continuaria aprendendo a dar conta das coisas. Por ela. Por mim. Por Madeline.

Sonho com sabonete,
água quente e
roupa limpa,
enquanto um idiota
entrega a Madeline
um cupcake com
cobertura verde.
Era algo
que ela não
tinha a menor intenção de comer
e eu sabia disso.

Capítulo 27

Madeline merecia um dia dedicado apenas a ela. Eu tinha que manter aquelas duas datas totalmente separadas e a viagem ao México tinha realmente sido para Liz e para mim. A proximidade do aniversário de Madeline ao da morte de sua mãe era algo com que ela teria que conviver o resto da vida, mas eu não queria que ela se sentisse ofuscada quando estivéssemos comemorando seus feitos, sua vida.

Também me senti um pouco culpado por ter levado Maddy para comemorar seu aniversário no México, então, fazer uma segunda festa lá em casa pareceu a melhor maneira de consertar isso com meus amigos e familiares. Mesmo antes de comprarmos as passagens, eu já sabia que ia querer comemorar seu primeiro aniversário na nossa casa, com um festão, na nossa volta. Na verdade, dizer isso é dizer pouco — eu queria ter certeza de que faria a melhor festa que pudesse organizar.

Todos os avós vieram de Minnesota e Deb veio de San Francisco. Havia um bocado de coisa para preparar de maneira a entreter uma casa e um quintal cheios de gente, e todos estavam animados em planejar os detalhes. Os avós estavam sendo ótimos cuidando dos consertos e melhorias da casa que eu deixara por fazer. Nesta viagem, resolveram que eu precisava de uma nova máquina de lavar pratos, um fogão e um aquecedor sem boiler instalado, e eles planejavam ter tudo pronto em dois dias. Parecia impossível, mas meu pai era um empreiteiro desde os anos 1970, e posso jurar que era capaz de construir uma casa inteira em uma semana. Sempre que ele me visitava, com meu padrasto e o pai de Liz, minha casa virava um canteiro de obras. Deb e as avós resolveram que a primeira tarefa seria uma faxina e rearrumação da minha casa e, quando elas acabaram, pude ver o chão da minha sala pela primeira vez em quase um ano.

Para a festa em si haveria sorvete e bolo, lembranças e bolas, rosa e azuis, e peixinho dourado. Sim, peixinhos de verdade.

Mas o sorvete nunca foi entregue porque faltou luz na loja onde fizemos a encomenda e tudo derreteu. A mulher que devia fazer a entrega do bolo bateu com o carro a caminho da minha casa e nunca apareceu. Os peixinhos dourados? Quando chegaram já estavam agonizando. É claro que todos sabem que o peixinho dourado de lembrança de uma festa vai morrer algum dia, mas não na festa. Inadmissível!

Deb salvou o dia buscando dois bolos e alguns baldes de sorvete numa mercearia local e meu pai soprou bolhinhas com um canudo em cada saquinho de peixe, de modo a literalmente dar mais ar aos peixinhos. Nem acreditei quando funcionou.

Na maioria das festas infantis há mais adultos que crianças e esta não foi diferente. Meus amigos, os amigos de Liz e os novos amigos que fiz através do blog estavam reunidos no quintal. Havia muitas crianças, no entanto, pelo menos o suficiente para uma mãe comentar que nunca vira tantas crianças numa festa de aniversário de um ano. Eu achei isso maravilhoso.

O tempo estava o mesmo de sempre em Los Angeles — ensolarado e quente — e as pessoas estavam de pé ou sentadas onde havia alguma sombra. As crianças grandes o suficiente para andar davam voltas no quintal, olhando nas pedras em busca de lagartixas ou jogando pedrinhas no meu laguinho, quando os pais não estavam prestando atenção. Os convidados mais velhos bebericavam cerveja e vinho, enquanto meu pai virava hambúrgueres e bacon, e espetinhos de salsicha com abacaxi na grelha. Fiz o papel de bom anfitrião, circulando entre os convidados, parando para contar alguma piada ou segurar um bebê. Quando todos tinham se fartado de carne grelhada e conversa, chegou finalmente a hora do bolo. Lembrando como Madeline tinha adorado isso lá no México, eu meio que torci para que ela acabasse novamente sentada nele. A outra metade de mim, a metade neurótica por limpeza, rezava para que ela não sujasse a roupa.

Minha filha se sentou no tampo da mesa em seu vestido jeans azul, esperando pacientemente enquanto os convidados cantavam o "Parabéns". Ela não tinha a menor ideia do que estava esperando, mas sabia que tinha toda a atenção e isso bastou para fazer com que não fizesse movimentos inesperados. Olhei todas aquelas pessoas reunidas no nosso quintal, todos que vieram partilhar da alegria de minha família, e aí me lembrei de que não tinha reunido tantas pessoas no quintal desde o funeral de Liz. Foi como um déjà-vu, com uma variação. Muitos daqueles rostos estiveram ali comigo há um ano — mas agora estavam aqui com outro propósito, sem roupas de luto, e sem choro. Ao voltar para o presente, deixei algumas lágrimas escaparem.

Estava chorando por Liz, que não vira este aniversário e não veria nenhum dos que se seguiriam. Chorei por Madeline, que nunca conheceria a mulher que eu amava, a mulher que quisera tanto conhecê-la. Tentei afastar estes pensamentos, me esforçando para manter a promessa de me concentrar hoje na felicidade de Madeline e não na minha própria tristeza. Mas era difícil. As lembranças de Liz estavam por toda parte, e tudo que eu queria era ter, naquele instante, a minha família de três.

Quando chegou a hora de soprar a velinha, Maddy fitou a chama, sem saber o que fazer. Ela esticou a mão com os dedinhos em direção da chama tremeluzente e eu a soprei rapidamente, antes que ela descobrisse como doía uma queimadura de segundo grau. Todos bateram palmas e festejaram, provocando um enorme sorriso desdentado em Madeline.

Além da constante lavagem de mãos, a minha obsessão por limpeza pré-paternidade incluía aversão a rostinhos imundos. Eu costumava ficar com o estômago embrulhado quando via algum menino lambendo a mistura de sujeira e catarro que acumulava sobre o lábio, enquanto tentava puxar a meleca de volta para o nariz. Madeline havia me curado, em parte, mas eu estava começando a ficar tenso. Estava apavorado diante da possibilidade do rito de passagem do primeiro aniversário se realizar, quando os pais permitem às crianças jogar bolo na cara um dos outros e depois esfregar a cobertura por toda parte. Mas sabia que tinha que ser um pai tranquilo e divertido. Aprendi isso.

Começaram devagar. Madeline pegou a vela, respingando cobertura no braço. Certo, pensei, talvez isso lhe baste. Mas, do nada, ela jogou a vela longe e enfiou as mãos no bolo, como um ladrão de banco tentando pegar o dinheiro que cai da sua bolsa enquanto foge da cena do crime.

Ela dava gritinhos de prazer, enquanto a cobertura passava pelos dedos e voava em todas as direções quando ela gesticulava animada. Em segundos, estávamos ambos cobertos de bolo. E, por alguns minutos, deixei tudo de lado e só pensei na felicidade de Madeline.

Ela parecia superorgulhosa depois da destruição e, verdade seja dita, eu também estava. Ver aquele sorriso e pensar quanto já tínhamos percorrido era o suficiente.

A comida e a bebida sumiram, e o sol começou a se pôr, sinalizando a hora de recolher os convidados menores. Depois que todos se foram, os avós estavam de volta a seus quartos de hotel e Madeline dormia profundamente em seu berço, me joguei no sofá com o meu BlackBerry na mão pela primeira vez em horas. Havia duas mensagens de texto de minha amiga Katie. A primeira dizia: "Comprando comida para peixe na Petco agora. Marido xingando seu nome enquanto escrevo. Festa ótima. Obrigada por nos receber." A segunda, também dela, dizia: "Peixe morreu. Voltando a Petco para devolver a comida."

É uma ocasião importante na vida de qualquer pai ou mãe quando seu filho passa pelo primeiro ano e é possível, então, parar de controlar a passagem do tempo em semanas e meses. Minha filha tinha um ano, assim com a minha dor. Era a primeira vez que eu pensava nas coisas em uma escala maior — o tempo todo aferido em horas, dias, semanas e meses desde o nascimento de Madeline e a morte de Liz. Não era como se eu fosse parar de repente de contar as pequenas variações — antes do primeiro ano de qualquer coisa, não havia como contar a passagem do tempo de outra forma. Segundas sempre me lembravam como a vida era surpreendente e, quando o sol nascia às terças e eu era instantaneamente transportado àquele vigésimo quinto dia de março, quando a única mulher que eu amei morreu bem diante de mim. Cada semana que passava era excruciante, cada mês era como um chute no saco.

Sim, Maddy e eu sobrevivemos a um ano sem Liz. Mas, na verdade, um ano não é nada. É uma medida arbitrária, especialmente quando usada para mensurar o tempo que a tristeza invadiu a minha vida. É claro, fazia um ano que Madeline — e a felicidade que apenas ela podia trazer — entrara na minha vida também. Eu nunca tinha me imaginado nesta situação e rezava muito para algum dia despertar de algum tipo de coma e descobrir Liz e Maddy, ao meu lado, me dizendo que tudo não passara de um pesadelo. Mas eu sabia que isto nunca aconteceria. Oficialmente tínhamos sobrevivido ao pior ano de nossas vidas. Me consolava saber que Madeline não teria uma única lembrança dele. Eu gostaria de fazer o mesmo por mim, mas sabia que me lembraria de cada segundo passado. Mas depois de um ano, talvez — apenas talvez — pudéssemos começar a olhar para o futuro.

A inquietação de repente tomou conta de mim, então fui para fora, as luzes sob a ponta do telhado iluminando a área toda. Fiquei na grama molhada olhando a bagunça no meu quintal. Nesta festa só faltara uma coisa.

Fechei os olhos e me lembrei do dia que vira esta casa pela primeira vez, como Liz apertara a minha mão e me olhara com uma expressão que dizia que aquela era a casa em que devíamos começar em breve a nossa família. Lembrei das fotos que tirei dela, ali, naqueles degraus — com o brilho que só as grávidas conseguem ter — dias antes de ela sair pela última vez de nossa casa. Lembrei do olhar de alívio quando viu Madeline pela primeira e

Dois beijos para Maddy

única vez. Antes que me lembrasse de sua aparência logo depois de sua morte, abri meus olhos para o vazio.

Voltei para dentro de casa e fui direto ao quarto de Madeline. Abri a porta com cuidado e, como fazia todas as noites desde que ela tinha nascido, beijei a ponta de meus dois dedos e toquei em sua testa. Um beijo por mim e outro por sua mãe. Um pelo que poderia ter sido, e outro pelo que será.

Querida Madeline

Se passaram três anos desde que você mudou tudo. Sem você na minha vida, eu não teria vida nenhuma.

Você é aquela que me ajudou a atravessar...
As minhas horas mais sombrias,
Os meus momentos mais difíceis,
Quando senti mais saudades de sua mãe.

Por sua causa, fui capaz de encarar uma vida inteira de lembranças.

Juntos andamos por onde ela andou em Los Angeles, Nova York, Minneapolis, Vancouver, Akumal, Paris, Cingapura, Katmandu, Agra, e tantos outros lugares. E outros tantos ainda pela frente.
Te abracei apertado quando estive no lugar que a conheci.
Boiei com você nas mesmas águas em que nadei com ela.
Apertei sua mão quando subimos os degraus onde a pedi em casamento.

Matthew Logelin

Te segurei junto a mim quando ficamos no lugar onde prometi amor eterno a ela.
Te ninei nos braços no lugar onde ela morreu.

Por sua causa, posso levantar pela manhã.
Por sua causa, posso sorrir.
Por sua causa, existo.

E quando olho para você, vejo tantas coisas.
Felicidade.
Esperança.
Um futuro.
E apesar de você só tê-la encontrado uma vez, vejo tanto de sua mãe em você:

> A maneira como põe sua mão esquerda no quadril quando me dá bronca e levanta o dedo direito para mim.
> A maneira como diz "nã, nã, nã, naninha" quando peço para fazer algo que não quer.
> A maneira como junta as mãos sob o queixo quando está animada por causa de um cupcake.
> O cabelo louro com o qual ela gastava uma fortuna.
> Seu sorriso.
> O olhar nos seus grandes olhos azuis quando diz "Te amo também, papai".

Essa é sua mãe.
Você é dela.
Ela está em você.

* * *

Dois beijos para Maddy

E é por meio desse livro, de nossas viagens, lembranças e fotos, que tenho esperança de que conheça a mulher que te amou mais do que jamais saberá.

Daria qualquer coisa no mundo para tê-la aqui conosco.
Daria tudo. Tudo menos você.

Isto é para uma vida feliz.
Amor,
Papai.

P.S.: Você é uma bebê maravilhosa. É melhor que seja uma adolescente melhor ainda.

Agradecimentos

Qualquer omissão não é intencional.

Sem a ajuda das seguintes pessoas, este livro não teria acontecido: Rachel Sussman, Eve Bridburg e o pessoal da Zachary Shuster Harmsworth. Agradecimentos especiais a Sandra Bark por me fazer chegar aonde era preciso. Agradecimentos especiais adicionais a minha editora, Amanda Englander, por me pressionar a terminar e não desistir de mim em cada uma das vezes em que perdi os prazos.

Gostaria de agradecer a todos os meus amigos em Katmandu e Bangalore, em especial à família Bista, Anish Divakaran, Karthik Ramachandran, Vidushi Lath, Vinod Sankar, Shreyas Pandit, Srikant Suvvaru, Eshwari Shunmuganathan, e Scattle.

Estas pessoas foram maravilhosas conosco nos últimos três anos: as enfermeiras do Hospital Huntington, Dra. Sharon Nelson, Dra. Jennifer Hartstein, os leitores de meu blog e os Creeps, em especial Rachel Engebretson, Kris Stutz, Darcie Gust, Nancy Reins, Laurie Henry, Gina Brown, Chris Tuttle, Kate Siegel, Christa Rokita, Michelle Moore, Ali Smith, Cara Ulm, Katie Jackson, Becky Peterson, Leigh Acevedo, Kelly McElligott, Marissa

Colvin, Maureen Casey, Teal Fyrberg, Sol in Argentina, Meggin Juraska, Marcy, Piper e Bailey, Kim Barth, Tricia Madden, Katy Epler, Danielle Ireland, e Kate Sowa, Jackie Chandler, Kim Lucio, Kay e Mae de Cribsheet, Kristine Lazar, Pat Pheifer, Jana Shortal, Bea Chang, Gina Lee, Briana McDonnell, Tom e Cass, Michele Neff Hernandez, os funcionários, o departamento de Recursos Humanos e os times de gerenciamento em Elenco, Disney e Yahoo!, e os voluntários e doadores da Fundação Liz Logelin.

Sou grato ao apoio que recebi de meus amigos, em especial às famílias Ash, Keen, Caufield, Dumper, Nuruki, Sowers, Spohr, GayRose e Jensen, Lindsay Lewis, Chrissy Coppa, Alaina Shearer, Ken Basart, Peter Miriani, Eileen Scahill, Ben e Dana Parks, John Sherwood, Heather Stanley, Jason e Allie Beecher, Amy e Greg Cohn, Christia Vickers, Jon Wu, Melanie Larsen, Rhonda Hicks, Bob Okeefe, Anna Harris, Mark Heaney, Anthony Downs, Mark Musgjerd, Richard Peterson, Steve e Emily Broback, Biraj e Anjali Bista, Nathan e Stacey Meath, John e Andrea Kannas, Jamie e Cara Thompson, Alex e Heather Dowlin, e em especial a A.J. e Sonja Colianni por estarem presentes sempre que precisei deles.

Agradecimento eterno a Jeanette e Jennifer, Jasmine Payne, Aislinn Butler-Hetterman, à família Valdivia, Diane Baek, Chandra Locke-Bradley, Kathy Dixon, e especialmente a Anya Kitashima, Maleeda Wagner-Holmes, Annie Birnie, e An Mayer por serem as melhores amigas que uma garota pode ter e por prometerem que Madeline vai saber *tudo* sobre a mãe dela.

Obrigado a Rachel Monas por não questionar a minha sanidade e por manter minha bebê a salvo dos beliscadores, das crianças sádicas, dos camelos, cavalos e elefantes.

Obrigado a Kate Coyne por suas habilidades psíquicas e o quadro de Bob Ross.

Obrigado a Wesley Siemers pelas saudações matinais e por mantê-la atualizada.

Um agradecimento especial a Brooke Gullikson pela paciência, carinho e compreensão.

Pela inspiração enquanto eu estava escrevendo: Derek e Kurt (pela *Derek Tape*), Jeff Mangum e o Neutral Milk Hotel, J. Tillman, PJ Harvey, Liz Phair, The National, Ariel Pink, Bon Iver, WHY?, Silver Jews, Sun Kil Moon, Pavement, Broken Social Scene, Arcade Fire, Swearing at Motorists, Vic Chesnutt, Paul Westerberg e The Replacements, Eazy-E, Will Oldham, Jeff Tweedy e Wilco, Gil Scott-Heron, Ryan Adams, Glen Campbell, Richard Buckner, Iron & Wine, The Hold Steady, John Coltrane, Minneapolis, Los Angeles, Akumal, Kathmandu, Pashupatinath, o rio Bagmati, Fatehpur Sikri, Jaipur, Agra, Paris, Robert Bingham, Charles Bukowski, John Fante, Philip Levine, Robert Lowell, John Berryman e, especialmente, a Mark Kozelek, Yoni Wolf e David Berman por sua bondade e generosidade em me deixar usar suas palavras.

Gratidão sem limites e amor às famílias Logelin, Shoberg, Werner, Hedstrom, Bensman, Lee, e Goodman, Becky Werner, Ray e Pauline Logelin, Adam, Holly, e Ava Shoberg, Tina, Travis, e Trevor Metz, Heather McKinley, Alex, Taylor, e David Logelin, Nick e Molly Logelin, Josh, Jane, e Isla McKinley, Tom e Bev Logelin, Sara e Rodney Shoberg, e Tom, Candee, e Deb Goodman.

E mais importante, quero agradecer a Elizabeth Goodman Logelin e Madeline Elizabeth Logelin por me tornarem a pessoa que sou hoje.

Impressão e Acabamento:
BARTIRA GRÁFICA